Cover Design & Layout : Monika Goosmann

Verlag: epubli GmbH, Berlin, www.epubli.de

Über den Autor:

Malte Goosmann, 1950 in Bremen geboren,

war Lehrer und Schulleiter.

In seiner Freizeit musizierte er über 30 Jahre in

der Oldie-Band „The Tenders“.

Zahlreiche Urlaube auf der Nordseeinsel

Wangerooge inspirierten ihn zu der

Idee, Kriminalromane rund um die Figur des

Inselpolizisten Lars Petersen

zu entwickeln.

Rufmord auf Wangerooge

Petersens dritter Fall

****

Kriminalroman

von

Malte Goosmann

1

Florian Geschwandner stieg erschöpft von seinem Rennrad ab. Obwohl es erst 7 Uhr morgens war, spürte er den Schweiß auf seiner Haut. Es war einer dieser drückenden Sommertage im Rhein-Main Gebiet. Die Schwüle, die auch nachts nicht verschwand, machte vielen Menschen zu schaffen. Er hatte sich deshalb heute Morgen für kurze Hosen entschieden. Da er im Amt, wie er seine Arbeitsstelle nannte, völlig autonom arbeitete, gab es für ihn keine Kleidervorschrift. Manchmal glaubte er zu ahnen, dass seine Vorgesetzten mit seinem Kleidungsstil nicht immer einverstanden waren, aber irgendwie interessierte es ihn nicht. Langsam schob er sein Rad die Schräge zum Kellereingang hinunter. Die Videokamera am Eingang hatte ihn erfasst. Etwas fahrig kramte er seinen Ausweis aus der Umhängetasche und presste ihn gegen die Scanner Scheibe. Nach wenigen Sekunden öffnete sich die Kellertür und Geschwandner hatte den Fahrradkeller des TeSIT (Technisches Servicezentrum Informations- und Kommunikationstechnologien) des BKA in Mainz-Kastel erreicht. Sein Arbeitsplatz befand sich in der beigeordneten Zentralstelle für anlassunabhängige Recherchen in Datennetzen (ZaRD).

Geschwandner war der Prototyp eines „PC-Nerds", seiner eigenen Einschätzung nach ein hoffnungsloser Fachidiot. Schon während seiner Schulzeit in Frankfurt hatte er die PCs seiner Mitschüler repariert und in der Schule wurde zuerst immer er um Rat gefragt, wenn in den PC-Räumen die Rechner abstürzten oder das gesamte Schulnetzwerk mit Viren verseucht war. Leider waren seine Fähigkeiten sehr einseitig entwickelt, so dass die gesamten schulischen Leistungen darunter litten. Im 12.Jahrgang der Gymnasialen Oberstufe schmiss er, zum Leidwesen seiner Eltern, die Schule. Die niedrigen Punktzahlen in den geisteswissenschaftlichen Fächern machten ihm deutlich, dass eine Zulassung zum Abitur sehr unwahrscheinlich war. Existenzängste brauchte der junge Mann aber nicht zu haben. Er gründete eine Ein-Mann IT-Beratungsfirma, mit der er seinen Lebensunterhalt relativ gut bestreiten konnte. Irgendwann stieß er auf die Internetseite des BKA, auf der IT-Experten als sogenannte Quereinsteiger gesucht wurden. Den Eignungstest absolvierte er mit Bravour und so bot man ihm einen gut dotierten Angestelltenvertrag im TeSIT an. Seine Eltern, der Vater Physikprofessor an der Frankfurter Uni, die Mutter Grundschullehrerin in Wiesbaden, waren mit dieser Entscheidung ihres Sohnes nicht glücklich. Beide kamen aus dem linksliberalen Frankfurter Milieu. Für sie stand die Arbeit von Sicherheitsdiensten grundsätzlich unter Generalverdacht.

Nachdem Florian Geschwandner sich auf der Toilette den Schweiß aus dem Gesicht gewaschen hatte, betrat er sein Büro. Der Raum war halb abgedunkelt. Wie in einer Kommandozentrale waren fünf Rechner im Halbkreis angeordnet. Davor stand ein schmaler Arbeitstisch, auf dem mehrere Tastaturen lagen. Die Seitenwände des Raumes waren mit großen Rechnerschränken vollgestellt. Überall blinkten Kontrolllampen in grüner und roter Farbe. Geschwandner ließ sich langsam auf seinem breiten Bürostuhl nieder. Zuerst kontrollierte er die Protokolldateien der vergangenen Nacht. Wenn ihm etwas auffällig vorkam, rief er die entsprechenden Dateien auf einem Monitor auf. Was auf diesen Bildschirmen zu sehen war, würde für jeden Normalbürger eine harte Prüfung darstellen. Filme, aber auch Bilder der übelsten pädophilen Sorte, flimmerten über die Monitore. Die Mitarbeiter des TeSIT recherchieren anlassunabhängig in Datennetzen, um wie in diesem Fall im Bereich Kinderpornographie strafbare Handlungen aufzudecken. Um diese Arbeit überhaupt bewältigen zu können, hatte Geschwandner sein moralisches Empfinden während der Arbeit auf null zurückgefahren. Es kam ihm jetzt zugute, dass er völlig abgeschottet in seine IT-Welt eintreten konnte, ohne dass ihn das Drumherum interessierte. Er war von dem Gedanken besessen die Server zu orten, von denen aus das pädophile Material in die Netze eingespeist wurde. Die Bilder selbst nahm er kaum noch war. Sie berührten ihn nicht, er hatte einen Auftrag, der ihn fesselte. Emotionen würden ihn bei dieser Arbeit nur behindern. Viele seiner Vorgänger hatten diesem Druck nicht standgehalten und waren an der Widerwärtigkeit der Bilder gescheitert und mussten dann in andere Abteilungen versetzt werden. Andere wiederum bekamen diese Bilder nicht mehr aus dem Kopf und litten in Folge unter schweren Depressionen. Größere Aufmerksamkeit in der Öffentlichkeit hatte diese Arbeit durch die Edathy-Affäre bekommen. Eine Strafverschärfung in Bezug auf den Besitz von pädophilem Material war die Folge der öffentlichen Debatte. Die Strafverfolgung der Verbreiter dieses Materials war nicht so einfach, da die Server meistens nicht in Deutschland zu finden waren. Die globale Verfolgung dieser Straftatbestände gestaltete sich mit einigen bestimmten Ländern als äußerst schwierig. Einfacher war es, die Konsumenten dieses pornographischen Materials in Deutschland ausfindig zu machen. Geschwandner musste in solchen Fällen die IP-Adressen der Besitzer pornographischen Materials ausfindig machen. Im nächsten Schritt wurden dann diese Daten an die entsprechenden Landeskriminalämter weitergeleitet.

Florian Geschwandner lehnte sich nach der Durchsicht der Protokolldateien zurück, griff nach seiner Wasserflasche, als ihn der Warnton seiner Scanner-Software aufhorchen ließ. Er öffnete das Programm, das ihm Bildmaterial meldete, das ohne Zweifel aus Deutschland kam. Zuerst stutzte er, denn das, was er dort sah, war auf den ersten Blick nicht als hartes pädophiles Bildmaterial erkennbar. Leicht bekleidete Kinder und Jugendliche waren an einem Strand zu sehen, für Geschwandner auf den ersten Blick Bilder aus dem normalen Urlaubsalltag. Was hatten diese Bilder auf einem pädophilen Porno-Portal zu suchen? Zugegeben, die Bildauswahl war sehr selektiv auf kleinere Jungs ausgerichtet. Die Kinder sahen irgendwie sehr deutsch aus, wie er fand. Normalerweise waren es vor allem Kinder aus Osteuropa, die in solchen Filmen zu sehen waren. Fest stand in jedem Fall, dass jemand Kinder an einem Strand fotografiert hatte und diese Bilder auf einer pädophilen Seite veröffentlichte. Die strafrechtliche Relevanz solchen Handelns war Geschwandner nicht so ganz klar. Das Recht am eigenen Bild war hier mit Sicherheit verletzt worden, aber weitergehende Konsequenzen erschlossen sich ihm noch nicht. Er war beileibe kein Jurist und wollte auch keinen Fehler machen. Also, wozu hatte man Vorgesetzte? Er wählte die Nummer von Kriminalrat Dr. Müller. Fünf Minuten später stand dieser im Büro von Geschwandner und studierte die Bilder.

„So etwas hatten wir noch nicht, Geschwandner. Gut, dass Sie mich angerufen haben. Der Strand sieht sehr deutsch aus. Eigentlich kann das nur irgendwo an der Nordseeküste sein. Ich werde mal die Bilder an die Landeskriminalämter von Niedersachsen und Schleswig-Holstein schicken. Vielleicht haben die eine Idee, wo das sein könnte. Und sie versuchen mal rauszukriegen, wo diese Schweinerei herkommt. Irgendwo ist da ein Spanner unterwegs. Sie werden den schon finden."
Mit diesen Worten verließ Dr. Müller wieder den Raum. Was Geschwandner an seinem Vorgesetzen so schätzte, waren klare Ansagen. Er wusste, was er zu tun hatte.

2

Es sollte ein schöner Sommertag auf Wangerooge werden. Die Insel war noch nicht komplett ausgebucht. Aber in einigen Tagen würden die Sommerferien in Niedersachsen und Bremen beginnen, zwei Wochen später würde Nordrhein-Westfalen folgen. Es war der erste Arbeitstag von Lars Petersen. Seine Schussverletzungen hatte er in einer Reha-Kur auskuriert und der Amtsarzt äußerte keine Bedenken mehr gegen seinen Dienstantritt. Eine schrittweise Wiedereingliederung in den Polizeidienst hatte er strikt abgelehnt. Diese sei unter den Bedingungen einer kleinen Polizeiwache nicht machbar, erklärte er dem Amtsarzt. Eine Behauptung, die natürlich nicht stimmte, denn der Leiter des Polizeipostens Wangerooge, Onno Siebelts, hatte nach seinem Herzinfarkt auch mit reduzierter Stundenzahl gearbeitet. Irgendwie hatte Petersen es aber geschafft, den Amtsarzt zu überzeugen, ihn mit voller Stundenzahl gesund zu schreiben. Kommissar Petersen, ein strafversetzter ehemaliger Drogenfahnder aus Bremen, hatte sich mittlerweile mit der Nordseeinsel angefreundet. In der kurzen Zeit, in der er auf der Insel war, hatte er schon bei der Aufklärung mehrerer spektakulärer Tötungsdelikte mitgewirkt. Während eines nächtlichen Einsatzes war er im Osten der Insel in eine Falle gelockt und angeschossen worden. Nur durch den beherzten Einsatz einer SEK-Einheit, zu der auch seine ehemalige Auszubildende, Mona Behrens, gehörte, wurde er gerettet. Bei vielen Insulanern war er ein geschätzter „Inselsheriff" geworden, zumal er sich zusätzlich als Musiker in der Wangerooger Kulturszene betätigte.

Als er die Treppe seiner Dienstwohnung runterging, stieg schon der Geruch frisch gekochten Kaffees in seine Nase. Onno Behrens, der alte Revierleiter und Günter Naumann, der die Wache in den Sommermonaten verstärkte, überraschten ihren Kollegen mit einem frischgedeckten Frühstücktisch im Dienstzimmer.
„Moin mien Jung", begrüßte ihn Onno schulterklopfend, „schön, dass du wieder bei uns bist." Dann stellte er ihm Günter Naumann vor, ein schlanker hochgewachsener Mann mit einem freundlichen Gesicht, der Petersen sofort die Hand schüttelte.
„Ich bin Günter. Wir sollten uns unter Kollegen duzen."
Onno nickte, „Günter kommt schon seit zehn Jahren immer zur Sommersaison auf die Insel. Er kennt die Abläufe, dem brauchen wir nichts erklären, zur anderen Zeit macht er Dienst in Cuxhaven."
Alle drei setzten sich und begannen zu frühstücken. Eine rege Unterhaltung über Polizeifragen entspann sich und Petersen spürte gleich einen direkten Draht zu Naumann, der mit seiner Kritik an der Sparpolitik in Sachen Innerer Sicherheit der Regierungen auf Landesebene als auch auf Bundesebene nicht hinter dem Berg hielt.
„Ach so", unterbrach Siebelts die Unterhaltung der beiden, „morgen kommt dann noch ein Kommissaranwärter aus Oldenburg", lachend ging sein Blick in Richtung Petersen, „übrigens auf Empfehlung der Kollegin Behrens." Petersen war diese Anspielung unangenehm. Mona und er hatten ein besonderes Verhältnis, aber musste Onno das jetzt vor dem neuen Kollegen ansprechen?
„Ist ja gut", unterbrach Petersen, „wir müssen also wieder ausbilden."
„Du hast doch damit gute Erfahrungen gemacht", bohrte Onno weiter.

Petersen versuchte das Gespräch in eine andere Richtung zu lenken.
„Was liegt heute an?“
Onno gab nach und nahm den Faden auf.
„Wir machen jetzt erstmal den Bereitschaftsplan für die nächsten Tage und dann habe ich noch eine Überraschung für euch, kommt mal gleich mit.“
„Jetzt machst du uns aber neugierig“, grinste Naumann.
„Kommt mal mit nach hinten, draußen in den Hof.“
Siebelts stand auf, seine Kollegen folgten ihm. Im Hof stand ein großes Paket.
„Jo, is` denn schon Weihnachten“, äffte Petersen Franz Beckenbauer nach.
„Eigentlich wollte ja unser Vorgesetzter aus Wilhelmshaven selber kommen, aber wir haben Ostwind und der Fährfahrplan ist mal wieder geändert worden. So muss ich das jetzt feierlich auspacken.“
Mit einem scharfen Teppichmesser begann Siebelts das Paket aufzuschneiden.
„Lars hat die ganze Zeit darüber rumgejammert, dass wir mit einem rostigen Fahrrad auf der Insel rumgurken müssen, während Feuerwehr, Krankentransport und die Seenotretter Fahrzeuge haben.“
Langsam kam ein neues Fahrrad zum Vorschein.
„Ihr seht, das ist kein gewöhnliches Fahrrad, sondern ein E-Bike, genau genommen ein Pedelec mit einer Beschleunigung auf 25 km/h und einer Akkureichweite von 60 km“, erklärte ein sichtlich stolzer Onno Siebelts. Ungläubig bestaunten seine Kollegen das Rad.
„Besser als nichts, ein schöner SUV wäre mir lieber gewesen, aber gut“, lachte Petersen. Danach schlossen sie das Fahrrad an die Außensteckdose des Reviers an und gingen wieder in das Dienstzimmer.

Nachdem sie den Dienstplan besprochen hatten, sprach Onno allgemeine Probleme in der Sommersaison an.
„Lars hat ja noch keine Sommersaison mitgemacht. Folgende Punkte müssen wir im Auge behalten: Da wäre das Problem der nächtlichen Ruhestörungen. Die Leute sitzen bei gutem Wetter vor den Kneipen. Es wird gegrölt und laute Musik gehört. Derjenige, der von uns Nachtbereitschaft hat, ist gekniffen und hat die Arschkarte. Dafür gibt es in der Regel im Sommer nicht so viele Kneipenschlägereien. Lars wird es freuen, er hat im Frühjahr ja was abbekommen. Und nicht zu vergessen, die Kiffer kommen wieder aus ihren Löchern. Die Inselkiffer vereinigen sich mit den Urlaubskiffern. Aber wir haben ja einen erfahrenen Drogenfahnder in unseren Reihen."
Lars zeigte Onno den Mittelfinger. Diese Anspielungen auf seine frühere Tätigkeit in Bremen konnte er immer noch nicht gut ab. Weil er Kleindealer mit Stoff gefüttert hatte, um an die großen Dealer ranzukommen, war er disziplinarisch belangt worden, auch fühlte er sich als Bauernopfer der Politik in Bremen. Der Frust hierrüber saß noch immer tief in ihm drin.
„Geschenkt Lars, hätte ich nicht sagen sollen", beschwichtigte Onno, der gemerkt hatte, dass er Petersen mit seiner Bemerkung verletzt hatte.
„Aber Spaß beiseite, der Kleppe vom Zoll will noch mal mit dir reden, der hat irgendwie einen Tipp bekommen."
Petersen nickte und hoffte, dass Kleppe nicht wieder mit dem Alkoholschmuggel anfangen würde. Seinem Kneipenkumpel zuliebe, dem Wirt des „Störtebekers", hatte er fünfe grade sein lassen. Wohl hatte er sich dabei nicht gefühlt. Aber der Magister, so nannte sich der Wirt nach einem der Getreuen von Klaus Störtebeker, schob ihm die eine oder

andere wertvolle Information über den Tresen. Darauf wollte er nicht verzichten.

Nach der Besprechung startete Petersen zu seinem ersten Streifengang in Uniform nach seiner Reha. Wie immer ging er die Anton-Günther-Straße hinauf zur Promenade und atmete tief durch, als er die ruhige Nordsee erblickte. Immer wieder war er von diesem Anblick fasziniert. Der rote Lotsenkatamaran fuhr langsam an den ankernden Schiffen vorbei und in der Ferne durchpflügte ein großes Containerschiff der Maersk-Reederei die Nordsee Richtung Bremerhaven. Am „Diggers“ wurden die Stühle rausgestellt und der Schwede, Koch des Lokals und zugleich ein Thekenbekannter aus dem „Störtebeker“, schrieb in gestochener Handschrift seine Essensangebote auf die Werbetafel. Der Schwede, der eigentlich Jürgen hieß, hatte seinen Spitznamen bekommen, weil er in Unterhaltungen häufig die Redewendung „alter Schwede“ benutzte.
„Moin Schwede“, rief Petersen ihm zu.
„Moin Sheriff“, kam es zurück, „Werder ist ja nun nur knapp dem Abstieg entronnen, irgendwann seid ihr dran.“
„Da mach‘ dir mal keine Sorgen drum, Werder ist unabsteigbar“, prahlte Petersen.
Bei diesen Worten fiel dem Schweden fast die Kreide aus der Hand.
„Du bist ein unverbesserlicher Optimist. Ich werd‘ dich noch mal an deine Worte erinnern. Das kostet dann aber ein paar Jever.“
„Kein Problem, machen wir so.“
Lachend zog Petersen weiter. Das neue Lokal im Aparthotel „Anna Düne“ hatte ebenfalls großflächig Tische und Stühle rausgestellt. Die Gastronomen erwarteten wohl dieses Jahr einen Spitzensommer. Vor dem Eingang zur Kurverwaltung

sah er den neuen Bürgermeister Nils Eichner, den er bisher nur von seiner Tätigkeit als Standesbeamter und Leiter des Ordnungsamtes kannte. Eichners Vorgänger, Günter Depken, hatte sich bei den Wahlen irgendwie verzockt. Erst wurde eine mögliche Nachfolgerin vom Festland geholt, dann plötzlich entschied Depken sich doch wieder zur Kandidatur und der lachende Dritte war der parteilose Kandidat Nils Eichner, der dann in der Stichwahl das Rennen machte. Freundlich grüßte Eichner Petersen, in dessen Uniformjacke sich sein Handy meldete. Wie Onno bereits vorhergesagt hatte, war es Zollsekretär Kleppe.

„Moin Lars, schön, dass du wieder im Dienst bist. Ich brauch‘ deine Hilfe. Der Sommer ist da und prompt ist schon wieder viel Cannabis im Umlauf. Ich hab‘ da eine Vermutung und müsste das mal mit dir besprechen. Wo bist du gerade?“

„Direkt vor der Gemeinde“, antwortete Petersen.

„Okay, bin beim Kämmerer im Büro, ich komm‘ gleich raus.“

In diesem Moment kam eine laut lärmende Gruppe von Jugendlichen auf ihn zu. Einer aus der Gruppe hatte einen Zettel in der Hand. Das verhieß nichts Gutes, Inselrallye. Viele Insulaner waren von den Fragen der Schüler genervt, die immer mit denselben Arbeitsaufträgen z.B. in Gaststätten einfielen. Standardfrage war häufig, wie viele Biersorten auf der Karte stünden.

Anstatt die aushängende Getränkekarte zu studieren, wurde die Bedienung in vollbesetzten Lokalen angequatscht unter dem Motto „Ey Alte, wieviel Stoff habt ihr auf der Karte stehen?“

So passierte es jetzt auch Petersen. „Ey, Bulle, sag‘ mal an, wieviel Treppenstufen hat der Leuchtturm?“

Petersen blieb stumm. Verdutzt musterten die Jugendlichen den Polizisten. Dann tippte Petersen an sein Namensschild

auf der Uniform. Ein etwas kleinerer und dicklicher Junge mit einer Hornbrille baute sich jetzt vor ihm auf.
„Lieber Herr Polizist, Entschuldigung Herr Petersen, könnten Sie uns helfen?“
Petersen nickte.
„Geht doch“, grinste Petersen.
„Auch Bullen haben Namen und möchten höflich angesprochen werden. Aber zu eurer Frage, ihr solltet mal zum Leuchtturm gehen und dort fragen.“
„Oh nee, dann müssen wir da ja ganz hinlatschen“, raunzte ein anderer Jugendlicher.
Petersen nickte. Im Laufschritt näherte sich jetzt eine jüngere Frau mit wehenden mittellangen schwarzen Haaren. Von der Kleidung her tippte Petersen auf Lehrerin. Sie trug einen wallenden tiefroten Rock, der ihr fast bis zu den Füßen reichte und darüber ein T-Shirt mit mehreren Batik-Mustern, die Petersen aus den 70er Jahren kannte. Die Schülergruppe ging zur Seite und die vermeintliche Lehrerin steuerte direkt auf Petersen zu.
„Haben die sich schlecht benommen? Ich bin die Lehrerin. Wir machen gerade zur Erkundung der Insel eine Rallye.“
Petersen grinste.
„Hab‘ ich gemerkt. Etwas freundlicher könnten Ihre Schüler schon sein, mich als Bullen anzusprechen, geht eigentlich nicht.“
Die Lehrerin errötete.
„Das tut mir leid.“
Die Pädagogin sammelte jetzt die Gruppe um sich und klatschte in die Hände.
„Kinder, wir hatten verabredet, die Leute hier freundlich anzusprechen, sonst müssen wir das ganze abbrechen und gehen in die Jugendherberge zurück.“

Petersen musterte die Schüler. Großen Eindruck schien die Ansprache bei ihnen nicht hinterlassen zu haben. Einige feixten hinter dem Rücken ihrer Lehrerin.
Wieder wurde in die Hände geklatscht.
„So nun macht weiter, aber schön freundlich sein."
Petersen räusperte sich.
„Sie sollten den Fragebogen schon ab und an mal überarbeiten."
„Wieso, was ist denn damit?"
„Ich hab' da mal eben einen Blick drauf geworfen. Da ist die Frage nach dem Kubikmeter-Inhalt der Telefonzelle vor dem Gasthof „Jan Seedorf". Diese Telefonzelle gibt es seit längerem nicht mehr."
Die Pädagogin errötete erneut.
„Oh, das habe ich nicht gewusst. Hab' den Fragebogen von Kollegen kopiert, die vor einigen Jahren mal hier waren."
„Sehen Sie, das meine ich. Auch die Aufforderung, ein lebendes Tier mitzubringen, ist problematisch. Die Schüler waren schon mal, und das haben mir glaubhaft meine Kollegen erzählt, bei unserem Reitstall auf der Weide und haben versucht ein Pony zu fangen."
Traurig blickte die Pädagogin Petersen an.
„Ja, ich wollte es mir einfach machen und hab' das so ungefragt übernommen. An Ihnen ist ein Pädagoge verloren gegangen."
Petersen schüttelte mit dem Kopf.
„Wollte ich auch mal werden, das war aber nichts für mich."
Er musste die Unterhaltung jetzt abbrechen, denn Zollsekretär Kleppe fuchtelte schon im Eingang zur Gemeindeverwaltung mit den Armen.
„War nett Sie kennenzulernen, ich muss aber jetzt, die Pflicht ruft", mit diesen Worten verabschiedete sich Petersen. „Molto charmante", murmelte er in sich hinein.

Die Enttäuschung über das abrupte Ende dieser Unterhaltung war der Lehrerin anzusehen.
„Tut mir leid, dass ich dir die Tour vermasselt habe“, grinste Zollsekretär Kleppe. Der kleine, untersetzte freundliche Mann freute sich diebisch über seine Bemerkung. Petersen setzte seinen coolen Gesichtsausdruck auf.
„Das war ein pädagogisches Fachgespräch.“
„Aha, so nennt man das“, feixte Kleppe.
Im Sitzungszimmer der Gemeinde nahmen beide Platz.
„Also, ich habe einen Tipp bekommen, dass hier auf der Insel jemand in größerem Stil Cannabis anbaut und ich wollte dich bitten, auch mal einen Blick drauf zu haben.“
„Das muss hier doch auffallen, so eine Indoor-Plantage braucht viel Licht, Entlüftung usw.“
„Ja, deshalb sag‘ ich's dir ja auch. Wichtig ist, dass man seinen Blickwinkel verändert und einfach mal drauf achtet.“
„Okay, ich kümmer‘ mich drum und geb‘ auch auf der Wache Bescheid.“ Petersen stand auf. Beide schüttelten sich die Hände und Petersen ging wieder auf die Promenade zurück. Wieder klingelte sein Handy. Das Bild von Mona erschien im Display. Sein Puls schoss nach oben.
„Polizei Wangerooge, Petersen am Apparat, was kann ich für Sie tun“, meldete er sich betont förmlich.
„Haha, dir scheint es ja wieder gut zu gehen, Inselsheriff“, hörte er Mona lachen.
Sie hatte einen sehr großen Anteil daran gehabt, dass er die Schießerei im Osten der Insel überlebt hatte. Die Ermittlungen waren von ihr und Kommissar Wilbert zum Ende geführt worden und das, obwohl sie erst Kommissar-anwärterin war. Ihre Ausbilder auf der Polizeiakademie in Oldenburg prophezeiten ihr eine große berufliche Zukunft. Ihre erotische Stimme berührte ihn jedes Mal. Beide waren trotz des großen Altersunterschiedes im Bett gelandet, aber

so richtig waren sie sich über den Status ihrer Beziehung nicht im Klaren. Keiner wagte es dieses Thema anzusprechen, weil beide insgeheim ahnten, dass ihnen der Altersunterschied von rund 30 Jahren keine Perspektive eröffnete.
„Ich hab‘ euch einen neuen Anwärter zum Praktikum empfohlen, der kommt morgen und ich bitte dich, ihn nett zu empfangen und ihn unter deine Fittiche zu nehmen. Das ist ein ganz lieber Kerl und lass‘ bitte die Macho-Tour, zeig ihm einfach, wie Polizeialltag aussieht."
Petersens Magen krampfte sich zusammen. Dieser Typ schien ihr wichtig zu sein. Nach seinem Geschmack etwas zu wichtig.
„Ist das dein neuer Lover?", fiel Petersen mit der Tür ins Haus. Er ärgerte sich sofort über sich selbst und sein törichtes Gerede.
„Hallo Lars, was soll das? Mir ist das wichtig, dass du ihn ordentlich behandelst. Das ist der Sinn meines Anrufs, klar?"
Er wollte noch etwas sagen, aber sie hatte ihn weggedrückt. Petersen hätte am liebsten sein Handy ins Meer geworfen. So sauer war er über sich selbst.
Trotzig stapfte er zurück zur Wache in die Charlottenstraße. Da Günter Naumann in dieser Nacht Bereitschaft hatte, saß Onno Siebelts alleine im Dienstzimmer der Wache und erledigte Papierkram. Petersen informierte ihn über das Gespräch mit Zollsekretär Kleppe.
„Cannabis-Anbau auf Wangerooge, kann ich mir schwer vorstellen. Aber viele von der Insel fahren nach Amsterdam, so weit ist das ja nicht", ergänzte Siebelts.
„Na ja, schau 'n wir mal", würgte Petersen das Gespräch ab und widmete sich danach seinem PC. Der Ärger über sich selbst war noch nicht verflogen, deshalb war es jetzt besser,

sich nicht auf Gespräche einzulassen. Er würde allerdings heute Abend in den „Störtebeker" gehen, um seinen Ärger runterzuspülen. Dieser Entschluss stand unabänderlich fest.

Nach Feierabend übte er noch einige Gitarrenriffs auf seiner Fender Stratocaster, bevor er dann zum „Störtebeker" aufbrach. Auf den Stühlen im Außenbereich saßen einige Touristen in kurzen Hosen und Flip Flops. Die Tür stand offen und das sogenannte „after work" Knobeln schien im vollen Gange zu sein, denn er hörte die Knobelbecher auf den Tresen knallen. Die Musik war recht laut. Noch war es früh, so dass Beschwerden nicht zu befürchten waren. Als Petersen die Kneipe betrat, wurde er mit einem „Moin Sheriff" begrüßt. Der Magister hielt sich die Augen zu.
„Oh, welch Glanz in meiner Hütte, der Columbo für Arme gibt sich die Ehre."
„Mach hier kein Tam Tam! Ich bin unterhopft, komm in die Hufe", reagierte Petersen betont cool. Die Kneipe war recht voll, nur an der Theke saßen die ihm bekannten Knobler. Aber in der Reihe dahinter und auf der Empore tummelten sich augenscheinlich Touristen. Da es Montag war, hatten sich die Knobler einiges von ihren Wochenenderlebnissen zu berichten. Strandwärter Jens Rackow, der im Frühjahr die Weltkriegsleiche gefunden hatte, klagte über Kopfschmerzen. Der Magister ließ ihn damit nicht durch.
„Wenn du montags nicht beschissen aussiehst, war dein Wochenende nicht gut", reagierte er auf das Wehklagen von Rackow. Der Schwede schüttelte wortlos den Kopf. Da der Magister jetzt eine neue CD in seine Anlage schob, musterte Petersen die Gäste und stutzte. Auf der Verlobungsbank ganz in der rechten Ecke saß die Lehrerin von heute Mittag. Vor ihr stand eine Flasche Jever und daneben ein leeres

Kornglas. Er drängte sich durch die Reihe hinter den Barhockern.
„Was machen Sie denn hier? Hier hätte ich Sie nicht erwartet."
„Ach, der nette Polizist von vorhin, ich hätte Sie ohne Uniform fast nicht erkannt. Mein Kollege hat heute Stallwache in der Jugendherberge, die machen heute einen DVD-Abend. Ich musste mal raus aus der Mühle", antwortete sie mit schwerer Stimme.
„Wenn der dich belästigt, muss du das nur sagen", schaltete sich der Magister grinsend ein, „unser Sheriff ist ein sensibler Frauenflüsterer, pass auf."
Die Lehrerin schüttelte ihren Kopf, so dass ihre langen schwarzen Haare durch die Luft wirbelten.
„Der darf mich ruhig ansprechen, den hab' ich heute schon kennengelernt, zu dem habe ich Vertrauen."
Mit besorgter Miene bemerkte Petersen, dass das verzögerte Sprechen langsam in ein Lallen wechselte. Da auf der Bank noch Platz war, setzte er sich zu ihr.
„Ich bin fertig, kann mich nicht durchsetzen. Pubertierende Jugendliche gehen mir derart auf den Geist, die sind so respektlos", sprudelte es aus ihr heraus.
„Noch mal das Gleiche hier und für den netten Polizisten auch ein Bier", winkte sie dem Magister zu. Fragend blickte dieser Petersen an. Petersen reagierte sofort.
„Ich bestelle jetzt ein Wasser für Sie, denken Sie an den weiten Weg noch in den Westen zur Jugendherberge."
„Ich bin mit dem Fahrrad da."
„Umso schlimmer", unterbrach sie Petersen.
Der Magister stellte der Lehrerin ein Flasche Wasser hin und gab Petersen ein Jever.
„Ich werde hier bevormundet", lachte sie, „hier achtet die Polizei auch auf die Kneipengäste."

„All inklusiv nennt man das“, warf der Magister ein und donnernd
ertönte seine laute Lache.
„Ich heiße übrigens Dagmar“, hob sie ihr Wasserglas. „Lars“, kam es zurück.
„Eigentlich könnten wir beide hier jetzt schön versacken, da hätt‘ ich richtig Bock drauf.“
„Wir haben nur ein Problem“, unterbrach Petersen sie „du bist hier im Job und ich im Feierabend.“
„Spielverderber“, knurrte sie, „ein Scheißjob ist das. Ich kann das doch nicht bis 67 machen, unmöglich.“
„Du kannst dir aber professionale Beratung holen, so was gibt es doch, oder?“
„Supervision“, lachte sie schrill, „ das ist ein Witz. Ich nenne das Befindlichkeitsakrobatik. Hab‘ ich gerade hier in so einem Schaukasten gesehen, ein Kurs der Volkshochschule vom ‚Burn Out zur Work-Life-Balance‘. Mit so einem Typen wir dir, der mit beiden Beinen auf der Erde steht, kann ich mir das schon eher vorstellen.“
Petersen lachte, „da hast du dir aber den Falschen ausgesucht. Ein nettes Kneipengespräch ja, aber für den Psychoscheiß bin ich der Falsche.“
„Wo ist denn der Unterschied? Ein Kneipengespräch bringt manchmal mehr und kostet nicht so viel“, lachte sie wieder sehr schrill.
In Petersen arbeitete es. Wie sollte er hier die Kuh vom Eis bringen? Eine Lehrerin, die betrunken auf dem Deich liegen würde. Geht gar nicht, die würde ihren Job verlieren. Er hatte grade neulich von zwei Lehrern gelesen, die total betrunken in Hamburg auf einer Klassenfahrt ertappt wurden, EdeKa, Ende der Karriere.
Er gab dem Magister ein Zeichen, die Rechnung fertig zu machen. Dieser sang leise, „ich bin der Beschützer der

stolzesten Frau ‘n und dann sind se hin“, frei nach Heinz Rühmann.
„Willst du mich abschleppen?“, meldete sich Dagmar wieder, „oh, wie romantisch.“
Petersen zog Dagmar von der Verlobungssbank. Sein Gehirn arbeitete fieberhaft, wie mach‘ ich das jetzt? Er hatte eine Idee. Wozu nicht neue technische Hilfsmittel nutzen?
Er hakte Dagmar unter und verließ mit ihr den „Störtebeker“.
„Wo hast du dein Fahrrad stehen?“
„Hier am Geländer.“
Gib mir den Schlüssel, den holst du morgen auf der Wache ab. Du sagst in der Jugendherberge, du hättest ein Problem mit dem Schloss gehabt, okay?“
„Alles klar Herr Kommissar, komm‘ ich jetzt in eine Zelle?“
„Wir sind kurz davor, haben aber hier noch kein Frauengefängnis.“ Eigentlich war Petersen nicht zum Lachen zumute. Langsam schob er Dagmar in den Hof der Wache. Gott sei Dank, das E-Bike stand noch dort.
„So hör zu, jetzt wird’s ernst. Du setzt dich auf den Gepäckträger. Hälst dich an mir fest und dann geht das hier los. Immer westwärts.“
„Okay John Wayne.“
Dagmar schien einen guten Humor zu haben. Petersen lachte.
„Auf zum Rio Grande!“
Wir gehen ein kleines Stück bis zum Haus Cronemeyer, damit uns hier keiner sieht, sonst bin ich meinen Job los.“
„Desperados auf der Insel“, Dagmar konnte sich kaum halten vor Lachen.
Das Haus Cronemeyer war das letzte Haus an der Straße zum Westen. Dagmar schwang sich auf den Gepäckträger und umfasste Petersen mit beiden Armen, so wie es eine

richtige Biker-Braut machen würde. Petersen schaltete den Akku ein und los ging es.

Als sie auf dem Deich ankamen, fing Dagmar an zu singen.

Atemlos durch die Nacht.

Bis ein neuer Tag erwacht.

Petersen hätte fast die Kontrolle über das E-Bike verloren.

„Bitte ein anderes Lied, sonst landen wir im Watt."

Dagmar reagierte sofort mit einem anderen Lied.

Born to be wild.

We can climb so high.

I never wanna die.

"Das ist okay", rief Petersen in den Wind und sang den Text mit.

Am Westturm-Café hielt Petersen an und sein Ton wurde ernst.

„So Dagmar, du gehst jetzt da ganz konzentriert rein, lässt dir nichts anmerken. Sofort ins Zimmer, keine Schüler oder deinen Kollegen ansprechen, das musst du mir versprechen."

Dagmar umarmte Petersen und drückte ihm dabei einen Kuss auf die Wange.

„War irgendwie schön mit dir. Schade, dass ich so besoffen bin und hier als Lehrerin sitze."

Einen Moment beobachtete er sie noch, wie sie hinunter zum Westturm ging. Sie riss sich tatsächlich zusammen. Etwas erleichtert trat Petersen den Rückweg an. Leise summte er.

Born to be wild.

3

Petersen wachte sehr früh auf. Der gestrige Abend hatte ihn irgendwie aufgewühlt. Warum das so war, blieb für ihn unklar. Hoffentlich war die junge Lehrerin unbeschadet in die Jugendherberge gekommen, ohne dass jemand ihren angetrunkenen Zustand bemerkt hatte. Im Dienstzimmer war er heute Morgen allein. Naumann brauchte aufgrund seiner Nachtbereitschaft erst mittags anzufangen und Onno hatte sich zu einem Arzttermin bei Doc Meyerdierks abgemeldet. Die Brötchen von gestern schmeckten immer noch gut und Aufschnitt war auch noch genügend da. Nachdem er seinen letzten Bissen runtergeschluckt hatte, fuhr er seinen PC hoch. Sofort sprang ihm eine Mail des LKA Niedersachsen ins Auge, die mit einer hohen Dringlichkeitsstufe versehen war. Die Mail, mit einer angehängten Bilddatei, ging ausschließlich an die Küstenbadeorte. Jede Dienststelle sollte prüfen, ob diese Aufnahmen zu lokalisieren waren. Aufmerksam betrachtete Petersen die Bilder. Sie zeigten Kinder beim Spielen am Strand. Die Bildausschnitte kamen ihm schon etwas merkwürdig vor. Richtige Urlaubsfotos waren das jedenfalls nicht. Eindeutig war das Hauptaugenmerk des Fotografen auf die Körper der Kinder gelenkt und nicht auf das Strandambiente, obwohl keine offensichtlichen pornographischen Handlungen dargestellt waren. Petersen tippte auf einen Spanner, der an der Nordseeküste sein Unwesen trieb. Mit der Zoomeinstellung untersuchte er die Bilder genauer. Für ihn konnte das überall sein. Etwas Spezifisches, was auf Wangerooge hindeutete, war für ihn nicht auszumachen. Nach einer kurzen Überlegung druckte

er die Fotos in verschiedenen Größen aus und schob sie in einen Umschlag. Er würde damit zu Jens Rackow, dem Strandwärter, gehen. Vielleicht konnte der mehr zur Beschaffenheit des Strandes und der Umgebung sagen.
Es klopfte. Petersen rief laut „herein." Er staunte nicht schlecht, als Dagmar eintrat. Sie sah blass aus, lachte ihn aber freundlich an.
„Moin, ich wollte meinen Fahrradschlüssel abholen und mich noch einmal bei dir, wir waren doch beim Du oder, bedanken."
Sie holte aus ihrer Stofftasche, auf der „Nordseeheimat" aufgedruckt war, eine Flasche Grappa raus und stellte diese auf den Tresen.
„Du siehst so aus, als wenn du Grappa trinken würdest. Es ist gestern noch alles klar gegangen. Niemand hat was bemerkt. Du hast mich vor einem großen Fehler bewahrt. Dafür möchte ich mich bedanken."
Petersen musste jetzt seine Verlegenheit überspielen. Mit so viel Lob konnte er schlecht umgehen.
„Das freut mich, aber die Flasche darf ich nicht annehmen. Du bist ja selbst Beamtin und kennst die Vorschriften."
Dagmar lachte ihn an.
„Hallo Lars, gestern warst du für mich der Typ Altrocker mit Lederjacke, übrigens ganz schön sexy. Nur, weil du jetzt eine' Uniform anhast, musst du nicht den überkorrekten Beamten geben."
Petersen war jetzt richtig verlegen. Nervös rieb er mit seiner rechten Hand die Stirn.
Dagmar ließ nicht locker.
„Wir sind hier allein. Steck die Flasche weg und mach' nicht den Affen. Mit Grappa lag ich doch richtig oder?", schob sie nach.

Petersen nickte. Dann kam ein leises „Danke“ über seine Lippen und schon war die Flasche unter seinem Schreibtisch verschwunden. Aus der rechten Schublade holte er den Fahrradschlüssel raus und gab ihn ihr.

„Wie lange bleibt ihr noch?“

„Bis Freitag, aber Kneipe ist für mich gestrichen. Es ist halt kein Urlaub, so traurig das ist. Vielleicht komm‘ ich mal zum Urlaub machen hierher und buche dann Supervision bei einem Polizeibeamten an der Theke.“

Lachend nahm sie ihren Fahrradschlüssel, hauchte ihm wieder einen Kuss auf die Wange und verschwand. Völlig konsterniert blieb Petersen zurück.

Nachdem er sich gesammelt hatte, griff er sich den Umschlag mit den Fotos und machte sich auf den Weg zum Strand. Die Strandkörbe waren schon fast durchweg besetzt und auch Guidos Jumping-Anlage wurde von einer Schulklasse belagert. Auf dem Volleyball-Feld wurde eifrig trainiert. Saisonhöhepunkt war dann immer das Gästeturnier, das von Helmut aus Bremen organisiert wurde. Petersen suchte die untere Promenade nach dem Strandwagen von Rackow ab. Er fand den nostalgisch aufbereiteten Wagen unterhalb des Eingangs zur Kurverwaltung. In blauen Farben war an der Seite der Schriftzug „Strandservice“ angebracht. Fenster, Eingangstür und Aufgang zum Wageninneren leuchteten in einer gelben Farbe. Irgendwie war dieser Wagen ein Hingucker befand Petersen. Die Tür war geschlossen und am Fenster klebte ein Zettel: „Bin im Feld, komme gleich zurück.“ Er setzte sich auf den Treppenaufgang des Wagens und beobachtete die Strandszenerie. Paare mit Kleinkindern bildeten die größte Gruppe, gefolgt von Rentnerpaaren. Ein deutliches Zeichen dafür, dass die Sommerferien noch nicht begonnen hatten. In der dritten Reihe der Körbe sah er Rackow mit

seiner Umhängetasche. Er kassierte oder kontrollierte, ob die richtigen Leute in den richtigen Körben saßen. Nachdem er die letzte Reihe kontrolliert hatte, ging er langsam zum Wagen zurück. Als er Petersen entdeckte, grinste er.
„Hast du wieder 'ne Leiche am Strand gefunden oder willst du mich wegen Zechprellerei festnehmen?“
„Die Leiche im Frühjahr hast du gefunden, mein Lieber, und der Magister hat sich bei mir nicht über deine Zahlungsmoral beschwert. Lass uns mal eben in deinen Wagen gehen. Ich muss dir was zeigen.“
Rackow schloss den Wagen auf und blickte ihn erstaunt an.
„Nun mach es nicht so spannend. Du willst doch irgendwas oder?“
Petersen nickte.
„Schau dir mal bitte diese Fotos an, könnten die hier gemacht worden sein?“
Petersen legte die Fotos auf den Tisch des Wagens. Ohne etwas zu sagen, musterte Rackow die Bilder, dann brach er sein Schweigen.
„Sucht ihr einen Spanner? Die Motivauswahl ist ja eindeutig.“
Petersen nickte.
„Konzentrier dich bitte auf das Umfeld. Können die Fotos hier am Strand gemacht worden sein?“
„Die Breite des Strandes ist nicht sehr groß. Die anderen Inseln haben meines Wissens größere Strände. Wir liegen hier am Fahrwasser. Stopp, da hinten ist am Bildrand das Ende eines Strandkorbes zu sehen. Ich aktivier‘ mal eben die Lupenfunktion meines I-Phones.“
Petersen staunte.
„So was gibt’s?“

„Na klar, man muss mit der Zeit gehen. Du kannst dir auf dein Smartphone so eine App runterladen. Also jetzt geht's los."
Rackow suchte mit seinem Smartphone das Bild systematisch ab.
„Du hättest Kriminaltechniker werden sollen."
„Stimmt, da würde ich wohl etwas mehr Kohle verdienen. So, hier haben wir die Ecke eines Strandkorbs. Auf der braunen Leiste haben wir hinten in Gelb unsere Nummern aufgemalt. Bingo, man sieht zwar nicht die Nummer, aber den Aufstrich zu einer Nummer auf gelbem Untergrund. Ich bin jetzt mal vorsichtig, aber zu 90% sind das Fotos von hier."
„Scheiße, das gibt Arbeit", ärgerte Petersen sich.
„Ja, das Leben ist kein Ponyhof, aber so einen Spanner wirst du schwer finden. Hier läuft jeder mit 'nem Handy rum und fotografiert alles, was sich bewegt."
Petersen nickte.
„Erstmal vielen Dank Jens, ich geb' dir beim Magister ein Bier aus. Vielleicht komm' ich noch mal auf dich zurück."
Petersen packte seine Fotos wieder ein und auch auf Rackow wartete wieder Arbeit. Vor dem Strandwagen hatte sich eine kleine Schlange gebildet. Das gute Wetter musste ausgenutzt werden.
Zügig ging Petersen zurück in die Charlottenstraße. In der Wache waren inzwischen sowohl Onno Siebelts als auch Günter Naumann eingetroffen. In knappen Worten setzte Petersen seine Kollegen über die Entwicklung mit den Fotos in Kenntnis. Naumann war der Erste, der sich äußerte.
„Das wird aber eine schwierige Nummer, so einen Spanner ausfindig zu machen. Bei der Handy-Dichte am Strand fast unmöglich."
Onno nickte.

„Ich bin ja nun ein altmodischer Friese und habe mit Handys nichts am Hut, aber ich habe das kommen sehen. Da ein Selfie, hier ein Selfie, dass das missbraucht werden kann, ist doch klar. So`n Schiet."
„Stimmt alles, was ihr sagt, aber jetzt melden wir erst einmal dem LKA, dass die Fotos mit großer Wahrscheinlichkeit hier vom Strand stammen. Ich denke, die werden jetzt versuchen, mit ihren technischen Mitteln über IP-Adressen oder so ähnlich rauszukriegen, wer diese Bilder ins Netz stellt hat."
Siebelts und Naumann nickten.
„Was den Leuten absolut nicht klar ist, dass jeder das Recht auf das eigene Bild hat. Da wird nicht drüber nachgedacht. Eigentlich müsste man die Strandbesucher darüber aufklären", referierte Petersen.
„Bloß nicht", kam es von Onno zurück, „wenn die Kurverwaltung spitzkriegt, dass hier ein Spanner Fotos ins Netz stellt, drehen die doch durch."
„In Boltenhagen, an der Ostsee, haben die das gemacht", schaltete sich Naumann ein, „die haben an ihren Strandaufgängen Aufkleber mit einem durchgestrichenen Fotoapparat angebracht. Das hat natürlich ordentlich Wirbel gegeben. Die Leute haben erst gedacht, es gäbe ein allgemeines Fotografierverbot am Strand. DDR-Methoden kam es sofort von den üblichen Bedenkenträgern. Dann wurde ein Text angebracht, so unter dem Motto, fotografieren sie keine fremden Menschen ohne deren Zustimmung."
Petersen nahm den Faden auf.
„Ganz so blöd ist das nicht, denn eigentlich sollte es klar sein, dass an einem Badestrand mit den vielen leicht bekleideten Leuten die Persönlichkeitsrechte besonders

streng zu achten sind. Ich möchte meine Bierwampe auch nicht irgendwo im Netz sehen."
„Ihr habt ja recht, aber bloß nicht unseren Fall öffentlich machen. Das geht nach hinten los."
„Nun hab' mal nich so viel Schiss Onno. Wir könnten das doch mal dem neuen Bürgermeister als polizeiliche Präventionsaktion vorschlagen."
Petersen lachte, weil er wusste, wie Onno reagieren würde, und wie auf Knopfdruck kam seine Reaktion.
„Oh nee, jetzt geht das wieder los. Petersen mit seiner bremischen Symbolpolitik. Kostet nichts, bringt nichts, aber alles wird schön aufgeblasen. Heiße Luft, sonst nichts. Ich zitiere Kommissar Petersen aus Bremen."
Alle drei fingen jetzt an zu lachen. Naumann, der diesen Gag zwischen Petersen und Siebelts noch nicht kannte, klopfte sich auf die Schenkel. Als alle sich gefangen hatten, grinste Onno Petersen schelmisch an.
„So Lars, jetzt musst du gleich unseren Anwärter aus Oldenburg vom Bahnhof abholen."
Entgeistert blickte Petersen seinen Dienststellenleiter an.
„Wieso ich denn?" raunzte er.
„Du hast das mit Mona so schön hingekriegt, du bist der geborene Ausbilder, einfühlsam und durch und durch Pädagoge."
Onno konnte sich vor Lachen kaum halten. Genüsslich schob er einen Satz hinterher, den er sonst nie sagen würde.
„Das ist eine dienstliche Anweisung!"
Petersen entgleisten die Gesichtszüge. Über die Bemerkung mit Mona ärgerte er sich schon, wollte sich aber jetzt nicht als Spielverderber aufführen.
„Okay, ich mach das, oben sticht unten, das ist des Beamten Leid."
Mit diesen Worten zog er in Richtung Bahnhof ab.

Auf dem Bahnhof herrschte das übliche Chaos, wie es in der Hauptsaison üblich war. Viele Menschen drängten sich vor dem Absperrgitter, das vor den Gepäckcontainern aufgebaut war. Geduld war hier wenig ausgeprägt. Obwohl jeder sah, dass die Container noch erst mit einem Gabelstapler auf den Bahnsteig gehoben werden mussten, wurde gedrängelt und geschubst. Petersen, der das Getümmel aus sicherer Distanz beobachtete, schüttelte nur ungläubig den Kopf. Das war nun der Beginn des Urlaubs, der der Entspannung und der Erholung dienen sollte. Trotzdem stellte er sich die Frage, ob der Gepäcktransport nicht doch anders organisiert werden könnte. In diesem Moment wurde er von hinten angesprochen.

„Sind Sie Kommissar Petersen?“

Petersen drehte sich um und sah einen schlanken, verdammt gut aussehenden jungen Mann vor sich, schwarze, kurz geschnittene Haare, Drei-Tage-Bart. Das Gesicht war für Petersen fast zu jugendlich. Das sollte ein Kommissaranwärter sein. Petersen hätte ihn für einen Oberstufenschüler gehalten, der kurz vorm Abitur stand. Nachdem Petersen genickt hatte, stellte sich der junge Mann ihm vor.

„Ich bin Simon Bernhard, Anwärter aus Oldenburg.“

Von Petersen kam nur ein kurzes, brummiges „Moin.“ Er deutete auf die Gepäckausgabe. Bernhard hatte verstanden und reihte sich in die ungeduldig wartende Masse ein. Junger gut aussehender Mann, Petersen ahnte, dass Mona an diesem Typen Gefallen gefunden haben könnte. Vom Alter her durfte er sogar einige Jahre jünger als Mona sein. Sein Bauchgefühl signalisierte ihm aufsteigende Eifersucht. Sein Verstand sagte ihm, dass es so kommen musste. Eine Beziehung zwischen ihm und Mona musste zwangsläufig an dem großen Altersunterschied scheitern. Sie hatten nie

darüber gesprochen, aber ihm war klar, dass bei beiden dieses Gefühl immer da war, sonst hätte mehr draus werden können. Sein Verstand hatte die Unausweichlichkeit dieser Entwicklung immer schon gesehen, aber sein Bauch rebellierte, und dies ärgerte ihn maßlos.
Simon Bernhard steuerte mit seinem Rollkoffer auf Petersen zu, der dirigierte ihn durch eine Gruppe von Schülern, die mitten im Abgang vom Bahnsteig standen und gebannt auf ihre Smartphones starrten. Vor der Bäckerei Kunst bog Petersen in die Schulstraße ein. Er hatte keine Lust mit der Horde der ankommenden Feriengäste mitzulaufen. In der Kapitän-Wittenberg-Straße war es merklich ruhiger. Bernhard durchbrach das Schweigen.
„Die Mona hat viel von Ihnen erzählt, übrigens nur Gutes und dass ich viel von Ihnen lernen kann."
Petersen schluckte. Das musste er jetzt nicht hören. Am liebsten hätte er „halt's Maul" gerufen. Er entschloss sich, nicht auf die Bemerkung zu reagieren. Stattdessen wurde er förmlich.
„Wir sind gleich da, vorne links in der Charlottenstraße ist die Wache. Über der Wache ist Ihre Dienstwohnung. Ich werd' Sie dann gleich den Kollegen vorstellen. Im Moment sind wir zu dritt, weil Hauptsaison ist. Einer von uns hat immer Nachtbereitschaft, wir wechseln uns ab."
„Und was ist mit mir?" unterbrach Bernhard Petersen.
„Sie laufen immer mit einem von uns mit, wahrscheinlich mit mir."
„Das hatte Mona sich auch gewünscht", kam es zurück.
Petersen wäre fast ausgerastet. War dieser junge Mann das Schoßhündchen von Mona? Er ging ihm jetzt schon auf die Nerven. Das fing ja gut an. Er riss sich zusammen.
„Das hat unser Dienststellenleiter Onno Siebelts so angeordnet und nicht Mona Behrens aus Oldenburg."

Bernhard bemerkte schon, dass Petersen angefressen war, verstand die Ursache dafür aber nicht. Sie hatten die Wache erreicht. Petersen stellte Simon Bernhard seinen Kollegen vor. Gott sei Dank brachte Onno dann den Polizeianwärter in seine Dienstwohnung.

4

Kurz vor Feierabend betrat Geschwandners Vorgesetzter, Kriminalrat Dr. Müller, das Büro.
„Ich hab' hier was für Sie. Das LKA Niedersachsen hat einen Hinweis auf unseren Nordsee-Spanner bekommen. In der Mail ist ein Bericht von einem Kommissar Petersen von der Insel Wangerooge angehängt. Lesen Sie sich das mal durch. Die Sache könnte Ihnen helfen, den Spanner zu finden."
Dr. Müller legte die Akte auf Geschwandners Schreibtisch. Er wollte gerade das Büro wieder verlassen, als Geschwandner ihn ansprach.
„Chef, einen Moment, Sie sind doch gelernter Jurist. Was ist denn die strafrechtliche Relevanz dieser Sache? Richtige Kinderpornografie ist das doch nicht oder?"
„Darüber kann man sich streiten. Aber in jedem Fall wird das Recht am eigenen Bild verletzt und das Hochladen dieser Bilder auf eine kinderpornografische Plattform im Netz ist mit Sicherheit strafbar. Ich kann Ihnen den Paragraphen jetzt nicht aus dem Hut zaubern. Das LKA Niedersachsen weist noch auf einen anderen Aspekt hin. Wenn das publik wird, dass ein Spanner Bilder von Kindern an deutschen Nordseestränden auf Pornoplattformen stellt, haben die da oben an der Küste ein Problem."
„Das leuchtet mir ein. Meistens finden wir ja auch bei Leuten, die so etwas machen, mehr. Sie wissen ja auch, dass das in der Regel nur die Spitze des Eisbergs ist."
„Wohl wahr Geschwandner. Ferner muss die Polizei im Zeitalter der Smartphones eigentlich mal aufklären über die Rechtslage beim Recht am eigenen Bild. Ich werd' das mal

unserer Behördenspitze vortragen. Sie wissen aber, was zu tun ist? Finden Sie den Typen!“
„Werd‘ ich versuchen, wird aber nicht ganz so einfach, weil der Spanner eben diese Plattform benutzt und von da an die IP-Adresse ranzukommen, ist nicht ganz einfach.“
„Sie machen das schon Geschwandner, Sie sind mein bester Mann.“
Mit diesen Worten verließ Dr. Müller Geschwandners Büro.
„Musste das jetzt noch so kurz vor Feierabend sein“, murmelte er, als er wieder allein war.
Er trank noch einen Schluck abgestandenen Kaffee aus seinem Becher und las sich dann den Bericht von Kommissar Petersen durch. Als er dies getan hatte, gab er bei Google-Map Wangerooge ein. Geografisches Wissen spielte in seiner IT-Welt kaum eine Rolle. Er musste jetzt erst einmal genau rauskriegen, wo dieses Wangerooge eigentlich lag.

5

Petersen hatte es sich gerade auf einer Bank am Wattenmeer Deich gemütlich gemacht, als sein Privathandy sich meldete.
„Hallo Lars, hier ist Sönke, können wir uns heute noch treffen. Ich muss dringend was mit dir besprechen. Keine Angst, es ist nichts Dienstliches, es geht um Musik."
„Okay, ich sitze gerade auf dem Deich am Dorfgroden. Bin in einer halben Stunde bei dir." Sönke Meiners war der Musiklehrer der Inselschule, mit dem Petersen das ein oder andere Mal Musik gemacht hatte. Petersen hatte den damaligen Shantychor mit seiner Gitarre unterstützt oder auch in einer kleinen Combo Musik auf einer Geburtstagsfete gemacht. Für seine kreativen Ideen war der umtriebige Lehrer auf der Insel bekannt. Was hat der jetzt bloß wieder ausgeheckt? Das Fragezeichen stand auf Petersens zerfurchter Stirn geschrieben.
Vom Deich in der Höhe des Flughafens hörte er die Geräusche der Planierraupen, die den vom Festland herangebrachten Kleiboden bewegten. Die Deiche von Wangerooge mussten erhöht werden, da ging kein Weg dran vorbei. Das gesamte Unternehmen gestaltete sich aber recht aufwendig. Mit Schiffen transportierte man den Kleiboden zu einem im Wattenmeer liegenden Ponton. Von dort wurde der Boden bei Niedrigwasser auf einer provisorischen Fahrstraße zu einer Sammelstelle in Höhe Pumpwerk gebracht. Der Bau war in zwei Bauabschnitte unterteilt. Jetzt arbeitete man im Bereich Neudeich-Richthofenstraße.

Petersen genoss den milden Sommerabend auf der Bank. Die Sonne stand glutrot über dem Westturm. Es war fast windstill, was ja bekanntlich auf der Insel eine Seltenheit war. Nachdem er sein Fernglas verstaut hatte, schlenderte er gemütlich zur Deichtreppe, von wo aus er dann in den Dorfgroden zum Haus von Sönke Meiners ging. Wie es sich für einen Lehrer gehörte, saß dieser im Garten und korrigierte Aufsätze.
„Gib zu, das ist doch jetzt ein Fake. Du willst doch nur vor deinen Nachbarn so tun, als ob Lehrer nachmittags arbeiten würden", versuchte Petersen den Pädagogen zu provozieren.
„Hallo, guck dich mal an! Inselpolizist in Bermuda-Shorts und Rolling Stones-T-Shirt schlendert am späten Nachmittag über die Insel. Nach Arbeit sieht das auch nicht gerade aus."
Nach dem kurzen Schlagabtausch brachte Meiners seinem Gast ein kühles Bier. Da er selbst keinen Alkohol trank, beließ er es für sich bei einem Glas Wasser. Auf dem Gartentisch lag neben den Schüleraufsätzen eine kleine Broschüre. Meiners schob diese in Richtung Petersen.
„Ich muss jetzt ein bisschen in die Geschichte Wangerooges abtauchen. Es geht um die Geschichte des Hauses Fresena."
Ungläubig blickte Petersen ihn an.
„Du kennst es. Es ist das große Haus in der Zedeliusstraße, wo der Drogeriemarkt drin ist. Gleich daneben ist das „Café Treibsand." Ich kürz das jetzt mal ab. 1912 wurde das „Hotel Fresena" eröffnet und war lange Zeit das erste Hotel am Platz. Glanzzeit war die Periode vor dem 2. Weltkrieg. Aber auch nach dem Krieg war das Hotel ein Wahrzeichen für den Aufschwung in den 50er Jahren. Legendär waren die Tanz-Veranstaltungen im Rahmen der sogenannten Bädertourneen. Du wirst es kaum glauben. Hier sind Leute

wie Heinz Erhardt, Heinz Schenk, Vico Torriani, Billy Mo, Dieter Thomas Heck und sogar Zarah Leander aufgetreten. Ich möchte nun mit einer Veranstaltung an diese Zeit erinnern."

Petersen wurde langsam unruhig. Ihm schwante, worauf Meiners hinaus wollte.

„Du willst jetzt aber nicht, dass ich Billy Mo's *Ich kauf mir lieber einen Tiroler Hut* spielen soll, oder?"

Meiners grinste verlegen.

„Nun warte doch mal ab. Mir schwebt so eine Art Revue vor. Bilder aus der alten Zeit und natürlich auch Musik aus dieser Periode. Welche Lieder wir spielen, müssen wir gemeinsam besprechen."

„Mensch Sönke", grummelte Petersen, „ich bin Rock-Gitarrist und kein Tanz-Mucker."

„Ja, weiß ich, aber es soll so eine Art lebendige Geschichtsrevue werden. Für Geschichte bist du doch auch immer zu haben, oder?"

„Ja schon, aber wie willst du das musikalisch umsetzen? Mit deinem Schlagzeuger aus der 10. Klasse geht das nicht. Der kann nur harte Beats trommeln. Aber hier ist Foxtrott, Beguine oder auch Rumba gefragt. Das kann der nicht und will er auch sicher nicht, was ich ja auch verstehen kann."

Meiners lächelte schelmisch.

„Alles richtig. Deshalb bist du ja hier. Ich will das ja mit dir besprechen und ich freue mich, dass du schon eingestiegen bist."

„Alter Rattenfänger", prustete es aus Petersen raus, „das Ganze geht nur, wenn wir noch einen Musiker an Bord holen, der damit Erfahrung hat."

Die Anspannung hatte sich jetzt bei Meiners gelöst. Er wusste, Petersen würde mitmachen. Er hatte sich nicht getäuscht.

„Kennst du jemanden? Für Unterbringung würde ich sorgen. Vielleicht kann man da auch finanziell was über die Kurverwaltung drehen."
Petersen nickte.
„Ich kenn' nur einen, der dafür infrage käme, meinen Freund Merti aus Bremen, der ist Berufsmusiker, der lebt davon."
Das Eis war gebrochen. Meiners stand auf und holte noch ein Bier. Als er zurückkam, fing Petersen an zu schunkeln und er sang dazu: „Es gibt kein Bier auf Hawaii, es gibt kein Bier, drum fahr ich nicht nach Hawaii, drum bleib ich hier."
„Ich merk' schon, du bist schon voll im Geschäft."
Petersen wurde jetzt aber wieder ernst.
„So schnell kommst du mir nicht davon. Ich habe eine Bedingung bei der Sache. Wenn Merti tatsächlich mitmacht, dann machen wir in der Sommersaison auch noch einen Rockabend, wo wir so richtig losfetzen."
Petersen Augen leuchteten.
Meiners grinste.
„Du Erpresser, wenn ich musikalisch mithalten kann, bin ich dabei."
Noch geschlagene zwei Stunden besprachen die beiden Musiker ihre Vorhaben und teilten die Vorbereitungsarbeiten untereinander auf. Gut gelaunt trat Petersen den Heimweg an. Einen Absacker beim Magister schloss er für sich aus. Die Biere bei Meiners im Garten hatten bei ihm schon einen leichten Glimmer erzeugt.
Die frische Abendluft tat ihm gut und er beschloss, noch einen kleinen Umweg über den Deich zu machen. Er passierte den Deichschart, auch dieser sollte im 2. Bauabschnitt vergrößert werden. Die Dämmerung hatte eingesetzt. Das rote Leuchtfeuer des neuen Leuchtturms blitzte in einem bestimmten Abstand. Petersen schätzte den

Abstand zwischen den Blitzen auf fünf Sekunden. Für Nautiker auf See war diese Taktung eine wichtige Orientierungshilfe. Kurz vor dem Abzweig zur Saline verließ er den Deich und trat über die Straße zum Westen den Rückweg an. Hinter dem Inselfriedhof bog er in das kleine Wäldchen ein. Jetzt war es richtig dunkel geworden. Rechts lagen eine Reihe von Kleingärten. Da es mitten in der Woche war, schien niemand zu grillen. Im hinteren Teil eines sehr lang gezogenen Gartens meinte er ein sehr schwaches Licht zu beobachten. Petersen kniff seine Augen zusammen. Das Gartentor war mit zwei Vorhängeschlössern gut gesichert. Er verwarf den Gedanken, über den Zaun zu klettern. Das hätte nur wieder Ärger gegeben Zum Glück hatte er sein Fernglas dabei. Während er es auspackte, überkamen ihn Zweifel. Was tat er hier? War das nicht auch schon spannerhaftes Verhalten, hier Kleingärtner auszuspionieren? Gut, aber vielleicht wurde da eingebrochen. Mit dieser Überlegung rechtfertigte er sein Verhalten und setzte sein Fernglas an. Es war nichts Aufregendes zu entdecken. Das Licht kam augenscheinlich aus einem Gewächshaus, das ganz hinten im Garten, etwas verdeckt durch eine Kiefer, stand. Er drehte an seinem Feldstecher, um noch mehr Schärfe zu bekommen. Das Licht war deshalb so schwach, weil die Fenster des Gewächshauses abgeklebt waren. Warum sollte da nicht jemand noch in seinem Garten bei Licht arbeiten? Ein Einbruch schien nicht vorzuliegen, beruhigte sich Petersen. Aber diese abgeklebten Scheiben kamen ihm recht merkwürdig vor. Kurz überlegte er, erneut das Grundstück zu betreten, verwarf diesen Gedanken aber wieder. Gefahr im Vollzug war wirklich nicht auszumachen. Das Gewächshaus würde ihm nicht weglaufen. Er würde seine Beobachtung am Morgen mit seinen Kollegen besprechen.

Mit seinem Smartphone fotografierte er den Eingang zum Garten und trat den Heimweg an.

6

Am nächsten Morgen hatten sich die drei Beamten des Reviers plus Anwärter um 10 Uhr zu einer Lagebesprechung verabredet. Petersen empfand diesen Begriff als etwas hochtrabend für den kleinen Polizeiposten. Er hatte ganz andere Lagebesprechungen im Polizeipräsidium Bremen erlebt. Der späte Termin war aus Rücksicht auf Günter Naumann so gelegt worden, da dieser Nachtbereitschaft gehabt hatte. So wie es laut Tagebuch aussah, musste der arme Kollege zweimal wegen Ruhestörung ausrücken. Vor dem „Störtebeker" und der „Düne 17" hatten wohl einzelne Gruppen von Gästen laut Lieder gesungen. Im Sommer gehörte diese Art von Einsätzen zur nächtlichen Routine. Diese Nacht war Petersen dran. Als er die Tagebucheinträge von Naumann las, bangte er um seine Nachtruhe. Wie sollte das erst werden, wenn die Sommerferien beginnen würden. Pünktlich um 10 Uhr kam auch Naumann ins Dienstzimmer. Onno hatte frischen Kaffee aufgebrüht, während er für sich als geborenen Ostfriesen eine „Tass Tee'" aufgegossen hatte. Naumann berichtete kurz über seine beiden nächtlichen Einsätze. In beiden Fällen hatte er Verwarnungen ausgesprochen und sich die Personalien der Ruhestörer notiert. Danach ergriff Petersen das Wort und erzählte von seiner Beobachtung mit dem beleuchteten Gewächshaus. Onno Siebelts schüttelte mit dem Kopf.
„Was willst du uns eigentlich damit sagen, mit dieser Beobachtung?"
„Indoor Plantage", fiel ihm Anwärter Bernhard ins Wort. Petersen empfand diesen Einwurf zwar inhaltlich als richtig, aber gegenüber dem Revierleiter doch als etwas vorlaut.

Siebelts ließ sich seine Verärgerung nicht anmerken. Petersen kannte seinen Kollegen aber inzwischen so gut, dass er zu spüren glaubte, wie Siebelts diesen vorwitzigen Zwischenruf des Polizeianwärters empfand. Naumann versuchte sachlich zu reagieren.
„Es ist doch nicht verboten, abends oder nachts in sein Gewächshaus zu gehen, oder?"
„Natürlich nicht, ich bin deswegen ja auch unsicher und möchte Schnellschüsse vermeiden."
Er warf dabei dem Polizeianwärter Bernhard einen strengen Blick zu.
„Von Kleppe haben wir aber den Tipp bekommen, dass auf der Insel was mit Marihuana läuft und ich habe keinen Anlass an dem Wahrheitsgehalt dieses Tipps zu zweifeln."
Er wandte sich an Onno.
„Onno, du hast selbst gesagt, dass hier im Sommer großes Kifferpotential ist. Also lässt sich mit dem Anbau auf der Insel sehr viel Kohle machen."
Onno nickte.
„Aber das Gras lässt sich doch schnell aus Amsterdam beschaffen, oder?", warf er ein.
„Okay, aber vielleicht will da einer mitverdienen. Der illegale Anbau ist nach wie vor ein lukratives Geschäft. Für ein Gramm kannst du aktuell einen Verkaufspreis von zehn Euro erzielen. Pro Blüte kannst du mit einem Ertrag von 25 bis 45 Gramm rechnen. Bei guten Bedingungen kannst du schon nach sechs bis acht Wochen ernten. Also sind sogar mehrere Ernten möglich."
Petersens Ausführungen hatten spürbar Eindruck auf seine Kollegen gemacht. Seine Fachkenntnis überraschte sie. Onno nickte bewundernd.
„Man merkt, dass du vom Fach kommst. Was schlägst du vor?"

„Ich kann mich fürchterlich irren", nahm Petersen den Faden wieder auf, „wir können uns dabei richtig blamieren, wenn ich falsch liege. Bevor wir überhaupt eine richterliche Anordnung für eine Durchsuchung bekommen, müssen wir Verdachtsmomente sammeln. Also ist Vorsicht angesagt. Onno, dich würde ich bitten mal rauszukriegen, wem der Garten gehört. Ich hab' hier auf meinem Handy ein Foto von der Eingangstür, aber bitte diskret."
„Hallo, großer Bremer Drogenfahnder, ich bin auch kein Anfänger", warf Onno verärgert ein.
„Geschenkt, ich geh' heute Nachmittag mal in Zivil zur Rückseite des Gartens und versuch ein paar Fotos zu machen."
„Aber bitte diskret", äffte Onno jetzt Petersen nach. Die Runde löste sich nun im allgemeinen Gelächter auf. Petersen griff sich Anwärter Bernhard.
„So, um 15 Uhr treffen wir uns hier. Sie ziehen sich bitte freizeitmäßig an, damit wir nicht gleich auffallen."
Voller Respekt kam ein aufgeregtes „zu Befehl, Chef" zurück. Petersen musste grinsen.

Onno Siebelts und Günter Naumann konnten ihr Lachen nicht unterdrücken, als Petersen und Simon Bernhard in Freizeitkleidung um 15 Uhr das Dienstzimmer betraten. Petersen in Bermudashorts und Werder Bremen T-Shirt, daneben Anwärter Bernhard in dreiviertel Jeans und Muskelshirt.
„Auf zum Ballermann, viel Spaß beim Komasaufen im Bierkönig", prustete es aus Onno Siebelts heraus. Petersen, dem das ganze sichtlich peinlich war, verschwand mit seinem Azubi in Richtung Müllpressstation. Bernhard, dem die Aufregung anzumerken war, versuchte es vorsichtig mit einer Frage.

„Wie soll das jetzt ablaufen, was soll ich machen?"
„Ich versuche ein paar brauchbare Fotos von dem Gewächshaus zu machen. Die Kamera hier hat ein schönes Teleobjektiv. Vielleicht kann man damit Sachen ranholen, die auf eine Indoorplantage hindeuten."
„Und was wäre das?"
„Später, hier müssen wir ab."
Kurz hinter der neuen Feuerwache ging ein Fußweg in die Dünen ab. Petersen versuchte, sich zu orientieren. Wo war ungefähr die Rückseite des Gartens? Um an die Rückseite zu gelangen, würde er in das Unterholz eindringen müssen.
„Sie verhalten sich jetzt möglichst unauffällig und bleiben hier stehen", wies er den Polizeianwärter an.
„Ich gehe jetzt hier in das Gebüsch, wenn jemand kommt, pfeifen Sie kurz. Falls mich jemand sieht und Sie angesprochen werden, sagen Sie einfach, Ihr Vater hätte eine Durchfallattacke bekommen."
Bernard musste sich zusammenreißen, um nicht laut loszulachen. Auch über Petersens Gesicht huschte ein schelmisches Lächeln. Die Sache war ihm gerade spontan eingefallen. Langsam versuchte er sich einen Weg durch das Gestrüpp zu bahnen, was nicht ganz einfach war. Immer wieder schnellten ihm Äste ins Gesicht. Er hörte einen kurzen Pfiff. Das musste Bernhard sein. Sehen konnte er ihn nicht mehr. Petersen kauerte sich in die Hocke, erst einmal abwarten. Nach etwa zwei Minuten richtete er sich wieder auf und setzte seinen beschwerlichen Weg fort. Die Gärten lagen unterhalb der Dünen, was den Zugang deutlich erschwerte. Fast wäre er den Abhang heruntergestürzt. Ein etwas dorniger Busch fing ihn gerade noch auf. Dann kam endlich das Gewächshaus in sein Blickfeld. Ein relativ hoher Zaun versperrte ihm den Weg. Die Scheiben des ausnehmend großen Gebäudes waren, so wie er es gestern

Abend vermutet hatte, zugeklebt. An der ihm zugewandten Stirnseite war eine Tür. Neben der Tür stand ein Sack mit der Aufschrift Kokossubstrat. Petersen pfiff leise durch die Zähne. Typischer Dünger für Cannabispflanzen, dachte er. Schnell photografierte er den Sack. Nun kam es drauf an, eine Lücke in den abgeklebten Scheiben zu entdecken, um einen Blick ins Innere des Gewächshauses zu werfen. An der Grenze des Rahmens der Eingangstür zu der benachbarten Scheibe war eine Lücke zu erkennen. Er konnte an die Decke der Plantage blicken. Leider sah er nicht, was auf dem Boden war. An der Decke hingen, und das reichte, um seinen Verdacht zu erhärten, Natriumdampflampen, die typischerweise für den Cannabisanbau benutzt wurden. Er beugte sich vor, um mit dem Teleobjektiv wenigstens eine Lampe zu erwischen. Von der Seite hörte er ein Knacken. War Bernhard ihm gefolgt, der blutige Anfänger? In diesem Moment bekam er einen dumpfen Schlag auf den Kopf, Dunkelheit machte sich breit.

Mit rasenden Kopfschmerzen wachte Petersen auf. Über ihn gebeugt, sah er in das Gesicht von Simon Bernhard.

„Gott sei Dank, Chef, dass Sie wieder da sind. Ich hab‘ mir schon große Sorgen gemacht. Sie sind einfach nicht wiedergekommen, da bin ich Ihnen nachgegangen. Sie lagen da, mit einer Platzwunde am Kopf."

Jetzt erst merkte Petersen, dass Bernhard mit einem Tempotaschentuch seine schmerzende Wunde bedeckte. Es sah so aus, als ob Bernhard ihn aus dem Unterholz gezogen hätte.

„Wo ist die Kamera?" murmelte Petersen.

„Zertreten. Ich hab‘ die Reste aufgesammelt. Die Bilder können wir vergessen. Aber wichtiger ist, dass Sie zum Arzt müssen. Ich habe noch gezögert, den Rettungswagen zu rufen. Sie sind dann auch grade wach geworden."

„Genau richtig. Bloß jetzt kein Aufsehen erregen."
Bernhard half Petersen langsam auf. Seine Wunde auf dem Kopf hatte aufgehört zu bluten.
Auf der Wache herrschte Entsetzen, als Petersen und Bernhard eintrafen.
„Du musst sofort zum Doc, das muss genäht werden", sorgte sich Onno Siebelts. Petersen war schon wieder ganz der Alte.
„Gemach, jetzt keinen Wirbel, sonst baut der da sein Gewächshaus ab."
In knappen Worten berichtete er über das, was er gesehen hatte. Anwärter Bernhard ergänzte seine Ausführungen. Onno Siebelts schaltete sofort.
„Du gehst zum Arzt, der unterliegt der Schweigepflicht. Wir drei hier fertigen einen Bericht für die Staatsanwaltschaft an. Ich hoffe, dass es dann einen richterlichen Beschluss auf Durchsuchung gibt."
Alle waren mit diesem Vorschlag einverstanden.
„Ach so, ich hab' da noch 'ne Frage, Lars. Du bist doch wohl nicht auf dem Grundstück gewesen, oder?"
Petersen konnte Onnos Frage nachvollziehen. Wenn er auf dem Grundstück widerrechtlich gewesen wäre, hätten sie einen richterlichen Beschluss vergessen können.
„Keine Angst, ich hab' nur am Zaun gestanden. Weißt du eigentlich jetzt, wem der Garten gehört?"
„Ja, der heißt Manfred Jessen, muss wohl so um die 30 sein und er arbeitet bei so einer Firma, die Ferienwohnungen verwaltet und putzt."
Nach dieser Information machte Petersen sich auf den Weg zu Doktor Meyerdierks, dem Inselarzt. Glücklicherweise musste die Wunde nicht genäht werden. Nach einer halben Stunde war Petersen wieder im Revier. Den Vorschlag, auf seine Nachtbereitschaft heute zu verzichten, lehnte er ab. Er

warf noch kurz einen Blick auf den Bericht für die Staatsanwaltschaft. Danach zog er sich in seine Dienstwohnung zurück.
Ausführlich telefonierte er am Nachmittag mit seinem Freund Merti in Bremen. Dieser war recht angetan von dem Musikprojekt des Insel-Musiklehrers. Er selbst hatte bereits bei einer Schlagerrevue als Begleitmusiker mitgewirkt. Petersen gab ihm die Telefonnummer von Sönke Meiners, damit beide eine Stückeauswahl treffen konnten.
Den Abend verbrachte er mit seiner Gitarre. In der Hoffnung auf keinen Nachteinsatz, ging er recht früh zu Bett.

Gegen 2:30 Uhr schreckte er benommen hoch. Jemand hatte die Nummer des Reviers, also nicht die Notrufnummer 110, gewählt. Völlig schlaftrunken meldete er sich:
„Petersen, Polizeiposten Wangerooge."
Was er dann hörte, trieb ihm die Zornesröte ins Gesicht. Am Apparat war der Magister, der Wirt vom „Störtebeker".
„Sheriff, du musst mir helfen. Ich komm nicht mehr raus."
„Wie, du kommst nicht raus, ich glaube, du bist breit wie `ne Autobahn. So ein Scherzanruf bei der Polizei ist kostenpflichtig und eine Straftat. Ich glaub', ich spinne!"
„Nun komm' mal runter, ich bin weder grün, noch ist das hier ein Scherz. Ich komm' nicht aus der Kneipe raus. Jemand hat was unter die Türklinke gestellt."
Langsam begriff Petersen, dass das kein Scherz war. Der Magister hörte sich tatsächlich nüchtern an.
„Ich komme."
Langsam zog er seine Uniform an, nahm eine große Taschenlampe mit und machte sich auf den Weg zum „Störtebeker". Als er um die Ecke in die Friedrich-August-Str. bog, sah er schon die Bescherung. Jemand hatte einen

Werbereiter des gegenüberliegenden Lokals unter die Türklinke des „Störtebekers“ geschoben.
Nachdem er das Schild entfernt hatte und in die Kneipe eintrat, raunzte er den Magister an.
„Du solltest mal darüber nachdenken, ob du nicht zu viele Feinde auf der Insel hast. Wen hast du denn nun schon wieder verärgert?“
„Da war überhaupt nichts, glaube mir. Zum Schluss saßen da noch zwei Frauen aus Bremen. Wir haben uns nett unterhalten und dann war Feierabend. Bin noch kurz nach unten in den Kühlraum gegangen und als ich nach oben kam, war die Tür schon blockiert.“
Ungläubig blickte Petersen den Magister an.
„Und du hast die Damen nicht angemacht, sexistische Sprüche, das ganze Programm?“
„Hallo, du weißt doch, ich bin der Frauenversteher von der Insel. Aber im Ernst da war gar nichts.“
Petersen begann ihm zu glauben und wechselte das Thema.
„Sag‘ mal, ich hab‘ da was läuten gehört, dass hier jemand auf der Insel im großen Stil Gras vertickt. Weißt du was darüber?“
„Sheriff, bei aller Liebe, da werd‘ ich jetzt gar nichts zu sagen. Das ist hier schon anders als damals im Steintor in Bremen. Hier habe ich mir jetzt eine Existenz mit der Kneipe aufgebaut. Wenn das ruchbar wird, dass ich dir hier was einflüstere, kann ich den Laden zumachen.“
Petersen nickte. Irgendwie konnte er ihn verstehen. Aber es war einen Versuch wert gewesen. Nach einem Absackerbier gingen beide nach Hause in die Charlottenstraße.

7

Hermann Willers stand auf der Treppe seiner Pfahlhütte und blickte über den Wangerooger Hafen. Es war strahlendblauer Himmel, eine leichte Brise aus südwestlicher Richtung strich über das Wasser. Die Steganlage des Wangerooger Yachtklubs war gut belegt, obwohl die großen Ferien noch nicht begonnen hatten. Mehrere Plattbodenschiffe, sie wurden auch als „braune Flotte“ bezeichnet, lagen an der Pier und somit im Zuständigkeitsbereichs von Hermann Willers, dem Hafenmeister von Niedersachsen Ports. Der Hafen unterteilte sich in zwei Bereiche, einmal in die Steganlage des Wangerooger Yachtklubs mit eigenem Hafenmeister und in den öffentlichen Teil, der von Niedersachsen Ports, einer Gesellschaft des Landes Niedersachsen, betrieben wurde. Sein sorgenvoller Blick richtete sich auf die Hafeneinfahrt. Eine Motoryacht saß auf der quer zur Hafeneinfahrt liegenden Sandbank auf. Dies war in den Sommermonaten keine Seltenheit, weil sich viele revierunkundige Wassersportler auf See tummelten. Bei der Wangerooger Hafeneinfahrt liefen viele Sportboote regelmäßig auf der Steuerbordseite auf Sand, weil sie sich auf der Backbordseite nicht nahe genug an die Priggen hielten. Eigentlich war diese Tatsache nicht unbedingt beunruhigend, da mit dem nächsten Hochwasser die Boote in der Regel wieder freikamen und eine Gefährdung für die Berufsschifffahrt ohnehin nicht bestand. Aber dieser Motorkreuzer, der da auf der Sandbank aufsaß, war ihm schon in den letzten Tagen durch unseemännische Manöver aufgefallen. Er beschloss, seinem Kollegen beim Wangerooger Yachtklub einen Besuch abzustatten. Das Büro seines Kollegen Enno Fockena befand sich ebenfalls auf einer Stelzenkonstruktion, weil der Hafen in den Wintermonaten bei Sturmfluten regelmäßig überspült wurde, was auch den Fährverkehr, zum Leidwesen der Touristen, häufig einschränkte. Kollege Fockena saß vor seinem Büro auf der Holzbank und winkte Willers entgegen.

„Tass‘ Tee hab‘ ich schon aufgesetzt“, rief er ihm zu. Langsam erklomm Willers die Treppenstufen und setzte sich dann neben seinen Kollegen auf die Sitzbank. Der Ausblick von hier auf den Hafen und das Wattenmeer war wie immer beeindruckend, obwohl dieser Anblick für Willers zum Alltag gehörte, konnte er sich daran nie satt sehen. Einen Moment saßen die beiden Kollegen schweigend nebeneinander, verbunden durch das Glück, einen solchen Arbeitsplatz zu haben.

„Sag‘ mal, was ist denn mit dem Kreuzer los, von Seefahrt haben die doch keine Ahnung, oder?“, unterbrach Willers die Stille. Fockena grinste seinen Kollegen an.

„Die haben so viel Ahnung von Seefahrt wie wir vom Bergsteigen. Ich beobachte die schon seit längerem. Die haben für einen Monat einen Liegeplatz gebucht, sehr ungewöhnlich. Normalerweise macht man doch von hier ′ne Tour nach Helgoland oder ins Wattenmeer, aber die jockeln hier immer nur so kurz rum. Ich kann mir da keinen Reim drauf machen.“

„Vielleicht haben die grade den Sportbootführerschein gemacht und wollen büschen üben?“

„Kann sein, das sind drei Typen, einer fährt auch mal mit der Fähre an Land und kommt dann wieder, irgendwie merkwürdig. Ich hab‘ auch schon an Zoll-Kleppe gedacht, der sagt ja immer, dass wir die Augen offen halten sollen wegen Schmuggel und so.“

„Stimmt, daran hab' ich überhaupt noch nicht gedacht. Sind die denn schon richtig draußen gewesen im Harle-Gatt?"
„Nee, im Moment tuckern die nur hier im Harle Fahrwasser rum, wir werden sehn."
Nach diesen Worten ging Fockena in sein Büro und holte zwei Becher Tee. Im Folgenden unterhielten sich die beiden Hafenmeister über die Aufschüttungen des Steinwalls an der westlichen Hafeneinfahrt.

Petersen hätte nach seiner Nachtbereitschaft erst um 14 Uhr seinen Dienst wieder aufnehmen müssen. Gegen 11 Uhr hörte er ein Klopfen an seiner Wohnungstür. Gerade hatte er sein letztes Brötchen aufgegessen und wollte sich gemütlich der Zeitungslektüre zuwenden, als er Onnos Stimme vernahm.
„Lars, mach mal eben auf. Hier ist Onno, es ist wichtig."
Ohne zu zögern öffnete Petersen die Tür.
„Hast du `ne Leiche gefunden?", veralberte er Onno.
„Nee, das ist ja nun deine Spezialität, mein Lieber. Nein, im Ernst, die Staatsanwaltschaft Oldenburg hat ihren Durchsuchungsbeschluss bei Gericht durchgekriegt. Wir können das Gewächshaus filzen. Du kennst dich ja mit so was besser aus als ich. Wie gehen wir vor?"
Petersen grinste. Onno spielte wieder auf seine vorherige Tätigkeit als Drogenfahnder in Bremen an.
„Ich deck' eben noch ab und dann komm' ich runter. Gib mir fünf Minuten'
Siebelts nickte und ging wieder nach unten in die Dienstetage des Reviers.
Als Petersen einige Minuten später im Revier eintraf, warteten schon alle gespannt auf ihn, auch Zollsekretär

Kleppe war anwesend. Petersen setzte sich an seinen Schreibtisch.
„Also, zuerst müssen wir dem Jessen den Durchsuchungsbeschluss zustellen oder bekannt geben, wenn wir wissen, wo der sich gerade aufhält. Wenn der nicht da ist, über seinen Arbeitgeber die Handynummer erfragen. Der soll dann sofort zum Gewächshaus kommen."
„Das übernehme ich, ich weiß, wo der arbeitet", unterbrach Onno Petersen.
„Wir anderen", fuhr Petersen fort, „gehen schon mal zu dem Garten von Jessen. Kamera mitnehmen, ich sage nur Beweissicherung. Ach, noch was anderes fällt mir ein, da kein Staatsanwalt anwesend ist, müssen wir einen Vertreter der Gemeinde hinzuziehen, StPO § 105 Absatz 2."
Alle schauten Petersen ungläubig an.
„Ja, das steht da wirklich drin. Wenn wir das vergessen, gilt das als Formfehler und wir können das alles vergessen."
„Mann oh Mann", stöhnte Onno, „gut, dass wir dich dabei haben. Ich sag' bei der Gemeinde Bescheid."
„Sollen wir den auch festnehmen?" Die Frage kam von Günter Naumann.
„Ein Haftbefehl liegt ja nicht vor. Wir befragen den und leiten das Protokoll weiter nach Oldenburg. Das müssen die dann entscheiden. Aber ich denke, so wie ich das kenne, müssen wir den wieder laufen lassen, der hat ja einen festen Wohnsitz."
„Das kann doch nicht wahr sein", erregte sich Kleppe.
„So ist das nun mal. Wir haben in Bremen Dealer mit über zwanzig Vergehen verhaftet und dann mussten wir die wieder laufenlassen. Wenn die die Wache verlassen, zeigen die dir noch den Stinkefinger. Das hebt die Moral bei den Kollegen ungemein, wie ihr euch denken könnt", erläuterte Petersen.

„Die Kollegen sind ganz schön sauer auf die Justiz, ich glaube nicht nur in Bremen. Aber das hilft uns jetzt auch nicht weiter. Lasst uns aufbrechen!“
Langsam gingen die vier Beamten in Richtung Straße zum Westen. In der Höhe des Hauses Cronemeyer kam ihnen einer von der Knobelrunde, den Petersen aus dem „Störtebeker“ kannte, mit dem Fahrrad entgegen.
„Moin, heute die gesamte Polizeisportshow? Nur Action bringt Satisfaction“, rief er ihnen grinsend zu.
Keiner konnte so richtig darüber lachen. Nur Polizeianwärter Bernhard ereiferte sich.
„Respekt vor der Polizei haben die aber nicht“, bemerkte er etwas vorwitzig.
„Das ist der norddeutsche Humor“, brummte Petersen, „nicht alles ernst nehmen, das werden Sie auch noch lernen.“
Bernhard wagte nicht auf Petersens Bemerkung zu antworten. Leicht eingeschüchtert trabte er hinter den anderen Beamten einher. Petersen schien ihn nicht zu mögen. Nach Monas Erzählungen hatte er sich das Ganze hier auf Wangerooge etwas anders vorgestellt.
Vor dem Eingangstor des Schrebergartens hielten sie an. In der äußersten Ecke des Gartens war das Gewächshaus zu erahnen. Zwei mittelgroße Tannen verdeckten die direkte Sicht auf das Gebäude. Petersen öffnete die Gartentür, die nicht verschlossen war.
„Lars, müssen wir nicht warten?“, fragte Naumann.
Petersen nickte und ging wieder zurück.
Nach ungefähr einer Viertelstunde kam Onno Siebelts mit dem polizeieigenen E-Bike angeradelt, im Schlepptau, auf einem rostigen Damenfahrrad, Manfred Jessen. Jessen war ein schmächtiger, blasser Typ. Er trug ein schwarzes Bob Marley T-Shirt, seine relativ langen Haare wirkten

ungepflegt und fettig. Mit einem breiten Grinsen begrüßte er die Beamten. Recht selbstsicher forderte er, den Durchsuchungsbeschluss zu sehen. Petersen hielt ihm das Papier vor die Nase.

„Lesen kannst du ja wohl", blaffte er ihn an „und vielen Dank für die Kopfnuss", schob er nach.

„Würden Sie sich bitte erst einmal vorstellen, ich kenne Sie nicht und unterlassen Sie das Duzen."

Alle Augen waren auf Petersen gerichtet. Dieser schien kurz davor zu sein, die Kontrolle zu verlieren. Er atmete zweimal tief durch und fing sich dann.

„Hauptkommissar Petersen, Polizei Wangerooge, sobald ein Beamter der Gemeinde anwesend ist, werden wir den Durchsuchungsbeschluss vollziehen."

Unbeeindruckt nahm Jessen den Beschluss, überflog ihn und ließ ein knappes „geht doch" verlauten. Zum Glück kam in diesem Moment Bürgermeister Eichner angeradelt. Die Situation entspannte sich etwas. Nach der allgemeinen Begrüßung betraten alle den Garten.

Ohne zu murren schloss Jessen das Gewächshaus auf. Was sie dort zu sehen bekamen, verschlug ihnen die Sprache. Auf diversen Tapeziertischen standen in etwa 80 Cannabispflanzen in Blumentöpfen. Darüber hing eine Batterie von Wärmelampen. Von draußen wurden Bewässerungsschläuche in das Gewächshaus geführt. Sie waren augenscheinlich mit einer Gartenpumpe verbunden. Petersen wies Bernhard an, alles zu fotografieren. Jessen stand betont gelangweilt in der Ecke und verzog keine Miene.

Bürgermeister Eichner schüttelte ungläubig den Kopf.

„So etwas hab' ich noch nie gesehen und das hier auf der Insel."

„Nachschubprobleme auf der Insel wird es, wenn man das so sieht, nicht gegeben haben und ich hab' immer gedacht, das Zeug wird von Amsterdam hergebracht", wunderte sich Zollsekretär Kleppe.
Nachdem die Beweissicherung abgeschlossen war, ging Petersen zu Jessen und wurde förmlich.
„Herr Jessen, wir versiegeln ihr Gewächshaus jetzt. Später wird zur weiteren Beweissicherung alles aufs Festland gebracht und danach vernichtet. Ein Betreten Ihres Gartens ist Ihnen bis auf weiteres verboten und jetzt kommen Sie bitte zur Vernehmung mit aufs Revier."
Jessen nickte, zeigte aber keine weitere Reaktion. Verdammt cooler Hund, dachte Petersen. Onno und Naumann versiegelten das Gewächshaus und das Gartentor, danach ging es wieder zurück zum Revier.
Die Vernehmung sollte dann von Petersen und Onno Siebelts durchgeführt werden. Petersen wollte gerade Jessen über seine Rechte informieren, als dieser eine kurze Erklärung abgab.
„Ich erkläre hiermit, dass die gefundenen Cannabispflanzen zum Eigenbedarf angeschafft wurden. Weitere Erklärungen zur Sache werde ich nicht abgeben."
Verdutzt schauten sich Siebelts und Petersen an. Sie mussten erkennen, dass sie machtlos waren. Grinsend stand Jessen auf.
„Ein Haftbefehl scheint ja nicht vorzuliegen, dann werde ich jetzt gehen." Onno war völlig perplex. Er murmelte in sich hinein, „dat gift doch nicht." Petersen schien unbeeindruckt zu sein.
„Ich bringe Sie raus", bemerkte er knapp.
Als Jessen und er vor der Tür standen und dieser sein Fahrrad aus dem Ständer holte, ging Petersen auf Jessen zu und murmelte.

„Mit Ihnen werde ich Schlitten fahren. Ungestraft hat mir noch niemand auf den Schädel geschlagen. Sie werden auf der Insel Ihres Lebens nicht mehr froh, dafür sorge ich."
„Tja, jetzt, wo keine Zeugen da sind, kommst du aus der Deckung, Bullenschwein. In Bremen bist du schon rausgeflogen, bald passiert das hier auch", flüsterte Jessen Petersen ins Ohr. Petersen ballte seine Fäuste. Unverfroren grinste sein Gegenüber ihn an.
„Nur zu Herr Kommissar, tun Sie sich keinen Zwang an."
Dann schwang er sich auf sein rostiges Fahrrad und radelte davon. Zurück blieb ein Petersen, der nach Luft rang. Er wusste, dass er einen Fehler gemacht hatte. Sein Herz raste. Seine eigene Unzulänglichkeit wurde ihm mal wieder vor Augen geführt. Nach mehrmaligem tiefen Ein- und Ausatmen ging er wieder zurück ins Dienstzimmer. Die Kollegen waren in eine angeregten Unterhaltung vertieft. Fassungslos ereiferten sie sich über die vermeintliche Coolness von Jessen. Petersen, der sich wieder gesammelt hatte, unterbrach die Unterhaltung.
„Kollegen, es bringt ja nichts, so ist es halt. Ich hab' das alles schon mehrfach so erlebt. Jammern hilft nichts. Lasst uns einen detaillierten Bericht für die Staatsanwaltschaft zusammenstellen, das ist in dieser Situation das Beste, was mir machen können." Alle nickten zustimmend.
„Einen Moment noch", meldete sich Kleppe, „ was der hier produziert hat, damit kann man doch dreimal Wangerooge versorgen. Kann es nicht sein, dass der den Stoff auch auf dem Festland vertickt hat? Willers, der Hafenmeister, hat mich angerufen und mir erzählt, dass da so drei junge Männer mit einer Motoryacht im Hafen rumgurken, ohne große seemännische Erfahrung. Könnten das Kuriere sein?"
Petersen grinste.

„Kollege Kleppe, das ist doch viel zu kompliziert. Du brauchst doch nur am Bahnhof einen Koffer mit Stoff aufgeben. Holst ihn in Harle aus dem Container, null Risiko. Du siehst doch, dass so eine Yacht auffällt, wenn da so ein paar Deppen an Bord sind."
Niemand wagte Petersen zu widersprechen.

Am Abend beschloss Petersen für einen Absacker beim Magister vorbeizuschauen. Vor der Kneipe saßen einige „Touris" beim Bier. Kleinkinder spielten auf der Terrasse. Petersen musste innerlich grinsen. Da hat wohl der Vati heute Ausgang bekommen, unter der Bedingung, das Kind mitzunehmen. Als Petersen das „Störtebeker" betrat, wurde er mit großem Hallo begrüßt. Am lautesten tönte der Magister.
„Der Schrecken der Kiffer gibt sich die Ehre."
Natürlich hatte sich die Aktion im Kleingartengebiet sofort rumgesprochen. Man war ja auf einer Insel. Schon bedauerte es Petersen, heute auf ein Bier weggegangen zu sein. Er hätte damit rechnen müssen, hier angemacht zu werden. Der Magister legte nach.
„Sheriff, ihr müsst doch die Pflanzen alle vernichten. Ich hab' da einen Vorschlag, alles auf einen Haufen in den Dünen. Wir setzen uns drum herum und inhalieren. Das geht bestimmt ins Guinness-Buch der Rekorde ein, Massenbekiffung auf Nordseeinsel."
Alles brüllte vor Lachen. Petersen, der sich die Szenerie ausmalte, konnte ein Grinsen nicht unterdrücken. Aber der Magister war noch nicht fertig.
„Auf Langeoog oder Spiekeroog gibt es doch so gemeinsames Singen in den Dünen mit Gitarre für Touris. Das machen wir dann hier auch unter dem Motto

Gemeinsames Kiffen zur Gitarre und der Sheriff, unser Insel-Clapton, spielt Drogensongs aus den 70er Jahren." Wieder grölendes Gelächter. Petersen war klar, dass er jetzt nicht den Spielverderber geben durfte, sonst hätte er verschissen. „Such doch schon mal die passende Musik raus", forderte er den Magister auf, „wenn du überhaupt was in deinem Chaos finden kannst."
Er hatte den Magister unterschätzt. Nach einer sehr kurzen Pause dröhnte *Cocaine* in der Version von Eric Clapton aus den Boxen. Passend zum Thema forderte Strandwärter Jens Rackow, der an der Stirnseite der Theke saß, ein Fanta-Spritze. Erstaunt beobachtete Petersen, was sich dahinter verbarg, Fanta-Korn. Er musste an den „Goldenen Handschuh" in Hamburg-St.Pauli denken und an das gleichnamige Buch von Heinz Strunk. Fanta-Korn war dort ein beliebtes Getränk in den 70er Jahren gewesen. Irgendein Gast wurde dort auch vom Wirt „Fanta-Rolf" genannt, meinte sich Petersen zu erinnern. Gott sei Dank verebbte die Diskussion über die polizeiliche Aktion des Tages. Es wurde wieder geknobelt. Mehrere Spieler meldeten wieder einen „Harten" und in der Ecke forderte wieder der betrunkene alte Mann, dass schwarze BHs fliegen sollten, also der tägliche Wahnsinn im „Störtebeker".

8

Florian Geschwandner litt unter der drückenden Hitze, die seit Tagen im Rhein-Main-Gebiet herrschte. In seinem halb abgedunkeltem Raum konnte er aus Rücksicht auf die klimatisierten Datenschränke kein Fenster öffnen. Es war die dritte Flasche Mineralwasser, die er aus dem Kühlschrank geholt hatte. Er wartete auf Dr. Müller, um das Ergebnis seiner Recherche zu präsentieren. Nach einigen Minuten trat dieser ein.

„Was gibt's, Geschwandner? Haben Sie was Neues?"

„Ja, ich bin in der Lex Wangerooge fündig geworden."

„Nun geben Sie mal nicht so an, Geschwandner, Sie sind doch gar kein Lateiner, oder irre ich mich?"

„Ertappt, wollte nur ein bisschen angeben."

„Das haben Sie doch gar nicht nötig. Sie sind doch mein bester Mann, und nun lassen Sie mal hören."

Sichtlich erfreut über dieses Lob begann Geschwandner mit seinen Ausführungen.

„Also, Sie werden es nicht glauben, der PC, von dem die Strandbilder auf das Kinderpornoportal geladen wurden, steht auf Wangerooge. Ich hab die IP-Adresse. Damit ist auch klar, dass die Kollegen vor Ort mit ihrer Vermutung richtig lagen, dass die Bilder vom dortigen Strand stammen."

„Geschwandner, das ist aber merkwürdig. Ich mein, so blöd kann doch keiner sein, vom eigenen Heimatort?"

„Na ja, so ungewöhnlich ist das doch nicht, denken Sie an Edathy."

„Okay, aber hier lädt einer Bilder auf ein Pornoportal von seinem Rechner, so naiv kann man doch nicht sein."

„Stimmt schon, aber, was machen wir jetzt? Die Bilder als solche sind im eigentlichen Sinne ja keine Pornobilder."
„Gut, aber hier haben wir in jedem Fall die Verletzung des Rechts am eigenen Bild und auf einem Pornoserver haben diese Bilder ja nun gar nichts zu suchen. Diese Tatsache ist strafrechtlich relevant. Außerdem gehen viele Staatsanwaltschaften inzwischen davon aus, dass wer grenzwertiges kinderpornografisches Material bestellt, auch im Besitz von Material sein dürfte, das in Deutschland strafbar ist."
„Bestellt hat er ja nichts."
„Mein Gott, Geschwandner, aber wer solche Bilder ins Netz einspeist, der hat doch 'nen Schaden, da kann man doch mit Recht vermuten, dass da noch mehr ist. Ich geb' den ganzen Vorgang an das LKA Niedersachsen, und dann soll die zuständige Staatsanwaltschaft entscheiden, was zu tun ist. Wir haben unsere Arbeit gemacht bzw. Sie."
Aufmunternd klopfte Dr. Müller seinem Mitarbeiter auf die Schulter und verließ gutgelaunt den Rechnerraum. Florian Geschwandner war mit der Handlungsweise seines Chefs einverstanden, gleichwohl fand er die Lex Wangerooge irgendwie dubios.

9

Als Lars Petersen die Vorhänge in seiner Dienstwohnung beiseiteschob, sah er nur blauen Himmel. Es würde ein toller Sommertag werden. Abends hatte er einen Termin mit Sönke Meiners, um die Schlagerrevue um das Haus Fresena vorzubereiten. Meiners hatte ja inzwischen Kontakt mit Petersens Kumpel Merti aus Bremen aufgenommen. Er war gespannt, was die beiden ausgeheckt hatten. Der Ärger des gestrigen Tages war verflogen, wenn auch nicht vergessen. Mit Manfred Jessen hatte er noch eine Rechnung offen, daran gab es nicht zu deuteln, aber er musste kühlen Kopf bewahren. Gut gelaunt betrat er das Dienstzimmer. Nur Onno und Anwärter Bernhard waren anwesend. Kollege Naumann hatte Nachtbereitschaft gehabt und durfte länger ausschlafen. Bernhard hatte Brötchen geholt, die Kaffeemaschine lief. Kurz ließen die drei den gestrigen Einsatz Revue passieren, ohne dass neue Gesichtspunkte auftauchten. Der Bericht war an die Staatsanwaltschaft Oldenburg gegangen und diese würde nun entscheiden, was mit Jessen passieren sollte. Eine Vorladung nach Oldenburg würde es in jedem Falle geben, da war sich Petersen sicher. Er wollte gerade in das zweite Brötchen beißen, als das Telefon sich meldete. Da Petersen nah am Apparat saß, nahm er ab.

„Polizeiposten Wangerooge, Petersen am Apparat."

„Moin Herr Petersen, hier ist Dr. Meyerdierks. Ich hatte gestern am frühen Morgen einen Notfalleinsatz, hilflose Person mit Kopfverletzung vor der Teestube."

„Wieso wissen wir davon nichts?", unterbrach Petersen den Inselarzt, „in unserem Tagebuch ist kein Vermerk."

„Immer mit der Ruhe, erst mal war das ja nur ein normaler Getränkeunfall, wie er leider so häufig auf unserer Insel vorkommt. Sturz, Kopfverletzung, nicht ansprechbar. Gott sei Dank hat ein Zimmermädchen, das sehr früh auf dem Weg zur Arbeit war, den Rettungswagen gerufen. Da wir auf der Insel nicht röntgen können, hab ich einen Transport per Hubschrauber nach Sanderbusch veranlasst. So weit, so gut. Heute Morgen ruft mich der behandelnde Arzt an, dass der Patient Rippenprellungen hat, die unmöglich von seinem Sturz stammen können."

Wieder schaltete sich Petersen ein.

„Also ist der getreten worden, oder?"

„Genau das ist unsere Vermutung. Ich hab' das heute Morgen bei der Erstversorgung noch nicht feststellen können, deshalb gab es noch keine Meldung an Sie."

„Wer ist die Person?" wollte Petersen wissen.

„Nicht ganz unbekannt auf der Insel, es ist der Magister."

Petersen rutschte die Kinnlade runter. Sorgenvoll wurde er von Onno gemustert.

„Sind Sie noch dran, Petersen?", meldete sich Doc Meyerdierks

„Ja, Entschuldigung, ich war gestern noch bei ihm, da war er noch gut drauf."

„Ich faxe Ihnen jetzt den Bericht aus Sanderbusch, und dann sind Sie dran. Schönen Tag noch."

Noch etwas verstört schilderte Petersen seinen Kollegen den Vorfall.

Onno ergriff als erster nach Petersen Ausführungen das Wort.

„Also ich fasse zusammen. Sturz im Suff, jemand kommt vorbei und tritt nochmal ordentlich nach."

„Wer macht denn so was?", schaltete sich Anwärter Bernhard ein.

„Na ja, der Magister hat ein loses Mundwerk, da hat vielleicht der eine oder andere noch ‘ne Rechnung offen, oder, Lars? Du kennst ihn besser als ich.“
„Das stimmt schon, aber auf eine liegende, hilflose Person einzutreten, ist schon eine harte Nummer. Verletzende Sprüche okay, aber das hier hat eine andere Qualität. Wir müssen ihn befragen. Vielleicht hat er was mitgekriegt.“
„Das glaubst du doch selbst nicht, im Suffkoma kriegst du gar nichts mehr mit.“
„Hast du da Erfahrungen?“, grinste Petersen Onno an.
„Hallo, wer im Glashaus sitzt, sollte sich jetzt nicht ereifern, aber Spaß bei Seite. Lars, du fliegst sofort rüber, versuchst in Sanderbusch was zu erreichen. Ermitteln müssen wir in jedem Fall. Ich ruf beim Flughafen an und buche dir auch gleich einen Flug zurück für heute Nachmittag.“
Petersen nickte. Schnell suchte er seine Sachen zusammen.
„In zehn Minuten kannst du fliegen, beeil dich, nimm das E-Bike“, rief ihm Onno zu.
Die Maschine war schon abflugbereit, als Petersen mit seinem Dienst-E-Bike eintraf.
Seine Lieblingsflughafenangestellte stellte ihm ein Ticket aus.
„Heute in Uniform aufs Festland? Du willst sicher zum Magister.“
„Woher weißt du das denn schon wieder?“, fragte Petersen erstaunt.
„Wir sind auf einer Insel, das ist schon Tagesgespräch.“
Er schüttelte nur mit dem Kopf und bestieg dann den Flieger.

Als er mit seinem Auto auf den Parkplatz des Krankenhauses einbog, hatte er ein ungutes Gefühl im Bauch. Es war erst einige Monate her, dass er hier mit einer schweren

Schussverletzung gelegen hatte. Im Eingangsbereich schlug ihm sofort der Krankenhausgeruch auf den Magen. Kurzzeitig glaubte er, sich übergeben zu müssen. Die Dame an der Information sorgte für Ablenkung, als sie ihm die Zimmernummer des Magisters raussuchte. Beruhigend war schon mal, dass der Kneipenwirt nicht auf der Intensivstation lag. Das Pflegepersonal auf den Fluren musterte ihn neugierig. Vielleicht war es doch keine gute Idee gewesen, hier in Uniform aufzulaufen. Vorsichtig klopfte er an die Zimmertür. Keine Reaktion. Langsam öffnete Petersen die Tür. Das Zweibettzimmer war nur mit dem Magister belegt, der einen Kopfverband trug, ihn aber noch nicht bemerkt hatte.
Petersen räusperte und fing leise an zu singen.

Alkohol
ist dein Sanitäter in der Not
Alkohol
ist dein Fallschirm und dein Rettungsboot
Alkohol
ist das Drahtseil, auf dem du stehst
Alkohol
ist das Schiff mit dem du untergehst (Herbert Grönemeyer)

„Nee, das fehlt mir hier noch, der Sheriff mit deutscher Betroffenheitslyrik“, prustete es aus ihm heraus, als er Petersen bemerkte. Nach der Begrüßung, die kurz und knapp ausfiel, kam Petersen gleich zur Sache.
„Was ist passiert?“
„Ist das hier eine Vernehmung?“
„Erzähl mir bitte einfach, an was du dich erinnerst?“

„Da gibt's nichts zu erzählen. Ich war schon fast zu Hause, da war ich mir nicht sicher, ob ich die Kneipe abgeschlossen hatte. Ich also wieder zurück und das war's, Filmriss."
„Du hast Rippenverletzungen, jemand muss dich getreten haben, keine Erinnerungen? Hat dich jemand verfolgt?"
„Ich sagte doch Filmriss."
„Ich muss die Anzeige aufnehmen."
„Sag mal spinnst du", wurde Petersen vom Magister unterbrochen, „ich erstatte keine Anzeige, basta."
„Wer hat denn so einen Brass auf dich, dass der dich im Liegen tritt?"
„Hör doch auf jetzt zu bohren, ihr habt doch den Wirbel mit eurer bescheuerten Aktion gegen Manni Jessen gemacht."
Petersen wurde hellhörig.
„Was hat das denn damit zu tun?"
„Nichts, das ist ja das Problem. So, jetzt ist Schluss. Ich sag' nichts mehr. Schicht im Schacht. Wenn du gleich wieder zurückfährst, mach bitte ein Schild an die Kneipe, wegen Krankheit geschlossen."
„Okay, mach' ich, aber ermitteln werden wir trotzdem, auch wenn du keine Anzeige stellst. Ich werte den Angriff auf eine hilflose, am Boden liegende Person, als gefährliche Körperverletzung, und dann ist das ein Offizialdelikt und muss von Amts wegen verfolgt werden."
„Lass mich bloß mit deinem juristischen Gelaber zufrieden. Kann es sein, dass du als kleiner Inselpolizist unterfordert bist und jetzt einen auf dicke Hose machst?"
Das hatte gesessen. Petersen war seine Verärgerung anzusehen, aber er war bereit zu kontern.
„Kleiner Inselwirt ist aber auch unterfordert und vor allem unterhopft und macht einen auf Hobbypsychologe, hat gerade seinen Magister geschafft."

„So heißt das heute nicht mehr, du Klugscheisser, Bachelor nennt man das jetzt, ganz schön schlau dein Inselwirt."
In der Tat war Petersen erstaunt. Der Magister war immer wieder für eine Überraschung gut.
„Okay, ich hau jetzt ab. Ich brauch' noch dein T-Shirt, falls wir da einen Fußabdruck oder andere Spuren finden."
„Ich bin ein Mann wie eine Teflonpfanne, da bleibt nichts haften."
Und dann ertönte es, das röhrende, für den Magister so typische Lachen. Für Petersen ein deutliches Zeichen für eine baldige Genesung des Patienten.

Auf der Rückfahrt nach Harle ließ ihn eine Bemerkung des Magisters nicht mehr los.
„Ich habe nichts damit zu tun, das ist ja das Problem."
Was sollte das bedeuten? Oder war das nur so da hingesagt. Petersen verließ die Autobahn am Wilhelmshavener Kreuz und fädelte sich auf die Bundestrasse nach Wittmund ein. Machte jemand den Magister für die Aktion gegen Jessen verantwortlich? Irgendjemandem war die Nähe des Magisters zu ihm augenscheinlich ein Dorn im Auge. Die Entdeckung der Indoor-Plantage war reiner Zufall gewesen. Der Magister hatte ihm nie einen Hinweis über die Kifferszene auf der Insel gegeben, aber wie konnte man zu dieser Schlussfolgerung kommen? Im „Störtebeker" war er nie allein mit dem Magister. Petersen schreckte auf. Fast hätte er die Abfahrt nach Carolinensiel verpasst. Das war es! Der Nachteinsatz, bei dem er den Magister aus einer misslichen Lage befreit hatte. Jemand hatte einen Werbereiter unter die Türklinke der Kneipe geschoben. Nachdem er während seiner Nachtbereitschaft den Magister befreit hatte, hatten beide noch ein sogenanntes „Befreiungsbier" getrunken. Für Außenstehende ein

verdächtiges Szenario. Uniformierter Polizist trinkt mit Wirt in den frühen Morgenstunden ein Bier. In der Tat, von diesem Bild konnte man die falschen Schlüsse ziehen. Aber war das wirklich so oder hatte er sich in wilden Spekulationen verfangen? Zum Glück war er bei den Harle-Garagen angekommen, wo er seinen Privatwagen abzustellen pflegte, da er ihn nicht mit auf die Insel nehmen konnte, denn Wangerooge war ja bekanntlich autofrei. Nachdem das in bewährter Routine erledigt war, musste er sich jetzt aber sputen, um den Flieger noch zu bekommen.

Auf dem Revier waren noch alle Beamten anwesend und warteten gespannt auf Petersens Bericht. Onno war der erste, der sich äußerte.

„Nehmen wir mal an, Jessen hat den Magister zusammengetreten, wie willst du denn an irgendwelches Vergleichsmaterial kommen, um die Spuren mit denen des T-Shirts abzugleichen?“

Petersen war klar, dass Onno den wunden Punkt getroffen hatte.

„Keine Ahnung, weiß ich auch nicht.“

„Vielleicht ist das auch alles Fantasie.“

„Der hat schon mit so vielen Leuten auf der Insel mal Ärger gehabt“, schaltete Onno sich wieder ein, „da gibt es viele, die vielleicht ein Motiv hätten.“

Petersen nickte und legte das verschmutzte T-Shirt in den Aktenschrank. Sein Schädel brummte. Es war Zeit, Feierabend zu machen, zumal Sönke Meiners ihn zu einem musikalischen Treffen erwartete.

Nachdem Petersen sich umgezogen hatte, schlenderte er in Richtung Dorfgroden. Vor dem Bahnhofskiosk saß Rita Kolbow und trank einen Kaffee. Es war zu spät, um so zu tun, als hätte er sie nicht gesehen. Ihre beidseitigen

Annäherungsversuche im Frühjahr dieses Jahres waren irgendwie schiefgelaufen, danach hatten sie es vermieden, wieder miteinander Kontakt aufzunehmen, zudem nach wie vor Mona in seinem Kopf rumspukte.
„Na, Feierabend?“, versuchte er sie freundlich anzusprechen.
Rita nickte.
„Willst du dich nicht auf einen Kaffee setzen?“
„Vielleicht ein andermal, ich habe einen Termin mit Sönke“, antwortete Petersen recht knapp und zog weiter. Im nächsten Augenblick ärgerte er sich schon über sich selbst und sein unnahbares Verhalten. Das hatte Rita nicht verdient, so knapp abgefertigt zu werden. Er würde sich demnächst dafür entschuldigen.
Sönke Meiners saß wieder im Garten und hatte einen Stapel Notenblätter vor sich liegen.
„Du kommst gerade richtig, dein Freund Merti ist `ne Wucht. Wenn der so gut Musik machen kann, wie der ein Programm plant, dann wird unser Fresena-Abend ein voller Erfolg“, begrüßte Sönke Meiners seinen Band-Kollegen.
„Der kann alles spielen, du wirst begeistert sein“, lachte Petersen, „der spielt dir auf Zuruf jeden Titel, den du hören willst.“
Nachdem Meiners Bier geholt hatte, erläuterte er Petersen den geplanten Programmablauf.
„Also ich suche alte Bilder aus der Fresena Zeit raus. Da gibt es tolle Fotos mit Heinz Erhardt, Zarah Leander und anderen. Diese Fotos projizieren wir auf auf eine Leinwand, dazu machen Merti und ich kleine musikalische Einlagen und Sketche mit der Theatergruppe. In diesem Teil bist du noch nicht gefragt. Du brauchst also nicht *Ich kauf mir lieber einen Tiroler Hut* von Billy Mo zu spielen.“
„Da bin ich aber froh, danke, aber, was ist mein Part?“

„Im zweiten Teil spitzen wir die Sache dann zu. Die Leute sollen tanzen und feiern. Dazu ist Zarah Leanders *Kann denn Liebe Sünde sein* nicht geeignet. Wir bringen in voller Besetzung Rock ‘n Roll Nummern aus den Fünfzigern und Anfang Sechzigern, also Peter Kraus, Ted Herold, Benni Quick.“
„Ooooh, Motorbiene“, sang Petersen.
„Ich merke schon, du hast es erfasst. Hier ist eine Liste der Titel, die wir spielen wollen, mit Texten und Harmonien. Von dir erwarten wir ausschweifende Gitarrensoli, da hast du alle Freiheit der Welt.“
Petersen grinste, als er die Liste mit den Titeln las.
„Kein Problem, das kriege ich hin.“
„Das haben wir nicht anders erwartet. Merti kommt ein paar Tage früher. Wir müssen nur den Transport seiner Instrumente organisieren.“
Die beiden Musiker unterhielten sich noch den ganzen Abend angeregt über die geplante Nostalgie-Show. Beschwingt trat Petersen gegen 23 Uhr den Rückweg über den Deich an. Als er die Treppe zur Deichkrone hinter sich hatte, sang er laut:

Am Sonntag fahr‘ ich mit dir zum Rummelplatz

und du nimmst auf dem Sozius Platz!

Dann fahren wir schnell in jede Kurve rein,

und du bist froh mit mir allein zu sein.

Oh – oh, Motorbiene.

(Musik und Text Jerome Landis)

10

Am nächsten Morgen wurde Petersen von einem sehr aufgeregten Onno Siebelts empfangen. Mit hochrotem Kopf deutete er auf den Bildschirm seines Computers.
„Höchste Dringlichkeitsstufe, du sollst umgehend Wilbert anrufen!“
Kommissar Wilbert war ihr Dienstvorgesetzter in Wilhelmshaven. Die Zusammenarbeit mit ihm war teilweise mit einigen Schwierigkeiten belastet, aber im Endeffekt hatten sie immer an einem Strang gezogen. Etwas merkwürdig war es schon, dass er bei dieser Dringlichkeitsstufe nicht den Dienststellenleiter Onno Siebelts verlangte, sondern ihn, den strafversetzten Beamten aus Bremen. Sei's drum, gleich würden sie schlauer sein. Petersen wählte Wilberts Nummer, der sich auch sofort meldete.
„Moin, Kollege Petersen, ich hab‘ da leider eine sehr delikate Sache für Sie. Diese Bilder vom Strand von Wangerooge mit den leicht bekleideten Kindern, Sie kennen sie ja, kommen direkt von einem PC auf der Insel.“
Petersen musste tief durchatmen. Er ahnte, was das bedeuten würde.
„Die in Wiesbaden haben über die IP-Adresse auch den Wohnsitz lokalisiert, Am Wattenmeer Nr. 225. Das LKA in Hannover verlangt eine Beschlagnahme des PCs samt Hausdurchsuchung und Einvernahme des Verdächtigen. Ich weiß, dass das eine äußerst unangenehme Sache ist. Die Bilder als solche haben nicht direkt pornographischen Charakter, aber sie wurden auf eine Pädophilen-Plattform geladen. Das BKA geht davon aus, dass bei solchen Leuten

in der Regel noch härteres Material zu finden ist. Es gibt da einen Erfahrungswert, der liegt bei ca. 70 %. Ich wollte zuerst mit Ihnen sprechen, da Sie in Bremen ja sicher Erfahrungen mit Hausdurchsuchungen hatten. Erklären Sie das bitte dem Kollegen Siebelts, das soll kein Misstrauen sein. Sie bekommen den richterlichen Beschluss gleich als Fax geschickt. Bitte halten Sie mich auf dem Laufenden. Ich vertraue Ihnen."

Leicht verstört legte Petersen das Telefon in die Station.

„Was ist Lars, nun sag' doch was!", löcherte Siebelts ihn.

Inzwischen waren auch die Kollege Naumann und Anwärter Bernhard anwesend. Die Verärgerung darüber, dass Wilbert Onno übergangen hatte, nagte schon an Petersen. Onno und er arbeiteten äußerst vertrauensvoll zusammen. Dieses gute Verhältnis wollte er auf keinen Fall gefährden, nur weil Wilbert offensichtlich zu feige war, Onno seine Handlungsweise selbst zu erklären. Nachdem sich Petersen einen Kaffee eingeschenkt hatte, unterrichtete er seine Kollegen. Onno Siebelts ließ sich nicht anmerken, dass er von seinem Vorgesetzten übergangen worden war. Vorlaut, wie Petersen es empfand, meldete sich Anwärter Bernhard als erster.

„Also haben wir einen Fall Edathy auf Wangerooge."

Sofort polterte Petersen dazwischen.

„Ruhe, ich will hier keine Parolen hören. Ich möchte mit euch besprechen, wie wir vorgehen, ruhig und sachlich."

In diesem Moment war klar, dass Petersen die Rolle eines Einsatzleiters annahm, obwohl sie ihm eigentlich nicht zustand.

„Wer wohnt da, Onno, weißt du das?", wandte er sich seinem Kollegen zu.

Ohne zu zögern antwortete dieser.

„Stefan Ramm, Lehrer an der Inselschule."

„Ach du Scheiße", entfuhr es Petersen.
„EdeKa, Ende der Karriere, das war's dann", bemerkte Naumann in seiner trockenen Art.
„Keine Vorverurteilungen, liebe Kollegen", riss sich Petersen wieder zusammen.
„Günter hat Recht", schaltete Onno sich ein, „auf der Insel ist so ein Verdacht tödlich."
„Mag sein, deshalb lasst uns überlegen, wie wir das so diskret wie möglich hinkriegen. Ich schlage vor, dass wir bei dem nicht am helllichtem Tag auftauchen, sonst ist das sofort rum und der Ruf der Insel ist beschädigt."
Naumann und Siebelts nickten zustimmend.
„Mitten in der Nacht oder frühmorgens, das sind Gestapo-Methoden", warf Anwärter Bernhard ein. Petersen schien die Kontrolle zu verlieren.
„Schnauze und nochmals Schnauze, Sie sind in der Ausbildung, da hört man erst einmal zu und fällt nicht durch pauschalisierende Bemerkungen auf. Wir ringen hier nach einer Möglichkeit, den Schaden für alle Beteiligten zu begrenzen!"
Einige Sekunden herrschte komplette Stille in der Runde. Irgendwie hatte Petersens Ausbruch alle betroffen gemacht. Er rang nach Luft.
„Morgen früh 4 Uhr Abmarsch, ohne Uniform."
Nach dieser Ansage stand er auf und ging vor die Tür. Die frische Luft tat ihm gut. Er musste seinen Ärger besser unter Kontrolle halten. War sein Rochus auf Bernhard nicht dienstlich motiviert? Er spürte, wie hinter ihm die Tür des Reviers aufging.
„In der Sache hast du Recht, im Ton nicht", hörte er Onno hinter ihm sagen.
Petersen nickte gequält.

„Dir ist schon klar, was da auf uns zukommt, Onno. Entschuldigung, dass ich die Sache an mich gezogen habe, aber Wilbert will das so, das ist nicht auf meinem Mist gewachsen."
„Kein Problem, kann ich mir schon denken, wegen der Erfahrung aus Bremen und so, das geht schon in Ordnung, aber such' mal das Gespräch mit Bernhard."
„Muss ich wohl, aber erst muss sich mein Ärger verziehen und danke, dass du nicht beleidigt bist."
Onno klopfte Petersen auf die Schulter und beide gingen wieder zurück in die Wache, wo Petersen direkt auf Anwärter Bernhard zuging.
„Entschuldigung, mein Ausbruch war eben daneben."
Anwärter Bernhard, der wie ein begossener Pudel in seinem Bürostuhl hing, war sichtlich erleichtert.
„Ist okay", stammelte er.

Petersen wollte gerade zeitig ins Bett gehen, um für die anstehende Nachtaktion fit zu sein, als aus seinem Privathandy der Gitarrenriff von *Smoke on the Water* röhrte. Das Bild von Mona leuchtete auf. Er ahnte, was jetzt kommen würde, nahm das Gespräch aber trotzdem an.
„Lars, was soll das, warum machst du den Simon so an. Der ist völlig fertig. Ich kenn dich so gar nicht, was ist los?", hörte er ihre Stimme aus dem Smartphone.
„Hat er sich bei Mama ausgeheult?" schoss er aggressiv zurück. Auf diese Art der Anmache hatte er nun überhaupt keine Lust.
„Falls er es nicht berichtet hat, ich habe mich entschuldigt", legte er nach.
„Okay, aber warum kommt es zu solchen Situationen? Hast du ein Problem damit, dass ich Simon empfohlen habe?"

Petersen verneinte das, obwohl sie mit ihrer Vermutung wohl recht nah an der Wahrheit lag.
„Solche Gestapo-Sprüche müssen ja nun nicht sein, oder?“
„Dann rede in Ruhe mit ihm, erläutere ihm, dass so ein Spruch in dieser, für euch angespannten Situation, daneben war. Das hast du doch drauf. Vermittle ihm deine Erfahrung, so wie du es bei mir auch gemacht hast.“
Sie verstand es geschickt, ihm zu schmeicheln, so empfand er es jedenfalls.
„Okay, mach‘ ich. Wir haben im Moment einiges um die Ohren. Der Magister liegt im Krankenhaus, wahrscheinlich hat ihm jemand in die Rippen getreten. Ich hab‘ zwar einen Verdacht, kann aber nichts beweisen.“
„Okay, versteh‘ ich. Wenn ich bald mal ein freies Wochenende habe, besuch ich euch. Mache gerade einen Lehrgang in Hannover über Handyortung und alles, was damit zusammenhängt. Ich wünsch euch Glück und ein gutes Händchen, bis bald.“
Mit dem frühen Einschlafen war es jetzt wieder nichts. Monas Stimme hatte ihn wie immer emotionalisiert. Also Kopfhörer rein. Jetzt half nur noch Rock von der heftigen Sorte.

Pünktlich um 4 Uhr morgens fanden sich alle vier Beamten im Dienstzimmer des Reviers ein. Petersen gab mit gedämpfter Stimme einige Verhaltensmaßregeln zum Besten. Auf Vorschlag von Onno Siebelts entschlossen sie sich, nicht den Weg durch den Ort zu wählen, sondern stattdessen über die Anton-Günther-Straße und den Weg an der Müllpressstation zur Straße Am Wattenmeer zu gehen. Das rote Licht des neuen Leuchtturms durchzuckte in regelmäßigen Abständen den Himmel. Keiner der Beamten sprach ein Wort. Alle schienen ihren Gedanken

nachzuhängen. Petersen musste daran denken, dass sie in wenigen Augenblicken die Existenz eines Menschen vernichten würden. Selbst, wenn sich der Verdacht nicht erhärten würde, war ein solcher Vorgang auf der Insel besonders rufschädigend. Vom Hafen her waren Lichter erkennbar. Scheinbar wurde ein Versorgungsschiff entladen. Kurz vor Beginn der Sommerferien mussten die Regale in den beiden Supermärkten gefüllt sein.
Das kleine Haus, das sie jetzt erreichten, war das letzte in der Häuserreihe und lag auf einer kleinen Anhöhe. Auf der Terrasse stand ein weißer Strandkorb, dessen Sitzpolster mit einem blauweißen Stoff bezogen waren. Wie zu erwarten, brannte im Haus kein Licht. Nur die Lampe eines Bewegungsmelders sprang an, als sie sich dem Eingang näherten. Petersen suchte in seiner Büromappe nach dem Durchsuchungsbeschluss. Onno betätigte die Klingel. Wie zu erwarten war, gab es keine Reaktion im Haus. Nach mehrmaligem Klingeln und Klopfen gegen die Scheiben der Außenfenster ging das Licht im Hausflur an. Ein völlig verängstigter Mann mittleren Alters öffnete sehr vorsichtig die Tür. Stefan Ramm trug einen Bademantel, seine mittellangen, schwarzen Haare waren total verwühlt. Petersen reichte den Beschluss durch die Türöffnung. Ramm bat um einen Moment, da er seine Brille holen müsse. Petersen hatte keine Einwände. Es entstand eine kurze Wartezeit. Eigentlich war diese Vorgehensweise nicht korrekt, da der Verdächtige jetzt die Zeit zur Flucht hätte nutzen können. Petersen schätzte die Gefahr aber als gering ein und auch Onno zeigte durch ein kurzes Nicken sein Einverständnis mit Petersens Vorgehensweise. Ramm schien schon im Haus den Gerichtsbeschluss gelesen zu haben. Er öffnete die Tür jetzt sehr weit und bat die

Beamten herein. Petersen bemerkte, dass dieser am ganzen Körper zitterte.
„Herr Ramm können wir uns in Ruhe irgendwo unterhalten? Zeigen Sie bitte inzwischen den Kollegen, wo sich Ihr PC bzw. Laptop befindet. Laut Verfügung des Ermittlungsrichters müssen wir die Geräte beschlagnahmen.
„Ich habe nur einen Laptop, der steht auf dem Schreibtisch in meinem Arbeitszimmer."
Nachdem die Kollegen das Arbeitszimmer in Augenschein nahmen, setzten sich Petersen und Ramm auf das große Sofa im Wohnzimmer. Hinter dem Sofa befand sich eine große Bücherwand. Auf die Schnelle erkannte Petersen Gesamtausgaben von Goethe, Schiller, Brecht, Grass und Hesse.
„Sie wissen, warum wir hier sind?", begann Petersen das Gespräch.
Ramm schüttelte den Kopf.
„Sie haben irgendetwas auf meinem Rechner gefunden. Das habe ich verstanden. Alles muss ein Irrtum oder eine Verwechslung sein", stammelte Ramm, der das Zittern seines Körpers kaum unterdrücken konnte. Petersen versuchte sachliche Distanz zu wahren, hatte aber nicht den Eindruck, dass Ramm ihm sein Erschrecken vorspielte.
„Es sind Fotos vom Wangerooger Strand aufgetaucht, die von Ihrem Rechner auf eine Pädophilen-Plattform geladen worden sind, deshalb sind wir hier", erläuterte Petersen noch einmal den Sachverhalt. Bei Petersens Worten nahm das Zittern noch einmal zu. Sollte er ärztliche Hilfe anfordern?
„Ich habe nie Fotos am Strand gemacht", wimmerte Ramm, „die einzigen Fotos, die Sie auf dem Rechner finden werden, sind Fotos vom Deichbau im Osten und die brauche ich für

ein Unterrichtsprojekt über den `Schimmelreiter` von Theodor Storm."

Petersen kannte die Novelle. Er hatte sie als Jugendlicher verschlungen. Einige der wenigen Lektüren, die ihm noch aus seiner Schulzeit in Erinnerung geblieben waren.

„Interessantes Projekt Herr Ramm, aber das Bundeskriminalamt wird das sicher alles noch einmal untersuchen und dann wird man weitersehn. Wir nehmen den Rechner jetzt mit, bitte quittieren Sie mir das."

Die drei anderen Beamten kamen ins Wohnzimmer. Simon Bernhard hatte den Laptop und eine externe Festplatte unter dem Arm. Mit zittrigen Händen quittierte Ramm den Vorgang. Petersen stand auf.

„Brauchen Sie ärztliche Hilfe, Herr Ramm, kommen Sie alleine klar?", fragte er in fürsorglichem Ton, denn sicher konnten sie nicht sein, dass Ramm nicht zusammenklappen würde. Ramm schüttelte mit dem Kopf und stammelte.

„Ich bin erledigt."

Mit betreten Mienen verließen die Beamten das Haus. Langsam dämmerte es.

Sie gingen denselben Weg zurück, den sie gekommen waren. Günter Naumann durchbrach als Erster das Schweigen.

„Im Arbeitszimmer war alles völlig unauffällig. Unterrichtsbücher ohne Ende, keine Pornobilder."

„Günter, was hast du erwartet? Glaubst du, dass so jemand sein Material frei zugänglich rumliegen lässt?", bemerkte Petersen.

„Auf alle Fälle scheint er ein richtig engagierter Pädagoge zu sein. Ich habe nur Gutes über ihn gehört", warf Onno ein.

Simon Bernhard, der seit dem Ausbruch von Lars Petersen sehr verunsichert war, wagte eine Frage zu stellen.

„Was wird denn nun mit ihm in der Schule?"

„Nicht unsere Sache“, antwortete Petersen betont sachlich, „da kommt jetzt das Beamtengesetz zum Tragen. Ich denke, die werden ihn erst einmal vom Dienst suspendieren.“ Damit kannte er sich aus.

Sie hatten die Wache erreicht. Laptop und externe Festplatte wurden verpackt. Abgemacht war, dass Günter Naumann das erste Schiff nahm, um dann in Harle die Sachen an einen LKA-Beamten zu übergeben. Bernhard wurde zum Brötchen holen geschickt. Alle hatten jetzt das Bedürfnis zusammen und in aller Ruhe zu frühstücken.

Nachdem Frühstück sprach Petersen eine Sache an, die ihn seit seinem Telefonat mit Mona quälte, Stichwort Handyortung. Hätte man nicht bei Jessen das Handy beschlagnahmen müssen. Er war immer noch davon überzeugt, dass dieser den liegenden Magister traktiert hatte. Die Sache mit Jessen nagte an ihm. Wegen seiner Plantage würde er sicher eine Bewährungsstrafe bekommen, aber zusätzlich Körperverletzung, das wäre schon eine andere Hausnummer. Er trug den anderen seinen Gedankengang vor. Onno nickte zustimmend.

„Begründe das doch und schicke das nach Oldenburg.“

Simon Bernhard räusperte sich etwas verlegen.

„Wenn ich da was zu sagen darf, der Verdacht der Körperverletzung ist ja sehr vage, begründen Sie das doch auch damit, dass man vielleicht mit Hilfe des Handys an einen möglichen Verteilerring kommen könnte.“

Gespannt blickte er zu Petersen. Dieser lächelte.

„Raffiniert, hätte von mir sein können, sehr gute Idee.“

Dieses Kompliment verfehlte nicht seine Wirkung. Zum ersten Mal seit langem, machte der junge Kollege einen entspannten Eindruck. Petersen ging sofort an seinen PC, um eine Handybeschlagnahme zu beantragen. Nachdem er

den Antrag abgeschickt hatte, betrat Zollsekretär Kleppe das Revier.
„Moin, liebe Kollegen, habt ihr einen Kaffee für mich? Ich hab‘ wieder was Neues mit diesen Greenhorns und dem Motorkreuzer.“
„Sind die wieder auf Schiet aufgelaufen?“ grinste Onno.
„Nee, der Vormann vom Rettungsboot, Heinz Siel, hat mich angesprochen. Die haben gestern eine Kontrollfahrt ins Harle Gatt gemacht und unsere Freunde sind da wieder rumgegurkt. War aber ruhige See, da konnte man nichts falsch machen, wenn man die Tonnen beachtet. Nee, was interessant ist, dass die da eine Drohne haben fliegen lassen.“
Verdutzt sahen die Polizisten Kleppe an. Bernhard war der erste, der sich meldete.
„Das machen heute viele auf dem Festland. Ich war mal auf einem Rockfestival in Aurich, da flog die ganze Zeit eine Drohne über der Veranstaltung, die haben da Filmaufnahmen gemacht.“
Rockfestival, durchzuckte es Petersen, da war der bestimmt mit Mona. Aber er zwang sich zur Sachlichkeit.
„Vielleicht machen die da tatsächlich Filmaufnahmen.“
Kleppe verzog den Mund.
„Lars, das kann natürlich sein. Aber kann man nicht auch mit so einem Teil Drogen von Schiffen holen?“
„Möglich, aber doch sehr auffällig. Geh‘ doch mal in den Hafen und kontrollier die Jungs. Kann ja auch einer von uns mitgehen.“
Kleppe begrüßte das Angebot und wollte sich später wieder melden.
Kaum war Kleppe gegangen, trat Gerd Munderloh, seines Zeichens Schulleiter der Inselschule, ein. Petersen hatte ihn noch nie getroffen. Im letzten Jahr hatte er mit seinem

Vorgänger zu tun gehabt. Munderloh war aktives Mitglied im Gemeinderat und auch im örtlichen Sportverein engagiert. Petersen schwante schon, warum er hier war. Nach einem kurzen „Moin“ ging er zielstrebig auf Onno zu.
„Onno, ich muss dich in einer wichtigen Angelegenheit sprechen. Es geht um einen Kollegen von mir, bei dem ihr heute Morgen ward.“
Onno winkte Petersen heran. In dieser für ihn sehr pikanten Angelegenheit fühlte er sich äußerst unsicher. Mit dem sonstigen Inselalltag hatte diese Angelegenheit nichts zu tun. Hier vertraute er mehr auf die Erfahrung des ehemaligen Großstadtpolizisten Lars Petersen.
„Lars, kommst du mal zu uns? Das ist Schulleiter Munderloh, mein Kollege Petersen“, stellte er vor. Die drei zogen sich in das separate Besprechungszimmer zurück.
„Ich musste heute meinen Kollegen Ramm auf Weisung der Bezirksregierung vom Dienst suspendieren“, begann Munderloh sofort die Unterhaltung, „was ist los, die haben mir kaum was gesagt. Nur so eine Andeutung in Richtung Klärung eines Verdachts.“
„Beruhig dich, Gerd“, versuchte Onno den sichtlich aufgebrachten Rektor zu beruhigen.
„Viel mehr wissen wir auch nicht“, sprang ihm Petersen bei, „wir haben heute Morgen im Auftrag der Staatsanwaltschaft eine Hausdurchsuchung durchgeführt. Nähere Details wurden uns nicht genannt.“
Onno blickte Petersen fragend an, dem klar war, dass diese Aussage nicht ganz stimmte. Aber Petersen hatte mit Bedacht diese kleine Notlüge gewählt. Zu diesem Zeitpunkt war es für ihn wichtig, die Gerüchteküche nicht noch unnötig anzuheizen.

„Das war schon ein Hammer, als ich heute Morgen dem Kollegen Ramm den Zutritt zur Schule verweigern musste. Der war völlig fertig. Ich mache mir große Sorgen um ihn."
Petersen nickte bedächtig.
„Glauben Sie mir, Herr Munderloh, für uns war das heute Morgen auch nicht einfach in aller Herrgottsfrühe eine Wohnung zu durchsuchen."
„Ramm hat mir etwas von der Beschlagnahme eines PCs erzählt, stimmt das?"
„Dazu darf ich Ihnen keine Angaben machen, es tut mir leid. Wir sind genauso wie Sie zur Amtsverschwiegenheit verpflichtet."
„Ja, das Beamtenrecht ist mir schon klar. Ich muss trotzdem noch was loswerden, einfach damit Sie es wissen. Der Kollege Ramm ist ein äußerst korrekter Kollege. Er hat sich nie etwas zu Schulden kommen lassen, verhält sich gegenüber den Schülern äußerst korrekt, eher sogar distanziert, falls Sie in dieser Richtung ermitteln, wenn Sie verstehen. Beispielhaft ist seine Projektarbeit mit dem 10. Jahrgang über Theodor Storms `Schimmelreiter`. Er nimmt die Deichbaumaßnahmen im Osten zum Anlass, die Novelle zu lesen, lässt die Schüler mathematische Berechnungen zum Deichbau vornehmen, macht Interviews mit den Arbeitern und Ingenieuren. Vorbildlich, sonst wird immer Projektarbeit als Worthülse unter uns Pädagogen benutzt, tolle Sache, doch richtig machen tut es keiner. Der Ramm, der kann das richtig gut. Entschuldigung, dass ich mich jetzt so in Rage geredet habe, aber mir war einfach wichtig, das hier loszuwerden. Das war's! Sie und ich, wir sind irgendwie in einer beschissenen Situation. Also, ich mach' mich dann mal vom Acker."
Petersen und Onno Siebelts blickten sich betreten an, als der Schulleiter gegangen war.

„Wir können hier sowieso nichts machen“, durchbrach Siebelts die Stille, „uns sind die Hände gebunden.“
„Stimmt, das Plädoyer des Schulleiters für seinen Kollegen ist natürlich ehrenwert, aber sieht man z. B. Pädophilen ihre Neigung an? Ich glaube nicht.“
„Ich kenn‘ mich mit so was überhaupt nicht aus, und das ist auch gut so. Feierabend, es reicht für heute. Mir ist das alles auf den Magen geschlagen.“
„Ja, mir schwirrt auch der Kopf, die Sache mit dem Magister und jetzt das hier. Ich dachte im Sommer wird das `ne ruhige Nummer.“
Petersen packte seine Sachen und ging hoch in seine Wohnung. Er sah auf seine Uhr. Wenn er sich beeilen würde, hätte er noch eine Chance auf einen Snack im „Diggers“. Heute hatte der Schwede gekocht. Das versprach eine gute Mahlzeit. Danach würde er noch einen Absacker im „Strandkorb“ trinken, da der „Störtebeker“ ja noch geschlossen war.

Als Petersen das „Diggers“ verlassen hatte, setzte ein leichter Sommerregen ein. Viele Badegäste verließen fluchtartig ihre Strandkörbe. Einige Unentwegte spielten weiter Volleyball. In einigen Wochen würde das Gästeturnier stattfinden, das sich großer Beliebtheit bei den Gästen erfreute. In zwei Tagen würden die Sommerferien in Niedersachsen und Bremen beginnen, Nordrhein-Westfalen folgte zwei Wochen später. Petersen empfand die Insel jetzt schon als relativ voll. Eine nochmalige Verdoppelung der Gästezahlen, so wie es Onno prophezeit hatte, konnte er sich beim besten Willen nicht vorstellen. Onno hatte ihm den Tipp gegeben, morgens um acht einkaufen zu gehen, da man, wenn man Pech hatte, sich sonst in eine lange Schlange vor den beiden Supermärkten einreihen musste. Er sprach von DDR-Verhältnissen, als es ehedem besagte Schlangen vor den HO-Läden gab, wenn es mal außer der Reihe etwas Besonderes zu kaufen gab, was ja auch nicht allzu häufig vorgekommen war. Im „Strandkorb“ schien es recht voll zu sein. Für einige Touristen bot der Regen einen guten Anlass, auf ein Jever-Pils einzukehren. Die Spielautomaten-Junkies belegten wie immer die Plätze vor den Automaten, auch hatte sich eine kleine Knobelrunde eingefunden. Die Gruppe hatte sich um einen älteren Mann gruppiert, der wie ein Methusalem auf der erhöhten Bank thronte. An der Abgrenzung zur Theke war sinniger Weise ein Schild mit der Aufschrift „Knobelschule Wangerooge“ angebracht. Petersen war dieses Schild bisher nicht aufgefallen. Kaum war er eingetreten, wurde er mit „Moin, mien Jung“ begrüßt. Petersen ahnte schon, wer da, verdeckt durch einen Touristen, links von ihm an der Theke saß. So wurde er immer von dem kleinen Mann mit der braunen Lederjacke begrüßt, der sich selbst als „Flächen-Rembrandt“ bezeichnete, was natürlich ein Hinweis auf seinen früheren Beruf als Maler sein sollte. Die Bedienung, ein schlankes Mädchen mit großer schwarzer Brille, versuchte tapfer, die Bestellflut abzuarbeiten. Ihren osteuropäischen Akzent konnte Petersen keinem Land zuordnen. Zwei Plätze weiter unterhielten sich zwei Insulaner darüber, dass sie einem Ehepaar aus Wanne-Eickel einen Bären aufgebunden hatten. Auf die Frage, was die Blitze dort auf dem Meer zu bedeuten hätten, habe man ihnen erklärt, dass das Radaranlagen seien, die Schiffe blitzen würden, wenn sie zu schnell unterwegs waren. Petersen staunte ungläubig über diese Geschichte. Etwas Anderes allerdings erregte stärker seine Aufmerksamkeit. Auf der rechten Seite der halbrunden Theke kursierte ein Handy mit einem Foto. Er konnte das Foto nicht sehen, meinte aber, den Namen

‚Magister' gehört zu haben. Die Geräuschkulisse bewegte sich in einem immer grenzwertigeren Bereich. Die Musik von Antenne Niedersachsen röhrte im Hintergrund, in bestimmten Abständen kam ein krähenhaftes Lachen aus der Ecke der Knobler, die Spielautomaten ratterten in einer Tour und das laute Kichern über diese Handyfotos boten einen Klangbrei, bei dem es sehr schwer war, irgendetwas Vernünftiges zu verstehen. Nun hatte das Handy mit den Fotos seinen Nebenmann erreicht. Wie ein Schüler, der bei seinem Banknachbarn abgucken wollte, lugte er auf das Foto im Handy. Was er dort sah, verschlug ihm die Sprache. Das Foto zeigte den verletzt liegenden Magister, der mit Blut im Gesicht auf dem Bürgersteig vor der Teestube lag. Petersen stieß seinen Nebenmann an.
„Sag mal, wer postet denn sowas?"
Zum Glück schien sein Thekennachbar nicht zu wissen, dass er einer der örtlichen Polizisten war. Freimütig antwortete dieser:
„Das kursiert schon seit zwei Tagen über Facebook."
„Und von wem kommt das?"
„Keine Ahnung, hier steht als Name Friesenschreck, ist anonym."
Petersen beschloss keine weiteren Fragen zu stellen. Er würde morgen mal nach diesem „Friesenschreck" forschen. Zwei Plätze weiter forderte ein Gast ein Beigetränk. Ein Begriff, den Petersen noch nie gehört hatte. Der osteuropäischen Bedienung schien diese Bestellung ebenso ein Rätsel zu sein. Freundlich fragte sie, was das für ein Getränk sei.
„'Nen Lütten", kam es vom Flächen-Rembrandt. Nachdem dieser die Bedienung über diesen plattdeutschen Begriff aufgeklärt hatte, kam von ihr, ohne weiteren Kommentar, zügig der gewünschte Schnaps auf die Theke. Petersen

musste grinsen, die Kneipe als Volkshochschule für die plattdeutsche Sprache.
Auf dem Heimweg, den er wie immer über die Promenade wählte, ließen ihn die Fotos, die er auf dem Handy gesehen hatte, nicht mehr los. Wer macht Fotos von verletzten Personen, scheinbar ohne Hilfe zu holen? Vielleicht würde es ihnen doch gelingen, etwas mehr Licht ins Dunkel dieser denkwürdigen Nacht zu bringen. Noch einen Blick auf das Leuchtfeuer Helgoland, dann bog er in die Anton-Günther-Straße ab. Der Regen hatte zugenommen.

11

Am nächsten Morgen berichtete Petersen von den Fotos, die im Netz über den Vorfall mit dem Magister kursierten. Alle waren sichtlich schockiert. Anwärter Bernhard nahm sein I-Phone und suchte sofort nach den Fotos im Netz. Nach einer halben Minute hatten alle die Bilder gesehen. In der Tat kamen die Fotos im Ursprung von einer anonymen Seite namens „Friesenschreck“.

„Kann man nicht rausfinden, wer dieser Friesenschreck ist?“, fragte Onno Siebelts in die Runde.

Bernhard schüttelte den Kopf.

„Sehr schwer, da müsste Facebook mitspielen, die verstecken sich hinter dem Datenschutz.“

„Was ist mit der Uhrzeit, wann sind die Fotos gemacht worden?“, warf Günter Naumann ein.

Bernhard starrte auf sein I-Phone.

„Gepostet wurden sie um 4:36 Uhr.“

„Was aber nicht heißt, dass sie dann auch gemacht worden sind“, warf Petersen ein.

„Haben wir eine Zeit, wann der Magister gefunden wurde?“, meldete sich Naumann wieder.

Onno kramte in den Tagebucheinträgen der letzten Tage.

„Da wir ja nicht informiert worden sind, habe ich nur die ungefähre Zeitangabe des Rettungsdienstes, wartet mal, 5:10 Uhr habe ich notiert.“

Petersens Stirn schlug noch mehr Falten, als sie sowieso schon hatte.

„Dann haben wir ja unterlassene Hilfeleistung, mich würd‘ nicht wundern, wenn die Bilder auch auf dem Handy von Jessen sind.“

„Vor einer halben Stunde, das hätte ich fast vergessen, ist der Beschluss gekommen. Wir können das Handy von Jessen beschlagnahmen."
Onno reichte das Fax an Petersen weiter.
„Worauf warten wir?", frohlockte Petersen, „Onno, krieg doch mal raus, wo der sich jetzt aufhält, aber Vorsicht, nicht dass der gewarnt wird."
Onno warf Petersen einen bösen Blick zu.
„Bin kein Anfänger."
Siebelts schwang sich ans Telefon. Die Ferienwohnungs-Reinigungsfirma gab bereitwillig Auskunft.
„Der putzt im Moment im Haus Sturmeck, Wohnungsnummer hab' ich."
„Zwei Mann reichen", Petersen erhob sich, „Kollege Bernhard macht einen sportlich fitten Eindruck. Kommen Sie mit!"
Bernhard, der sich sichtlich geschmeichelt fühlte, sprang sofort auf.
Das Haus Sturmeck befand sich im Bereich des Dorfgrodens, in der Christian-Janssen-Straße. Auf dem Weg dorthin sprachen die beiden Beamten wenig. Petersen fürchtete, dass Bernhard wieder auf Mona zu sprechen kam und Bernhard wiederum wolle sich nicht Petersens mürrischen Sprüchen aussetzen. Vor dem Haus Sturmeck stand ein Fahrrad mit einem Anhänger, der an der Seite mit den Initialen der Reinigungsfirma bemalt war. Auf dem Anhänger lag ein blauer Plastiksack, der vermutlich mit Schmutzwäsche gefüllt war. Das Haus war ein rotgeklinkertes Zweifamilienhaus. Aber wo jetzt klingeln? Petersen musterte die Fensterfront. In der rechten Wohnung waren die Fenster leicht geöffnet oder gekippt. Kurzentschlossen drückte Petersen den Klingelknopf, unter

dem Wohnung 2 stand. Der Summer wurde betätigt. Sie drückten die Tür auf, aber niemand zeigte sich.
„Sabine, bin auf dem Balkon eine rauchen“, hörten sie die Stimme von Jessen. Da keine Antwort kam, verließ dieser den Balkon und traf mitten im Wohnzimmer auf die beiden Beamten. Jessen schien erstaunt zu sein, hatte sich aber offensichtlich unter Kontrolle.
„Sie schon wieder, meinen Anhörungstermin in Oldenburg hab‘ ich erst nächste Woche, was wollt ihr denn schon wieder?“
Petersen hielt ihm das Fax vors Gesicht.
„Wir müssen Ihr Handy beschlagnahmen, als Beweissicherung!“
Jessens Mimik veränderte sich jetzt schlagartig. Panik war in seinen Zügen zu erkennen.
„Ich hab‘ das nicht dabei“, stammelte er.
„Ich glaub‘ Ihnen kein Wort. Zur Not machen wir eine Leibesvisitation.“
Petersen streckte seine Hand aus.
„Nun machen Sie keine Schwierigkeiten. Das Abgrabbeln können wir uns doch ersparen, oder?“
Blitzschnell zog Jessen sein Handy aus der Hosentasche. Petersen hatte die Hand schon an seiner Waffe, als Jessen das Gerät auf den Fußboden warf. Bernhard erahnte, was Jessen vorhatte. Dieser nahm einen kleinen Anlauf und versuchte, auf das Smartphone zu springen. Geistesgegenwärtig stellte Bernhard dem Putzmann ein Bein. Mit voller Wucht stürzte Jessen zu Boden und begrub das Handy unter sich. Jetzt reagierte Petersen. Er drehte Jessen auf den Bauch. Bernard, der ahnte was Petersen vorhatte, gab diesem Handschellen.
Jessen brüllte.

„Aua, Sie tun mir weh. Sie haben keinen Haftbefehl. Sie dürfen mich nicht festnehmen!“
Bernhard war es mittlerweile gelungen, das Handy zu ergattern. Zum Glück schien es nicht beschädigt zu sein.
Petersen half Jessen hoch und baute sich vor ihm auf.
„So Herr Jessen, wir wollten nur Ihr Handy haben. Keine Verhaftung, beruhigen Sie sich. Kann ich Ihnen die Handschellen wieder abnehmen, ohne dass Sie jetzt Zirkus machen?“
Jessen nickte. Petersen ließ sich den Empfang des Handys quittieren und beide Beamte verließen dann die Wohnung. Zurück blieb ein völlig zerknirschter Jessen, der sich mit einem langen Seufzer auf das Sofa der Ferienwohnung fallen ließ.

Petersen war der erste, der auf dem Rückweg die Sprachlosigkeit beendete.
„Sie haben sehr gut reagiert, Kollege Bernhard, gute Arbeit! Wie deuten Sie Jessens Reaktion?“
Jessen strahlte. Ein solches Lob hatte er nicht erwartet. Schon gar nicht von Petersen, der anfänglich so anders war, als Mona ihn beschrieben hatte. Langsam begann er ihn zu mögen.
„Ich denke, wir haben ins Schwarze getroffen“, antwortete er, „das Handy schien ihm sehr wichtig zu sein. Wenn ich mich nicht täusche, werden wir belastendes Material finden. Das gilt wahrscheinlich sowohl für die Drogensache, als auch für die Fotos vom verletzten Magister.“
Petersen grinste.
„Bingo!“
In der Wache angekommen, berichteten sie den andern beiden Kollegen von ihrem Einsatz.

„Dann muss das Handy jetzt also nach Oldenburg“, stellte Onno fest.
„Einen Moment noch“, warf Petersen ein, wir wollen doch mal sehen, was da so drauf ist oder?“
„Wenn da mal keine Tastensperre eingerichtet ist“, meldete sich Bernhard.
Petersen reichte seinem Kollegen Bernhard das Smartphone.
„Versuchen Sie Ihr Glück. Junge Leute können da besser mit umgehen als wir alten Säcke.“
Onno grinste.
„Du sprichst mir aus dem Herzen. Das mit den alten Säcken nimmst du aber zurück.“
Alle lachten. Bernhard zog sich zurück, um sich mit dem Handy eingehender zu beschäftigen.
In diesem Moment betrat ein sehr ernst dreinblickender Sönke Meiners das Revier.
Petersen meinte den Grund des Besuchs seines Musikerkollegen zu kennen. Als beide sich in das Besprechungszimmer zurückgezogen hatten, wurde seine Vorahnung bestätigt. Es sollte um Sönkes suspendierten Kollegen gehen. Meiners räusperte sich.
„Hör zu, ich weiß, dass ihr auf Anordnung von Oben gehandelt habt. Ihr seid Beamte, genauso wie wir, Beamtengesetz, Amtsverschwiegenheit, die ganze Leier. Ich denke, wir kennen uns zwar noch nicht so lang, aber über die Musik sind wir uns doch schnell näher gekommen und ich würde dich, auch nach so kurzer Zeit, als Freund bezeichnen. Ich würde dir gerne nur etwas erzählen, mehr nicht. Ich weiß, dass du mir nichts sagen darfst.“
Petersen fühlte sich hilflos. Das war etwas, mit dem er überhaupt nicht umgehen konnte. Was wollte Sönke Meiners ihm jetzt sagen?

„Stefan Ramm ist Insulaner, also auf der Insel geboren. Nach seinem Studium in Marburg und Hamburg hat er eine Lehrerstelle in Hamburg-Wilhelmsburg bekommen. Ich denke, auch wenn du aus Bremen bist, wirst du wissen, was das bedeutet, so ähnlich wie Gröpelingen in Bremen."
Petersen nickte.
„Dieser Schöngeist mit seiner Liebe zur deutschen Literatur, beseelt von dem Gedanken, dieses Interesse an Schüler zu vermitteln, unterrichtet in Schulklassen, in denen die Hälfte der Schüler kaum Deutsch spricht. Er scheitert grandios, wird krank, Burn-Out usw. Zur gleichen Zeit erkrankt seine Mutter, die hier auf der Insel lebte in dem Häuschen, das du mittlerweile kennst, an Krebs. Wenn er in den Ferien auf Wangerooge war, haben wir lange Gespräche geführt. Ich habe ihm dann versprochen zu versuchen, ihn auf die Insel zu holen. Unser damaliger Schulleiter hat da mit der Bezirksregierung rumgetrickst und über einen Planstellentausch mit Hamburg, Härtefallregelung, ist es uns dann gelungen, ihn auf die Insel zu holen. Hier im geschützten Raum, Klassen mit wenigen Schülern, ist er dann zu einem unserer besten Lehrer geworden. Bis zu ihrem Tod hat er seine Mutter aufopferungsvoll gepflegt. Ich denke bei vielen Insulanern hat er sich damit großen Respekt erworben. Was immer ihr ihm vorwerft, der Mann ist zu kriminellen Handlungen nicht fähig, und so etwas würde ich nur über wenige Menschen sagen. Die Beschlagnahme seines PCs, das hab ich von unserem Schulleiter, deutet ja in eine gewisse Richtung. Stefan hat sich nie, auch nur im entferntesten weiblichen oder männlichen Schülern genähert. Im Gegenteil, er gilt als eher distanzierter Pädagoge, der eine professionelle Distanz zu Schülern aufrechterhält. Ganz anders als einige Kollegen, die sich förmlich anbiedern. Ich weiß, dass man in einen

Menschen nicht reinsehen kann, aber für den lege ich meine Hand ins Feuer.“
Fast hätte Petersen gesagt, hoffentlich verbrennst du sie nicht. Aber irgendwie war er emotional über dieses Plädoyer seines Musikerfreundes tief betroffen. Ihm fehlten die Worte darauf zu reagieren. Gott sei Dank sprach Sönke wieder:
„So das musste jetzt raus! Themenwechsel, dein Kumpel Merti und ich möchten gerne, dass du mit zwei bis drei Instrumentalnummern den 2. Teil unserer Fresena-Revival-Show einleitest. So typische 50er Jahre Nummern, Shadows, Duan Eddie usw. Wähle was aus, sag uns Bescheid, damit wir dich dann begleiten können. Merti meint, du könntest diese Nummern im Schlaf spielen.“
Petersen Züge entspannten sich. Er nickte, „geht klar, kein Problem.“
Meiners verabschiedete sich. Petersen blieb einen Moment allein im Besprechungszimmer sitzen. Er versuchte seine Gedanken zu ordnen, aber es gelang ihm nicht.
Es klopfte und Anwärter Bernhard trat ein.
„Kollege Petersen, das Handy ist durch ein Passwort gesperrt. Ich denke, dass müssen die Spezialisten in Oldenburg knacken. Ich packe es dann ein für den Versand.“
Petersen nickte. Bernhard wollte gerade wieder gehen, als Petersen sich in seinem Stuhl wieder aufrecht hinsetzte.
„Moment Mal, geben Sie mal Friesenschreck ein. Einen Versuch ist es wert.“
Bernhard stutzte. Petersen sah förmlich, wie bei seinem Kollegen plötzlich der Groschen fiel.
„Der anonyme Facebook-Post, da hätte ich drauf kommen müssen“, ereiferte sich Bernhard.
Petersen beruhigte ihn.

„Quatsch, das ist ein reines Lotteriespiel, versuchen Sie's mal."
Mit hochrotem Kopf tippte der junge Polizist das Wort „Friesenschreck" in das Smartphone ein.
„Bingo, das ist es!", jubelte Bernhard. Das Hintergrundbild öffnete sich. Es war auf schwarzem Untergrund ein Totenkopf zu sehen. Schnell öffnete er den Bilder-Ordner. Private Fotos von einer jungen Frau, die nackend und lasziv auf einem Bett lag, öffneten sich, Bilder aus Jessens Garten mit seiner Indoor-Plantage und dann kam es, 4:29 Uhr, der bewusstlose Magister, wie er auf dem Bürgersteig vor der Teestube lag. Mit einem triumphierendem Blick reichte Bernhard das Handy an Petersen.
„Da hat mich mein Bauchgefühl doch nicht getäuscht. Das Schwein hat ihn zumindest da liegen lassen, ob er ihn getreten hat, werden wir ihm nur schwerlich beweisen können. Aber unterlassene Hilfeleistung, Verletzung des Rechts am eigenen Bild, das alles kommt zu seiner Drogensache dazu. Der hat wahrscheinlich tatsächlich geglaubt, dass der Magister ihn verraten hat, weil ich da neulich alleine mit ihm in der Kneipe gesessen habe. Das hätte er sich sparen können. Der Magister hat mir überhaupt nichts erzählt."
Mittlerweile hatten auch die beiden anderen Kollegen das Zimmer betreten. Das Handy mit dem Bild wanderte von Hand zu Hand.
„Lars", meldete sich Günter Naumann, „der weiß doch jetzt, dass wir das Handy haben und das Bild gesehen haben. Der haut uns doch ab oder?"
Auch Onno nickte.
„Ich denke, es ist Fluchtgefahr gegeben."
Petersen rieb sich sein Kinn.

„Leute, bis ein deutscher Richter hier Haftbefehl erteilt, fließt noch viel Wasser die Harle rauf und runter."
„Hallo Lars, wir sind hier nicht in Bremen, wo das vielleicht so ist, hier ist Niedersachsen, da läuft das noch immer etwas anders", insistierte Onno, „ich telefoniere mit Oldenburg, die haben ja die Jessen-Sache an sich gezogen."
Von Petersen kam ein trockenes „versuch's."
Während Onno versuchte, Kontakt zur Staatsanwaltschaft Oldenburg aufzunehmen, bot sich Anwärter Bernhard an, vom „Eiscafé Venezia" Pizza für alle Mann zu holen. Onno winkte dankend ab. Seine Frau Frieda hatte Makrelen gebraten, für ihn ein Festessen. Die anderen aber gaben dankend bei Bernhard die Bestellungen auf.
Die Schreibtische sahen danach wie ein Schlachtfeld aus, überall lagen die Pizzapappen.
„Sauladen", raunzte Onno Siebelts, als er sein Telefongespräch mit Oldenburg beendet hatte.
„Also Kollegen, lieber Lars, wir haben hier doch keine Bremer Verhältnisse. Festnehmen, er wird von Harle nach Oldenburg gebracht, dort wird in den nächsten 24 Stunden über einen Haftbefehl entschieden, der aber als sehr wahrscheinlich gilt."
Petersen staunte.
„ A la bonheur, das hätte ich nicht gedacht. Dann müssen wir jetzt wieder ins Haus Sturmeck."
„Wart mal ab, ob der da noch putzt, so viel Zeit haben die nicht für eine Wohnung, der kann schon woanders sein. Ich rufe mal eben bei der Firma an, wo der sich jetzt aufhält."
Onno ging wieder zum Telefon.
Die drei anderen Kollegen spitzten ihre Ohren als sie aus dem Nebenraum Onno laut schimpfen hörten.
„Das kann doch nicht wahr sein, so'n Schiet."
Mit hochrotem Kopf kam Onno wieder zurück.

„Der hat sich für den Nachmittag krank gemeldet.“
„Uhrenvergleich“, rief Petersen in die Runde.
„14:58 Uhr“, kam es von Naumann, der sofort zum Schiffsfahrplan geeilt war, der im Flur der Wache hing.
„Zwei Abfahrten, heute“, rief er in das Dienstzimmer, „ 8:45 Uhr und 17:10 Uhr!“
„Erstes Schiff kann er nicht genommen haben, danach haben wir noch mit ihm gesprochen. Der nächste Flieger geht um 15:15 Uhr, Flugplatz anrufen, die haben für die gebuchten Flüge Namenslisten.“
Jetzt schwang sich Petersen ans Telefon. „Besetzt Scheiße, Günter übernimm das Telefon, immer wieder versuchen! Ich schwing mich auf unser E-Bike.“
Hastig trennte er das Rad vom Ladekabel. Das Kopfsteinpflaster auf der Siedlerstraße machte ihm zu schaffen. Einige Touristen, die ihm mit Koffern entgegenkamen, wunderten sich nicht schlecht über den mit dem Fahrrad sprintenden Polizisten. Petersen drückte aufs Tempo. Die Maschine aus Harle war also schon angekommen, jetzt ging es um Minuten. Als er in die Halle des Flughafens stürmte, erklärte ihm die Angestellte, dass er zu spät käme, die Maschine würde schon zur Startbahn rollen. Geistesgegenwärtig stürmte Petersen die Treppe zum Tower hoch. Völlig überrascht blickte ihn Uwe, der Mann mit den weißen Haaren, die zum Pferdeschwanz gebunden waren, an. Irgendwie erinnerte er Petersen an den genialen Keyboarder Jon Lord von Deep Purple.
„Was willst du denn hier?“
„Sofort die Maschine stoppen, da sitzt ein flüchtiger Straftäter drin!“
Uwe beugte sich zum Mikrofon und nahm Kontakt zu der Maschine auf. Gebannt starrte Petersen aufs Flugfeld. Die Maschine vom Typ Britten-Norman Islander rollte in die

Startposition. Laute Motorengeräusche waren zu vernehmen. Petersen murmelte halblaut.
„Scheiße, zu spät!"
„Bleib ruhig", kam es von Uwe, dem Fluglotsen, und tatsächlich wurde das Motorengeräusch wieder leiser. Die Maschine rollte langsam bis zur Abzweigung und dann auf den Rollweg zurück zum Flughafengebäude.
„Du hast ein Bier im `Korb' bei mir gut, danke."
Petersen klopfte Uwe anerkennend auf die Schulter.
Langsam ging er die Treppe wieder hinunter und wartete auf dem Vorplatz auf die Maschine. Direkt vor Petersen brachte der Pilot die Maschine zum Stehen. Auf der Bank hinter dem Piloten erkannte Petersen den Flüchtigen, der einen völlig niedergeschlagenen Eindruck machte. Ohne zu murren verließ er die Maschine und kam auf Petersen zu.
„Okay, Sie haben gewonnen."
Er streckte Petersen die Hände entgegen, damit dieser ihm Handschellen anlegen konnte. Inzwischen waren auch Naumann und Bernhard angekommen. Um nicht zu viel Aufsehen zu erregen, gingen sie mit Jessen in die Kaffeeküche des Flughafens.
„Ich fliege mit ihm in der nächsten Maschine nach Harle, dort wird er von den Kollegen in Empfang genommen, und dann geht es weiter nach Oldenburg", instruierte Naumann Petersen.
„Ich komm' dann sofort zurück."
Petersen nickte. Erst jetzt merkte er, dass er völlig schweißnass war. Der Sprint mit dem E-Bike hatte Spuren hinterlassen. Die nette Flughafenangestellte reichte ihm ein Glas Wasser.
„So was ist nichts mehr für ältere Männer", flötete sie mit einem ironischen Unterton. Naumann und Bernhard fingen an zu lachen, selbst Jessen musste grinsen.

Petersen war zu erschöpft, um jetzt noch einen Spruch rauszuhauen. Man musste auch mal einstecken können, sagte er zu sich und leerte das Glas Wasser in einem Zug.

Nach dem Einsatz am Flughafen erledigte Petersen noch einige Einkäufe. Am Wochenende würde der große Urlauberansturm beginnen. Die Einheimischen hatten ihn vor großen Schlangen an den beiden Supermärkten gewarnt. Also startete er seine „Aktion Eichhörnchen“, um seine Bestände an Grundnahrungsmitteln aufzustocken. Ein wenig kam er sich wie in den Zeiten des Kalten Krieges vor, als die Bundesregierung zur Nahrungsbevorratung aufgerufen hatte. Nur kündigte sich hier kein Krieg, sondern lediglich die Hauptsaison an. Er war gespannt, was da auf ihn zukam. Schwer bepackt ging er die Zedeliusstraße hinunter. Brannte beim „Störtebeker“ das grüne Jeverschild oder täuschte er sich? Seines Wissens befand sich der Magister noch im Krankenhaus und jetzt war sowieso noch keine Öffnungszeit. Er beschloss einen kleinen Umweg über die Friedrich-August-Straße zu machen. Neben dem Eingang der Kneipe stapelten sich die Jeverkisten. Ob der Getränkelieferant sie aus dem Kühlraum geholt hatte? Er traute seinen Augen nicht. Auf der Empore saß der Magister und starrte anscheinend auf irgendwelche Zettel. Petersen öffnete die Kneipentür.
„Das kann doch wohl nicht wahr sein, was machst du denn hier?“
„Hier gibt es nur Einlass mit Durchsuchungsbeschluss. Die Kneipe ist noch geschlossen und für die Bullerei sowieso“, tönte es von der Empore.
Petersen stellte seine Einkäufe ab und setzte sich zum Magister, der sehr blass aussah und noch einen kleinen

Kopfverband trug, den er aber unter einer Mütze zu verbergen suchte.
„Das ist doch unverantwortlich, dass du schon wieder hier bist.“
„Hab‘ mich selbst entlassen, ist eigentlich auch alles wieder in Ordnung, nur meine Rippen tun noch weh. Diese Krankenhausatmosphäre ist mir richtig auf den Senkel gegangen.“
„Gut, aber dann leg dich aufs Sofa.“
„Hallo, ich muss Geld verdienen, sitzt nicht jeder auf einem Beamtenarsch wie du.“
„Vorsicht, das ist fast eine Beamtenbeleidigung.“
„Was machst du denn hier auch wieder so einen Wirbel? Erst den Lehrer, dann Jessen, du verbreitest Unruhe auf der Insel.“
„Woher du das alles schont wieder weißt?“
„Hallo, wir sind auf einer Insel, da gibt es keine Geheimnisse, alles kommt raus, alles Fremdvögeln, jede Privatinsolvenz und jeder Polizeieinsatz. Das musst du doch wissen als Leuchte des Nordens.“
Es ertönte das für den Magister so typische dröhnende Lachen. Petersen konnte sich ein Grinsen nicht verkneifen.
„Ja, ich glaub’s, du bist wirklich wieder gesund, zwar nicht im Kopf, da warst du nie in Ordnung.“
Der Magister machte eine ausholende Bewegung, als wolle er Petersen einen Faustschlag versetzen. Er besann sich aber darauf, mit Worten zu kontern.
„Wo ist denn die schöne Mona, war lange nicht mehr hier, hat wohl einen jüngeren Lover, Herr Kommissar?“
Petersen, der diesen Gag überhaupt nicht lustig fand, konnte jetzt nicht die beleidigte Leberwurst spielen.
„Bleib ruhig, du hast gewonnen. Übrigens hat der Jessen dir wahrscheinlich in die Rippen getreten. Es gibt sogar Bilder

von dir im Netz“, versuchte Petersen das Thema zu wechseln.
„Scheiß Internet, das ist schon länger hier so, wenn einer im Suff herumirrt, filmt ihn immer einer, blöde Zeit, gut, dass ich keinen PC habe und ein Handy kann ich auch nicht bedienen. Wer weiß, vielleicht ist das auch gut so. So, nun mach dich vom Acker, ich muss meine Getränkebestellung fertig machen, sonst hab‘ ich nichts mehr für dich zum Abpumpen.“
Petersen klopfte auf den Tisch, nahm seine Einkaufstüten und machte sich auf den Heimweg zur Wache. Ein Kneipengang war heute auszuschließen. Er hatte Nachtbereitschaft, was zwangsläufig nicht bedeutete, immer zu Hause zu sein. Aber die letzten Tage hatten ihn gestresst, Kochen und Gitarre spielen standen für heute Abend auf der Tagesordnung. Während er für seinen Nudelauflauf die Zutaten schnibbelte, drehte er seine Anlage auf. Bernhard war nicht zu Hause, also konnte er Stoff geben. Back to the Roots dachte er sich und legte eine der ersten Rolling Stones Platten auf, *Out off our Heads.* Dieses Ruppige, Ursprüngliche der frühen Stones war noch immer etwas, was ihn begeisterte. Inzwischen war ihm der Nudelauflauf sehr gut gelungen. Er war mit sich zufrieden, was dazu führte, dass er sich ein Glas Chianti classico erlaubte. Bei YouTube suchte er jetzt nach Instrumentalnummern der späten 50er Jahren. *Pepe* von Duane Eddy hatte Sönke gesagt. Als er die Nummer gefunden hatte, spielte er sie problemlos nach. Der Mittelteil wurde von einem Saxophon gespielt. Entweder müsste Merti diesen Teil mit dem Keyboard übernehmen oder aber er selbst müsste den Teil, vielleicht mit einer leicht verzerrten Gitarre, bringen. Es gab also noch Gesprächsbedarf mit Merti. *Pepe* war für so eine 50er Jahre Revival-Fete eigentlich

gut geeignet, da Catarina Valente den Titel gecovert hatte. Die anderen gängigen Gitarrenklassiker wie *Apache* oder *Amapola* hatte er sowieso drauf. *Amapola* war sein Motivationshit, um überhaupt Gitarre zu lernen. Sein Vater hatte ihn sehr früh mit ins Weser-Stadion genommen und bevor der Stadionsprecher die Mannschaftsaufstellungen verlas, wurde *Amapola* gespielt, für ihn ein Erlebnis mit nachhaltigen Folgen: Er wurde Werder-Fan und Gitarrist.

12

Die Brandung donnerte an den Strand. Schaumkronen tanzten auf den Wellen und der Wind verwirbelte den Sand so, dass tornadoähnliche Figuren entstanden. Am Horizont verschmolz der dunkle Himmel mit dem Meer. Rechts und links von Petersen standen Männer in langen schwarzen Ledermänteln und großen schwarzen Hüten. Die Szenerie war gespenstisch. Mit ihren Armen zeigten sie auf die See und wiesen damit auf den einzigen Ausweg, der ihm blieb. In der Ferne meinte er Passagen einer Klaviersonate von Beethoven zu hören. Aber da war noch etwas Anderes, ein Geräusch, was immer lauter wurde und ihm seltsam bekannt vorkam, der Gitarrenriff von *Smoke on the Water*.
Petersen schnellte hoch. Erst jetzt erkannte er, dass er aus einem Albtraum erwacht war. *Smoke on the Water* hatte ihn vor den Männern mit den langen Ledermänteln gerettet. Schweißnass griff er zu seinem Handy, dass immer lauter die Gitarre von Ritchie Blackmore erklingen ließ.
„Leitstelle Oldenburg“, kam es ernüchternd aus dem Lautsprecher, „tut mir leid Kollege, dass ich Sie wecken muss. Sie haben eine Leiche.“
Petersen, der immer noch ein wenig benommen war, stöhnte.
„Bitte nicht, das fehlt mir jetzt noch.“
„Eine Joggerin hat den Notruf betätigt. Ihr habt da ja wohl auf der Insel so Notrufpunkte. Sie gab SOS Punkt Nr. 39 als Standort an und sprach von einem Friedhof, dort säße ein toter Mann auf einer Bank. Den Rettungsdienst hat sie über 112 auch informiert.“

Der wachhabende Beamte verabschiedete sich. Petersen hatte sich jetzt gefangen. Auf Dusche und ähnliche Rituale verzichtete er. Schnell hatte er seine Uniform angezogen. Sollte er seine Kollegen wecken? Er entschied sich dagegen. Später, nach einer Lagebeurteilung, konnte er das nachholen. Im Dienstzimmer ging er ans Schwarze Brett. Irgendwo hatte er diese Liste mit den SOS Punkten schon mal gesehen. Halb verdeckt von einer Mitteilung der Polizeigewerkschaft fand er die Liste. Nr. 39 Ehrenfriedhof stand dort, Fußweg zum Westen. Er hoffte inständig, dass das E-Bike aufgeladen war. Da es schon fast hell war, verzichtete er auf den großen Handscheinwerfer. Beim Rausgehen fiel ihm noch das Absperrband ein, das wohl jetzt angebracht war. Das E- Bike war geladen. Na, wenigstens etwas, dachte er sich und schwang sich auf das Rad. Den Ehrenfriedhof hatte er einmal flüchtig besucht, als er im Rahmen einer Ermittlung über Wangerooge im 2. Weltkrieg recherchiert hatte. Das Rad machte jetzt richtig Fahrt. Er nahm die Straße zum Westen, bog dann in Höhe Inselfriedhof in Richtung Bielefelder Haus ab, danach scharfe Linkskurve. Fast hätte Petersen die scharfe Kurve nicht gemeistert. Wie viele Radfahrer unterschätzte er die Geschwindigkeit des E-Bikes, konnte sich aber gerade noch durch schnelles Ausbalancieren retten. Das wäre es dann auch noch gewesen, wenn er in der Rosenhecke gelandet wäre. Als er um die Kurve kam, sah er schon den Wagen vom Rettungsdienst. Das Eingangsportal des Ehrenfriedhofs bestand aus zwei massiv gemauerten Steinpfeilern, die mindestens drei Meter dick waren. Das schmiedeeiserne Tor war geöffnet. Die beiden Rettungssanitäter standen gebückt an der rechten Seite des Tors. Hinter dem rechten Pfeiler befand sich eine massive Holzbank, worauf der Tote zu sitzen schien. Als die beiden Sanitäter Petersen bemerkten,

richteten sie sich auf und schüttelten mit dem Kopf. Beide traten zur Seite, damit Petersen einen Blick auf die Leiche werfen konnte. Petersen verharrte in einer Art Schockstarre. Der Tote war Stefan Ramm, der suspendierte Lehrer, dessen PC sie vor kurzem beschlagnahmt hatten. Petersen wurde schwindlig. Nicht weil der Tote besonders ekelerregend aussah, sondern weil er sich in diesem Moment schuldig fühlte. Hatten sie Ramm in den Tod getrieben? Petersen stützte sich an der Lehne der Bank ab. Ramm sah recht friedlich aus, wie er dort so zusammengesunken auf der Bank saß. Sein Mund war allerdings weit aufgerissen und auf seinen Lippen war weißer Schaum erkennbar.
„Ich tippe auf Gift“, durchbrach einer der Sanitäter die Stille.
Petersen nickte.
„Ist der Doc verständigt?“, fragte er in die Runde.
„Joo, der wird gleich kommen.“
Erst jetzt bemerkte Petersen eine Frau im Jogginganzug, die auf der hinteren Plattform des Rettungswagens saß. Er schätzte sie auf ca. 50. Die Frau befand sich offensichtlich in einem desolaten Zustand. Sie verbarg ihr Gesicht hinter ihren Händen und schluchzte. Petersen näherte sich ihr vorsichtig.
„Moin, ich bin Kommissar Petersen von der Polizei Wangerooge, darf ich Ihnen ein paar Fragen stellen oder wollen wir das später machen?“
Langsam nahm sie die Hände vom Gesicht und blickte ihn verstört an.
„Ich kann im Moment nicht“, antwortete sie mit bebender Stimme.
„Okay, kann ich verstehen, bitte schreiben Sie mir Namen und Adresse auf einen Zettel und kommen Sie heute Nachmittag auf die Wache.“

Er reichte ihr einen Zettel und entließ die Zeugin. Nun kam er aber nicht umhin, seine Kollegen aufzuwecken. Das Gebiet musste weiträumig abgesperrt werden. In ein bis zwei Stunden würden hier die ersten Morgenwanderer auftauchen. Ein Motorengeräusch war zu vernehmen.

„Das wird die Vespa vom Doc sein“, murmelte er. Die Gemeinde hatte für den Doktor eine Ausnahmegenehmigung für die Benutzung einer Vespa erwirkt, damit dieser schneller zu bestimmten Notfällen kommen konnte. Petersen hatte im Internet über diese in seinen Augen sinnvolle Maßnahme ätzende Kommentare gelesen. Onno und er hatten sich damals mächtig darüber aufgeregt. Dr. Meyerdierks hatte vorschriftsmäßig einen Helm auf und war auf den ersten Blick nicht als Arzt erkennbar.

„Moin Petersen“, brummte er, als er seinen Helm abnahm und seine Arzttasche vom Gepäckträger holte. Die beiden Rettungssanitäter berichteten kurz über die Auffindsituation. Dann begann der Arzt den Toten zu untersuchen. Nach nur kurzer Zeit meldete er sich.

„Ich tippe auf Suizid. Er hat klare Merkmale einer Vergiftung. Was wollt ihr mit ihm machen? Wollt ihr ihn obduzieren lassen?“

Petersen schaute ihn unschlüssig an.

„Weiß ich noch nicht, das müssen die in Wilhelmshaven entscheiden. Ich werd‘ die gleich mal anrufen, ich warte noch eben auf meine Kollegen.“

„Den Totenschein bringe ich nachher bei der Wache vorbei.“

Meyerdierks vermied es, irgendetwas über den Toten zu sagen. Petersen war dankbar dafür, obwohl er sich ziemlich sicher war, dass der Doc den Lehrer kannte.

In diesem Moment kamen seine drei Kollegen um die Ecke. Nach einem kurzen Wortwechsel mit dem Arzt und den Sanitätern warfen sie einen Blick auf den Toten.
„Schöne Scheiße", entfuhr es Naumann. Onno Siebelts und Bernhard blieben stumm.
Petersen konnte diese Stille nicht mehr ertragen. Es lag etwas Vorwurfsvolles in der Luft.
„Jetzt haben wir alle Zutaten zusammen für ein richtiges Stück Scheiße", murmelte er in Richtung seiner Kollegen. Diesen Spruch hatte er einmal von einem Tatort-Kommissar gehört. Onno nickte.
„Da hast du Recht, was machen wir jetzt?"
Petersen drückte Anwärter Bernhard die Rolle Absperrband in die Hände.
„Einmal den Weg beim Bielefelder Haus absperren und desgleichen auf der anderen Seite, wo der Weg auf die Straße zum Westen trifft."
„Ich versteh nur Bahnhof." Bernhard klang verwirrt.
„Okay ich geh' eben mit", löste Naumann die peinliche Situation auf.
Die Rettungssanitäter packten ihre Sachen ein und auch Doc Meyerdierks startete seine Vespa. Onno blickte Petersen sorgenvoll an.
„Haben wir ihn in den Selbstmord getrieben? Lars, das wäre ja fürchterlich. Die Insel wird uns verurteilen!"
Petersen hatte seine Fassung wiedererlangt. Er zwang sich zur Ruhe und sein Verstand arbeitete fieberhaft. Jetzt war sachliches Krisenmanagement gefragt, obwohl er die Gedanken von Onno nachvollziehen konnte. Selbstmitleid half aber nicht weiter.
„Also, erstens haben wir im Auftrag des LKA gehandelt und zweitens besteht ein begründeter Verdacht, dass es sich hier um einen Pädophilen handelt. Wenn wir das so laufen

gelassen hätten, wären wir auch kritisiert worden und das zu Recht."
Onno nickte zustimmend.
„Was wir auch gemacht hätten, die Arschkarte liegt bei uns."
„Wir müssen Wilbert informieren. Soll die Spusi kommen? Was machen wir mit der Leiche? Müssen wir Angehörige verständigen? In jedem Fall ja wohl die Schule oder?"
„Informier du Wilbert, ich kümmere mich um die Schule. Angehörige hat der, soviel ich weiß, nicht mehr gehabt. Solange die Leiche noch da ist, müssen wir auch präsent sein."
Petersen ging zur Seite und wählte die Nummer seines Vorgesetzten, Kommissar Wilbert in Wilhelmshaven.
„Moin Kollege Petersen", meldete sich dieser, „Sie wollte ich auch gerade anrufen" und er ließ Petersen erst einmal gar nicht zu Wort kommen.
„Auf dem Computer von dem Lehrer bei Ihnen hat das LKA kein weiteres pädophiles Material gefunden, da sind nur die Bilder vom Strand drauf. Um ganz sicher zu geh 'n, werden die den PC zum BKA schicken, an diese TeSIT-Stelle. Wenn die doch noch was finden, werden die uns benachrichtigen."
Petersen musste schlucken. Er empfand ein starkes Unwohlsein. Sein Blut schoss ihm in den Kopf. Sein Herz raste. Nur nebenbei hörte er noch Wilberts Stimme.
„So, Petersen, jetzt sind Sie dran, was wollten Sie von mir so früh morgens?"
Es kam keine Reaktion.
„Hallo, Petersen sind Sie noch dran, ist die Verbindung schlecht?"
„Der ist tot", kam es halblaut.
„Wie bitte, ich kann Sie nicht richtig verstehen, wer ist tot? Sie müssen lauter sprechen."
Langsam hatte Petersen seine Fassung wieder gewonnen.

„Der Lehrer Ramm liegt hier tot vor mir auf einer Bank am Ehrenfriedhof."
Jetzt hörte er nur noch ein Schnaufen von Wilbert. Es entstand wieder eine Pause.
„So eine Scheiße, was ist da passiert, Mensch Petersen, nun lassen Sie sich doch nicht alles aus der Nase ziehen."
„Der Doc vermutet Suizid durch Gift, aber ganz sicher ist er sich natürlich auch nicht. Was machen wir?"
„Kleinen Moment, ich muss überlegen............ Da steht natürlich jetzt der Vorwurf im Raum, wir, also die Polizei, hätte ihn in den Tod getrieben."
„Stimmt, andererseits hat er die Bilder, auch wenn sie nicht direkt pornographisch sind, auf ein pädophiles Portal geladen. Das bleibt doch eine Tatsache. Was hätten wir denn tun sollen?"
Petersen wirkte etwas kleinlaut.
„Richtig, und deshalb müssen wir jetzt sauber arbeiten. Einen Vertuschungsvorwurf können wir uns überhaupt nicht leisten. Also volles Programm, Spusi, ich hole mir einen Beschluss für eine Obduktion. Vielleicht kriege ich einen Hubschrauber für die Spusi. Wir müssen das schnell machen. Die Touri-Welle ist im Anrollen. Okay, wir bleiben in Kontakt, bleiben Sie standby."
Petersen war mit Wilberts Entscheidung einverstanden. Sauber arbeiten, wie er es nannte, war ganz in seinem Sinne. Naumann und Bernhard kamen zurück. Onno sprach Petersen an: „Ich hab' beschlossen, die Schule noch nicht zu informieren. Das spricht sich sonst zu schnell rum, und dann haben wir hier ein Tollhaus. Ich hoffe, dass das in deinem Sinne ist." Eigentlich war er als Dienststellenleiter der Vorgesetzte, aber insgeheim wusste er natürlich, dass Petersen mit seiner Großstadterfahrung die Dinge hier besser regeln konnte.

„Absolut einverstanden“, nickte dieser und begann damit seine Kollegen über das Gespräch mit Kommissar Wilbert zu informieren. Dann nahm er das Ruder in die Hand.
„Wir müssen uns ablösen, zwei Leute bleiben hier immer vor Ort. Die Spusi muss vom Flugplatz abgeholt werden, wenn sie denn mit dem Heli kommt. Wir brauchen den Rover von der Feuerwehr. Onno, kannst du das übernehmen? Wie heißt der neue Gemeindebrandmeister?“
„Thomas Rumpf, ich kümmere mich darum. Der arbeitet bei der Gemeinde. Ich ruf den gleich an.“
Der Wechsel bei der Freiwilligen Feuerwehr war an Petersen irgendwie vorbeigegangen. Harm Gerdes, mit dem er bei seiner ersten Ermittlung auf der Insel sehr eng zusammen gearbeitet hatte, war aus für ihn unerfindlichen Gründen von seinem Amt als Gemeindebrandmeister zurückgetreten. Sein damaliger Stellvertreter hatte nun das Amt übernommen. Weiter beschäftigte Petersen die Frage, wie die Leiche aufs Festland kommen würde. Einige Telefonate lagen an, deshalb entschied er, dass Naumann und Bernhard vorerst den Fundort bewachen sollten. Er würde mit Onno aufs Revier gehen, um einige Dinge zu regeln.
Die Ruhe auf dem Revier tat beiden Beamten gut. Die letzten zwei Stunden hatten ihre Spuren hinterlassen. Onno, der unter starkem Bluthochdruck litt, hatte einen roten Kopf und Petersen verspürte ein starkes Unwohlsein in der Magengegend. Umso erfreulicher war es, dass Onnos Ehefrau Frieda ein Paar belegte Brötchen vorbeibrachte.
„Lars, pass bitte auf, dass Onno sich nicht übernimmt, du weißt, er hatte schon einen Infarkt“, ermahnte sie ihn.
Onno, dem diese Einlassung seiner Frau peinlich war, schickte diese auch schnell mit den Restbrötchen zum Ehrenfriedhof, denn auch Naumann und Bernhard hatten ja noch nicht gefrühstückt.

Als die beiden wieder alleine waren, eröffnete Petersen das Gespräch.
„In das Haus von Ramm müssen wir eigentlich auch noch, vielleicht liegt da ein Abschiedsbrief. Ich denke, wir sollten die Spusi mitnehmen."
Onno nickte.
„Ich mag' mir gar nicht vorstellen, wenn das Ganze ein Irrtum war. Die werden alle auf uns zeigen, damit werde ich nur schwer fertig."
„Hallo, das wäre in der Tat bitter, aber wir halten noch einmal fest. Auf seinem PC waren Bilder von leicht bekleideten Kindern am Strand, die hat er auf ein pädophiles Portal geladen. Was hätten wir denn tun sollen? Stell dir mal die Schlagzeile vor, am Wangerooger Strand treiben pädophile Spanner ihr Unwesen, da hättest du die Saison gleich abblasen können und was in der Schule losgewesen wäre, willst du dir nicht vorstellen. Man kann diesen Selbstmord auch als ein Schuldeingeständnis sehen. Er wollte mit seiner Neigung nicht mehr leben."
„Wenn man das rational betrachtet, hast du ja Recht. Ich bin eben so ein harmoniebedürftiges Weichei, der gutmütige Dorfpolizist, der die Gemeinschaft zusammenhalten will."
„Bleib man so wie du bist, du hast ja an deiner Seite einen ewig unzufriedenen Zweifler, so nun ist gut. Unser Psycho-Striptease ist vorbei, an die Arbeit."
Beide Beamten erledigten mehrere Anrufe. Wilbert hatte tatsächlich einen Heli organisiert, der die Spusi bringen und auch die Leiche mitnehmen würde. Petersen war hierüber mehr als erleichtert. Der Heli war für die Mittagszeit avisiert. Onno informierte den Gemeindebrandmeister. Dieser würde mit dem Rover die Spusi-Leute zum Ehrenfriedhof bringen. Zur Absperrung des Fundortes bot die Freiwillige Feuerwehr Hilfe an, da Naumann per Funk

um Unterstützung gebeten hatte. Die ersten Schaulustigen hatten sich an den Absperrungen eingefunden und einige versuchten durch das Unterholz zum Ehrenfriedhof durchzukommen. Alles in allem klappte es aber gut. Wenn es drauf ankam, funktionierte die Zusammenarbeit von Feuerwehr, Rettungsdienst und Polizei auf der Insel. Diese Erfahrung hatte Petersen schon häufiger gemacht.

Onno und er verzichteten darauf, der Spusi bei der Arbeit zuzusehen. Die Männer wollten ihre Ruhe haben. Vorwitzige Kommissare, die immer schon Ergebnisse sehen wollten, waren bei diesen Spezialisten nicht gern gesehen. Zudem vermutete Petersen, dass die Spurenlage ziemlich dürftig sein würde. Der Friedhof wurde täglich von vielen Touristen besucht, die sich für die Geschichte Wangerooges im 2. Weltkrieg interessierten. Interessanter war es schon, ob ein Abschiedsbrief in der Wohnung von Ramm lag. Aber all diese Informationen würden sie per Bericht erhalten, wobei Petersen sich vorbehielt, zu einem späteren Zeitpunkt selbst noch einmal die Wohnung zu besichtigen. Im Vergleich zu seinen vorherigen Fällen gab es für ihn keinen Zweifel an der Todesursache, auch den Suizid würde er nicht hinterfragen. Nach den Schilderungen seiner Kollegen war Ramm ein hoch moralischer und feinsinniger Intellektueller gewesen und war an seinen pädophilen Neigungen gescheitert. Solche Menschen wussten häufig keinen anderen Ausweg als den Suizid.

Als Onno und er wieder am Ehrenfriedhof erschienen, um ihre Kollegen abzulösen, war der Spuk schon vorüber. Die Feuerwehr hatte die Leiche zum Flughafen gebracht und die beiden Spusi-Beamten waren schon in Ramms Wohnung. Bernhard war gerade dabei, die Absperrungen aufzuheben. Äußerst lästig war die ständige Fragerei der Schaulustigen. Monoton spulten die Beamten ihr „kein Kommentar“ ab.

Günter Naumann war sichtlich genervt. „Ich komm‘ mir bald wie ein debiler Papagei vor, der immer den gleichen Satz vor sich her blubbert."
Petersen musste ein Lachen unterdrücken. Recht stumm gingen dann alle vier zurück zur Wache. Vor der Tür wurden sie schon von Bürgermeister Eichner und Schulleiter Munderloh erwartet.
„Was ist denn los? Uns sagt ja keiner was. Auf der Insel schwirren die schlimmsten Gerüchte rum", platzte es aus dem Bürgermeister heraus. Petersen und Onno Siebelts baten beide ins Besprechungszimmer. Petersen übernahm es, beide Amtspersonen, in möglichst sachlicher Form, über die Lage zu unterrichten. Beide waren nach Petersens Einlassungen sichtlich geschockt, aber zu seiner Überraschung wurden keine Vorwürfe gegenüber der Polizei geäußert.
„Der ist also doch mit sich nicht im Reinen gewesen", bemerkte Schulleiter Munderloh. Beide bedankten sich für die sachliche Unterrichtung und verließen mit bedrückter Miene die Wache. Da alle Beamten völlig übermüdet waren, beschloss man, Feierabend zu machen.
Naumann, der diese Nacht Bereitschaft haben würde, bemerkte trocken:
„Wenn heute Nacht Alarm ist wegen Ruhestörung, werde ich zur wilden Sau."
Alle lachten.
Anwärter Bernhard holten sein Handy raus.
„Hier, ich hab‘ Bilder. Die Autos stauen sich bis Carolinensiel. Alle wollen noch auf die letzte Fähre."
„Au, Mann, das gibt Ärger bei der Bahn, die kriegen die doch nicht alle mit. Immer der gleiche Mist bei Ferienanfang. Dass die das nicht in den Griff kriegen, werde ich nie begreifen", nörgelte Onno.

Dann verabschiedeten sie sich und wünschten sich einen guten Feierabend.

13

Florian Geschwandner war schon seit zwei Stunden im Darknet unterwegs. In diesen dunklen Niederungen des Netzes wimmelte es nur so von kriminellen Handlungen. Die Gefahr war groß, sich bei Recherchearbeiten in der Vielfältigkeit der kriminellen Angebote zu verlieren. Sein konkreter Auftrag war es, Verkäufer von großkalibrigen Waffen aufzuspüren. Der Auftrag kam direkt vom Bundesinnenministerium. Auf diese Art und Weise wollte man frühzeitig die Planungen von Terroroperationen aufdecken. Geschwandner war so versunken in seine Arbeit, dass er nicht bemerkte, dass sein Vorgesetzter, Dr. Müller, den Raum betreten hatte.
„Nicht erschrecken, ich bin's", meldete er sich, „haben Sie schon was für mich? Der Innenminister will Erfolge sehen. Die stehen in Berlin mächtig unter Druck. Die Öffentlichkeit drängt angesichts der Terroranschläge in unseren Nachbarländern auf Ergebnisse im Antiterrorkampf. Einer solcher Anschlag kann die politische Stimmung im Land zum Kippen bringen."
Geschwandner hörte seinem Vorgesetzten kaum zu. Er machte als Spezialist seine Arbeit. Die politische Dimension seines Handelns war im völlig egal. Er hatte sich in seiner Rolle als Fachidiot gut eingerichtet und konnte damit bestens leben, also nickte er nur beiläufig bei den Ausführungen seines Chefs. Ab und zu hatte dieser die Angewohnheit, den ganz großen Überblick zu geben. Wenn dies geschah, schaltete er auf Durchzug. Jetzt aber wechselte Dr. Müller das Thema.

„Geschwandner, Sie haben sich doch den Computer von diesem Lehrer aus Wangerooge angesehen. Gibt es da was Interessantes? Das LKA Niedersachsen hat nachgefragt."
Geschwandner musste ein wenig überlegen, dann erinnerte er sich.
„Ja Chef, hab' ich. Irgendwie sehr merkwürdig. Die Sache stimmt mit den üblichen Mustern überhaupt nicht überein."
„Wie meinen Sie das?"
„Diese Bilder vom Strand sind zweifelsohne von seinem Rechner aus auf die Plattform geladen worden. Wichtig ist auch, dass das Fotomaterial von einem externen Gerät, also Kamera oder Smartphone auf seine Festplatte gespielt wurde. Aber auf dem gesamten PC befindet sich null pornographisches Material."
„Das kann er ja gelöscht haben."
„Eben nicht."
Geschwandner war jetzt etwas beleidigt, weil sein Chef ihm nicht zutraute, gelöschtes Material auf einer Festplatte wieder sichtbar zu machen.
„Bei unseren üblichen Verdächtigen ist die Festplatte immer mit pädophilem oder ähnlichem Material verseucht. Die Verläufe der Internetklicks sind gespickt mit Zugriffen auf die entsprechenden Seiten. Bei dem ist aber nichts. Im Gegenteil, alles voll mit sauber katalogisierten Unterrichtseinheiten zur deutschen Literatur und Geschichte. Der Mann muss nur für die Schule gelebt haben. Private Sachen finden sich kaum, ein paar Bestellungen bei Amazon, E-Mails mit Kollegen, das war es dann schon."
„Das ist ja wirklich merkwürdig. Viel an Strafe wird da nicht bei rauskommen. Seinen Job als Lehrer ist er vielleicht los oder er wird versetzt in die Aktenablage nach Hannover. Bestätigen Sie das bitte alles nochmal für das LKA."

Geschwandner nickte und tauchte wieder in die Niederungen des Darknet ein.

14

Die morgendliche Runde im Revier war stark ausgedünnt. Es war Wochenende. Onno frühstückte zu Hause. Günter Naumann durfte länger schlafen. Wie befürchtet, gab es in der vergangenen Nacht Einsätze wegen ruhestörenden Lärms in den Kneipen. Die ankommenden Urlauber hatten sich an den Theken der Insel die Kante gegeben. Im Reviertagebuch konnte man die Einsatzorte nachlesen. Auch das „Störtebeker“ war wieder dabei, demnach schien es dem Magister wieder besser zu gehen. Petersen hatte sich gestern Abend gegen einen Kneipenbesuch entschieden. Der Selbstmord von Lehrer Ramm hatte die Runde gemacht und Petersen hasste es, an der Theke mit beruflichen Themen belästigt zu werden. Anwärter Bernhard hatte Brötchen geholt und so saßen die beiden alleine am Frühstücktisch, der eigentlich ein Schreibtisch war. Ein persönliches Gespräch zwischen den beiden kam nicht so richtig in Gang. Zwar hatte sich die Beziehung etwas gelockert, aber etwas Unaussprechliches stand zwischen ihnen, und das war Mona Behrens. Petersen hatte nach den konfliktreichen Telefongesprächen keinen Kontakt mehr zu ihr gehabt und er musste sich eingestehen, dass seine Eifersucht doch mächtig an ihm nagte. Die Art, wie Anwärter Bernhard von ihr sprach, war ein eindeutiges Indiz dafür, dass da was zwischen den Beiden lief. Petersen hatte sich immer vor den Folgen des Altersunterschiedes zwischen Mona und ihm gefürchtet. In vielen Dingen lag er mit Mona auf einer Wellenlänge, auch wenn es manchmal kontroverse Gespräche waren, die sie führten. Der Zauber, den diese Frau auf ihn ausübte, war schon etwas

Ungewöhnliches. Eigentlich war er es, der gerne die Kontrolle behielt, aber im Verhältnis zu Mona war sie ihm entglitten. Dass der Tag kommen würde und sie sich von ihm abwenden würde, war so sicher wie das Amen in der Kirche. Aber es war schwierig, dieser Tatsache jetzt ins Auge zu sehen. Am meisten fürchtete er Gespräche nach dem Motto „wir können ja Freunde bleiben." Ein solches Arrangement kam für ihn nicht in Frage, dafür begehrte er diese Frau zu sehr. Hellhörig wurde er, als Bernhard die Stille unterbrach.

„Mona wird wohl nächstes Wochenende zu Besuch kommen. Sie freut sich schon sehr auf die Insel."

Sofort bekam Petersen ein flaues Magengefühl. Er ließ noch ein kurzes „schön" vernehmen, dann stand er auf und deckte den Tisch ab.

Er war gleich mit Zollsekretär Kleppe am Hafen verabredet. Beide wollten sich den merkwürdigen Motorkreuzer mit der Drohne etwas genauer ansehen. Kleppe hatte Bescheid gesagt, dass die Besatzung an Bord war. Bernhard sollte in der Wache die Stellung halten. Später sollten Naumann und er wieder eine leidige Fahrradkontrolle auf der Zedeliusstraße und der Promenade durchführen.

Petersen nahm sich das E-Bike und machte sich auf den Weg zum Hafen. Es war kein strahlender Sommertag. Die Wolken hingen relativ niedrig, so dass die Sonne keine Chance hatte. Der leichte Südwestwind machte kaum Mühe, als Petersen auf den Deich zum Westturm hochfuhr. Eine lärmende Schulklasse kam ihm entgegen, machte aber bereitwillig Platz für den sich schnell nähernden Polizisten. Einige Kinder riefen ihm sogar ein freundliches „Moin" zu. Wahrscheinlich hatte das Lehrpersonal die Schüler über diese Art der norddeutschen Begrüßung aufgeklärt. Beim Westturm bog Petersen in Richtung Hafen ab. Der

silbergraue SUV der Seenotretter kam ihm entgegen. Mit diesem Fahrzeug konnten die Männer sehr zügig vom Inseldorf zum Hafen gelangen, um dann schnell die „Wilma Sikorski“, das Seenotrettungsboot der Station Wangerooge, starten zu können. Auch hier kam ihm ein freundliches „Moin Sheriff“ entgegen.
Am Hafen herrschte Hochbetrieb, die „MS Wangerooge“ war gerade eingetroffen und das Gepäck wurde entladen. Die Gäste saßen schon hoffnungsfroh in den Waggons der Inselbahn und warteten gespannt auf die Abfahrt. Was sie nicht wussten, sie würden noch eine erhebliche Wartezeit im Zug der Inselbahn verbringen müssen. Die Gepäckverladung war die Achillesferse der Anreise mit dem Schiff. Petersen ging durch das quietschende Drehkreuz an der Absperrung des Anlegers. Links auf der Treppe zum Haus des Hafenmeisters stand bereits Zollsekretär Kleppe, der ihn hinaufwinkte. Im Büro des Hafenmeisters begrüßte sie Hermann Willers in seinem Reich. Im Hintergrund quäkte das Funkgerät. Häufig meldeten sich Segler über UKW-Funk beim Hafenmeister an oder fragten, ob noch ein Liegeplatz frei sei. Wobei für die Steganlage im hinteren Teil des Hafens wiederum der Hafenmeister des Wangerooger Yachtclubs zuständig war. Willers bot ihnen einen Schnaps an, aber beide Beamte lehnten dankend ab.
„Wenn wir da gleich an Bord gehen, macht eine Fahne keinen guten Eindruck“, erklärte Kleppe die Ablehnung. Willers nickte.
„Der Kreuzer liegt hinten am letzten Steg, „Undine“ heißt der Kahn. Die sind an Bord, das sind drei Kerle. Die Drohne liegt im Moment auf dem Vorderdeck.“
Willers gab Petersen sein Fernglas.
„Lars, damit du Bescheid weißt, wenn die gleich nach einem Durchsuchungsbeschluss fragen, dies ist eine

Grenzaufsichtsstelle. Der Zoll ist also befugt, Schiffe zu kontrollieren. Es könnte zum Beispiel Schmuggelware aus Helgoland an Bord sein", dozierte Kleppe.
„Ich glaub' nicht, dass die jemals bis Helgoland kommen. Von Nautik haben die jedenfalls keine Ahnung", warf Willers ein.
„Was ich weiß, ist, dass von Schiffen Drogenpakete über Bord geschmissen werden und die dann von Sportbooten aufgefischt werden, also Dealer, die sich als Wassersportler tarnen."
„Joo", stimmte Kleppe der Erklärung zu, „deshalb sind wir hier. Vielleicht machen die das mit der Drohne, das wäre eine neue Variante."
Kleppe und Petersen erhoben sich und näherten sich der Steganlage. Die „Undine" war ein recht langer Kreuzer. Petersen schätzte die Länge auf ca. 13 Meter. Der Rumpf war dunkelblau gestrichen. Das Vordeck war recht lang und die Yacht besaß einen unteren und einen oben offenen, aber geschützten Steuerstand. An Deck war niemand zu sehen. Kleppe klopfte kurz ans Deck und rief laut:
„Jemand an Bord?"
Zuerst zeigte sich ein blonder, bärtiger Mann mit schmalem Körperbau. Er hatte ein blaues Ringelshirt an und trug eine kurze Leinenhose. In der rechten Hand hatte er einen Wasserkanister. Ungläubig schaute er die beiden uniformierten Beamten an.
„Was ist los?" fragte der Bärtige
„Zollkontrolle, Sie befinden sich hier im Zollgrenzbezirk. Wir kommen jetzt rüber."
Petersen und Kleppe stiegen über die Reling. Jetzt kamen auch die beiden anderen Männer an Deck. Beide waren Männer mit dunklem Teint und schwarzen Bärten. Einer hatte nur wenige Haare und war klein und rundlich. Der

andere eher groß und muskulös mit schwarzen, kurz geschnittenen Haaren. Von der Nationalität her tippte Petersen auf ein nordafrikanisches Land. Wobei ihm der Begriff „racial profiling“ durch den Kopf spukte. Viele Vorwürfe hatten sie sich als Drogenfahnder in Bremen anhören müssen. Aber die Erfahrung im Bremer Steintor hatte gezeigt, dass bestimmte Drogengeschäfte in den Händen unterschiedlicher Ethnien lagen, die man auch kategorisieren konnte. Gut, er war jetzt nicht im Bremer Steintor und zwang sich, seine Verdächtigungen, die in seinem Kopf rumspukten, zu verdrängen. Petersen und Kleppe zeigten ihnen ihre Ausweise und ließen sich das Schiff zeigen. Bei ihrem Rundgang fiel ihnen nichts Außergewöhnliches auf, wenn man einmal von dem Chaos in der Pantry absah. Kleppe ließ sich den Wassertank aufschrauben, steckte seinen Finger rein. Er schmeckte keinen Schnaps, sondern reines Trinkwasser. Auf dem Vorderdeck lag unter einer Persenning die Drohne. Auf Aufforderung schlug der blonde Mann, der augenscheinlich der Skipper war, die Persenning zur Seite. Petersen war überrascht, wie groß die Drohne war. Er war sich sicher, dass die Tragfähigkeit erheblich war, also durchaus geeignet, um größere Drogenpakete zu transportieren. Kleppe untersuchte das Gerät, konnte aber nichts Verdächtiges feststellen.

„Was machen Sie mit der Drohne hier? Sie wissen schon, dass hier auf Wangerooge Flugverkehr ist und Sie die Drohne nicht in der Nähe des Flughafens starten lassen dürfen?“

„Machen wir nicht“, antwortete der Blonde, der einen hamburgischen Akzent hatte, „wir drehen hier einen Film über die Ostfriesischen Inseln.“

„Zeigen Sie uns bitte mal die Kamera“, unterbrach Petersen.

Tatsächlich war eine sehr kleine Minikamera unter der Drohne montiert, da gab es keinen Zweifel. Petersen sah die beiden vermeintlichen Nordafrikaner skeptisch an. Er fragte sich nur, was denn Nordafrikaner mit einem Film über die Ostfriesischen Inseln zu tun haben könnten. Er würde eine solche Frage aber nie öffentlich stellen. Sie wäre jenseits der herrschenden „political correctness" gewesen. Der Skipper schien die Gedanken des Polizisten zu erraten.
„Meine beiden Kollegen sind von einer tunesischen Filmfirma. Wir arbeiten an einem Film, der auch in Tunesien gezeigt werden soll."
Da nichts weiter zu beanstanden war, verließen die beiden Beamten unverrichteter Dinge das Schiff.
Noch auf dem Rückweg zum Büro des Hafenmeisters murmelte Petersen.
„So, ganz glaub' ich diese Geschichte nicht."
„Geht mir genauso", stimmte Kleppe zu, „wir müssen die im Auge behalten. Ich mach' mal eine Meldung an unsere Zollkreuzer auf See fertig. Die sollen mal ein Augenmerk auf die Jungs richten."
„So Jungs, nun gift dat aber een Köm", erwartete Willers sie in seinem Büro. Diesmal willigten die beiden Beamten ein.
„Habt ihr denn nun was gefunden?" erkundigte sich der Hafenmeister.
Kleppe zog eine Grimasse.
„Nicht wirklich, wir müssen sie im Auge behalten."
„Okay, ich melde mich, wenn mir was auffällt."
Nach dem üblichen Ritual „auf einem Bein kann man nicht stehen" verabschiedete Petersen sich. Er hatte noch ein anderes Ziel vor Augen, den Ehrenfriedhof.
Auf dem Deich hatte er Rückenwind, sein E-Bike lief jetzt ohne Unterstützung. Immer wieder musste er Touristen- und Schülergruppen ausweichen. Um zum Ehrenfriedhof zu

gelangen, bog er nun auf den Fußweg ein. Eigentlich war hier Fahrradfahren verboten. Trotzdem fuhr er weiter, in der Hoffnung, niemandem zu begegnen. Als er um die Ecke kam und das Eingangstor des Friedhofs schon sehen konnte, wurde er von zwei spaziergehenden Frauen angeraunzt.
„Hier herrscht Fahrradverbot Herr Wachtmeister, dass sollten Sie doch wissen, die Polizei muss doch ein Vorbild sein."
Petersen war etwas verlegen. Im Prinzip hatte die beiden Spaziergängerinnen natürlich Recht, aber ihr schnippischer Ton provozierte ihn.
„Meine Damen, dies ist eine Einsatzfahrt", log er frech, „Blaulicht gibt es für Fahrräder noch nicht."
Die beiden Frauen schüttelten verständnislos die Köpfe und zogen weiter. Petersen stellte das Rad im Eingangsbereich des Ehrenfriedhofs ab und ging die Steintreppe zum Rondell hinab. Die Anlage war kreisrund angelegt. Eine Mauer, an der Efeu rankte, umgab die Anlage. An der Mauer waren Steinkreuze zu sehen. Der innere Kreis war mit sehr viel Efeu und rotweißen Bodendeckern bewachsen. Aus dem Efeu ragten einzelne Steine heraus, auf deren Oberseite Namen standen. Petersen ging einmal den Kreis ab, studierte die Namen und setzte sich dann auf die Bank im Eingangsbereich, auf der gestern noch die Leiche gesessen hatte. Warum setzt sich einer, der sterben will, hier hin, ging es ihm durch den Kopf. Dieser Moment, in dem man sich für einen Suizid entscheidet, ist doch eher ein intimer Moment. Schlaf-tabletten, Pulsadern aufschneiden, sich aufhängen, so was macht man doch in der Regel in den eigenen vier Wänden. Ja gut, einige springen von Brücken oder Hochhäusern oder legen sich auf Bahngleise. Das macht man aber doch nur, wenn man bewusst diese demonstrative Art des Freitods wählt. Der Ramm hat sich

hier auf die Bank gesetzt und wahrscheinlich hier irgendein Gift genommen. Warum hier? Petersen wollte sich gerade erheben, um die im Eingang angebrachte Tafel zu studieren, als die beiden Frauen von vorhin zurückkamen.

„Also das nennen Sie Einsatz, wenn Sie hier auf der Bank sitzen."

Jetzt hatte Petersen die Nase voll. Im forschen Ton herrschte er die beiden Damen an.

„Nichts für ungut, aber hier hat sich gestern ein Mensch umgebracht und ich versuche gerade rauszubekommen, warum er das ausgerechnet hier gemacht hat. Wenn Sie sich beschweren wollen, meine Dienststelle ist in der Charlottenstraße."

Mit hochrotem Gesicht zogen die Frauen weiter.

Nachdem Petersen sich wieder beruhigt hatte, studierte er die Gedenktafel. Dem eigentlichen Text wurde ein Zitat von Friedrich Hebbel vorangestellt:

Seele, vergiss sie nicht
Seele, vergiss nicht die Toten

Am 25. April 1945, nur zehn Tage vor Kriegsende,
wurde Wangerooge durch rund 6000 Bomben verwüstet.

Bei diesem Luftangriff durch englische, kanadische und
französische Flugzeuge kamen über 300 Soldaten, Zivilisten
und Fremdarbeiter (Belgier, Franzosen, Holländer,
Marokkaner, Polen), aber auch Besatzungen der
angreifenden Flugzeuge ums Leben.

Im Jahre 1951 schuf der Volksbund Deutsche
Kriegsgräberfürsorge diesen Ehrenfriedhof.

Von den zunächst an verschiedenen Stellen der Insel angelegten Gräbern wurden hier 283 Tote zusammengebettet.

Petersen setzte sich wieder zurück auf die Bank. Bei seiner letzten Ermittlung um Ostern herum hatte er viel über die Geschichte Wangerooges im 2. Weltkrieg erfahren. Der pensionierte Lehrer Huntemann, Verfasser eines Buches über diese Zeit, hatte ihm für viele Fragen zur Verfügung gestanden. Wenn man davon ausging, dass Lehrer Ramm, der auch Geschichte unterrichtete, sich mit der Geschichte Wangerooges auskannte, kann er diesen Ort doch nicht zufällig gewählt haben. Nach den bisherigen Erkenntnissen hatte sich dieser Lehrer aber wegen der Bilder von leicht bekleideten Jugendlichen umgebracht. Irgendwie passte das nicht zusammen. Petersen brummte der Schädel, das war immer dann der Fall, wenn er Schwierigkeiten hatte, seine Gedanken zu ordnen. Letztes Jahr, als er noch mit Mona zusammenarbeitet hatte, konnte er mit ihr Ordnung in die Gedankenabläufe bringen. Alles das fehlte ihm jetzt. Natürlich konnte er mit seinen Kollegen über die Sache reden, neue Impulse erwartete er aber nicht. Vielleicht sollte er noch einmal Kontakt zu Huntemann aufnehmen. Gab es etwas Besonderes über den Bombenangriff vom 25.04.1945 zu berichten, etwas, was er nicht wusste?
Petersen nahm sein Handy und wählte die Nummer von Huntemann. Seine Tochter meldete sich. Nach kurzer Rücksprache mit ihrem Vater bot sie Petersen an, doch sofort zu kommen. Ihr Vater würde sich über Abwechslung bestimmt freuen.
Die Fahrt mit dem E-Bike zur Robbenstraße ging äußerst schnell vonstatten. Fünf Minuten später stand er vor dem kleinen Haus, das ihn so sehr an Holland erinnerte.

Huntemann saß wie immer in seinem großen Ohrensessel und seine Tochter hatte schon die Teetassen mit dem typisch ostfriesischen Rosenmuster aufgedeckt. Nach dem Einschenken wurde die Sahne mit einem speziellen Löffel auf den Tee gegossen. Petersen war klar, dass es eine Todsünde war, jetzt den Tee mit dem Löffel umzurühren. Huntemann war sichtlich erfreut über Petersens Kommen.
„Na, Herr Kommissar kommen Sie wieder zu einer Nachhilfestunde in Geschichte zu mir?"
Petersen lachte und erklärte in kurzen Worten den Grund seines Besuchs. Huntemann seufzte.
„Ja, der Angriff vom 25.04.1945 ist eine Tragödie gewesen, ausgelöst durch Fehleinschätzungen und Täuschungen."
Petersen horchte auf und notierte sich diese Formulierung. Huntemann fuhr fort.
„Die Alliierten setzten ihre Vorstöße auf Norddeutschland fort und kamen dabei sehr schnell voran. Den Kanadiern war die Eroberung Wangerooges zugedacht worden. Wangerooge war in Erwartung einer möglichen Invasion zur Festung ausgerufen worden. Dieser Angriff galt eindeutig der Ausschaltung der Küstenbatterien der Insel. Was die Alliierten nicht wussten, war, dass ein Großteil der Geschütze gar nicht mehr einsatzfähig war. Aufgebaut waren Scheinbatterien und Holzgeschütze, die eine große Feuerkraft vortäuschen sollten. Die Überschätzung der Gegebenheiten auf der Insel durch die Alliierten führte in die Katastrophe und die Inselkommandantur hatte alles getan, um dem Feind eine hohe Feuerkraft vorzugaukeln."
„Warum befanden sich denn laut Gedenktafel so viele Opfer unter den Fremdarbeitern?", fragte Petersen nach.
„Den Fremdarbeitern standen überhaupt keine Bunker zur Verfügung, die waren der ganzen Sache völlig schutzlos

ausgeliefert. Aber auch die Wangerooger Zivilbevölkerung ist viel zu spät gewarnt worden.“
Huntemann erzählte nun über die Einnahme Wangerooges durch die Kanadier. Petersen kannte diese Geschichte schon von seinen Besuchen um Ostern herum, mochte den alten Mann aber nicht unterbrechen. Nach einer Stunde des Erzählens merkte man Huntemann die Erschöpfung an. Petersen bedankte sich höflich für die Informationen, verabschiedete sich und fuhr auf direktem Wege zurück zur Wache.

In der Wache kam er gar nicht dazu, von seinem Besuch bei Huntemann zu berichten. Onno und Günter Naumann hatten augenscheinlich eine Neuigkeit für ihn, die sie unbedingt loswerden wollten. Onno wedelte mit einem Papier.
„Wir haben die Ergebnisse der Analyse des Handys von Jessen. Der Haftrichter hat U-Haft angeordnet“, sprudelte es aus Onno heraus, „ich weiß ja nicht, wie die das machen, aber die haben ein Bewegungsprofil erstellt.“
Petersen war durch diese Information immer noch nicht schlauer, da Onno nicht mit dem Ergebnis rüberkam. Ungeduldig nahm er ihm das Papier aus der Hand.
„Da kann’s aber einer nicht abwarten“, moserte Onno beleidigt.
Petersen ließ sich in einen Bürostuhl fallen und studierte den Bericht der Staatsanwaltschaft Oldenburg. Jessen hatte die GPS-Funktion seines Handys nicht ausgestellt. Die Daten bewiesen, dass er zu dem Zeitpunkt, als Petersen am Zaun von Jessens Parzelle war, direkt vor ihm gestanden haben musste. Für die Staatsanwaltschaft war das der Beweis, dass der Schlag auf Petersens Kopf nur von Jessen ausgeführt worden sein konnte. Aus dieser Schlussfolgerung

ergab sich der Anklagepunkt, Körperverletzung gegen einen Polizeibeamten. Auch im Falle des Sturzes des Magisters vor der Teestube war die Handyauswertung eindeutig. Jessen war fünfzehn Minuten, bevor er Bilder vom verletzten Magister gepostet hatte, vor Ort gewesen. Zumindest konnte deshalb der Anklagepunkt auf unterlassene Hilfeleistung erhoben werden. Die Körperverletzung des Magisters, Treten auf eine hilflose Person, war nicht direkt nachweisbar, aber zusammen mit dem Betreiben seiner Indoor-Plantage würden diese Punkte, nach Meinung der Staatsanwaltschaft, für eine mehrjährige Gefängnisstrafe ausreichen.

Petersen legte das Papier zur Seite.

„Dann wollen wir mal hoffen, dass die Staatsanwaltschaft sich durchsetzen kann. Ich hab' da ja meine Zweifel. Schlechte Kindheit, psychosoziale Störungen......"

„Bitte jetzt keine Abhandlungen über die lasche Justiz in Bremen. Die Geschichte hat so einen Bart."

Mit seiner Hand machte Onno eine ausladende Bewegung von seinem Kinn bis zum Brustkorb.

Die drei Beamten fingen lauthals an zu lachen. Da die Stimmung sehr gut war, entschloss sich Petersen, noch nichts von seinem Besuch bei Huntemann zu erzählen, zumal er ja genau genommen nichts Handfestes erfahren hatte. Nur dieser Satz von den „Fehleinschätzungen und Täuschungen" beunruhigte ihn. Es war besser, die anderen mit seiner Unruhe nicht anzustecken.

„Wo ist denn unser Anwärter?" fragte er stattdessen.

„Den haben wir zur Fahrradkontrolle in die Zedeliusstraße geschickt", antwortete Onno grinsend.

„Das ist aber nicht die feine Art. Da kriegt er ja die volle Ladung von Beschimpfungen durch Touris und Insulaner ab."

Petersen wunderte sich über sich selbst, dass er jetzt Partei für Bernhard ergriffen hatte.
„Da muss er jetzt durch“, unterstützte Naumann Onno, „in Stresssituationen Ruhe bewahren, das ist doch ein Ausbildungsziel, oder?“
Naumann konnte ein Grinsen nicht verbergen.
Den Rest des Nachmittags verbrachten sie dann mit Büroarbeit, Berichte schreiben, Statistiken führen. Onno machte den Polizeibericht für den Inselkurier fertig. Diese kleinen Berichte waren der Renner bei den Insulanern, im Gegensatz zu den Beiträgen des Bürgermeisters, der immer um den guten Ruf der Insel fürchtete.

Nach Feierabend beschäftigte Petersen sich mit der Setliste für den Fresena-Abend. Merti hatte ihm Aufnahmen der deutschen Rock ‘n Roller der 50er Jahre geschickt. In der Regel handelte es sich um Cover-Versionen amerikanischer Titel. So wurde zum Beispiel aus dem *Jailhouse Rock* von Elvis bei Peter Kraus der *Hafen-Rock*. Für ihn stellten diese Titel keine Schwierigkeit dar. Rock ‘n Roll Standards gehörten zum Repertoire eines jeden Rockgitarristen. Da gab es für Petersen kein Vertun. Gewöhnungsbedürftig war dann schon eher der deutsche Text, wenn es da in der ersten Strophe hieß:
Der Jimmy hatte immer nur im Dock zu tun

Dort wo die Schiffe von der Reise ruh’n.

Der Jimmy hatte Jahre voller Müh‘ und Plag

Drum sang er gern am letzten Wochentag

(Leiber/Stoller/ Subtext: Hans Bradtke)

Aber es sollte ja wohl eine Revue der 50ger Jahre werden, wenn er das Konzept von Sönke Meiners und Merti richtig verstand. Diese Texte konnte man heute nur noch mit einem Augenzwinkern vortragen, darin bestand wahrscheinlich die Absicht der beiden Macher dieses Abends. Vor allem freute er sich, wieder mal mit seinem alten Kumpel Merti zusammen Musik zu machen. Vor einigen Monaten war Merti bei einem illegalen Observationsauftrag in Bremen, Petersen hatte deswegen heute noch ein schlechtes Gewissen, in die Fänge eines Schlägers geraten. Es war also noch einiges gutzumachen. Wenn Merti auf die Insel kommen würde, wollte er ihn in Harlesiel abholen. Der Transport des gesamten Musikequipments war gar nicht so einfach für jemanden, der zum ersten Mal eine Nordseeinsel besuchte. Nachdem er die Gitarrensoli zum zehnten Mal durchgespielt hatte, beschloss, er ein Feierabendbier beim Magister zu trinken.

Die Kneipentür stand auf und einige Gäste standen mit einem Bier in der Hand draußen, bekleidet mit diesen unsäglichen Capri Hosen, die Petersen so hässlich fand. Die dünnen Beine ragten wie Stelzen aus den Hosen. Wenn diese Situation mit dem „Outdoor-Trinken“ bis in die späten Abendstunden andauern würde, war Ärger mit den Anwohnern wieder vorprogrammiert, das Dauerthema für die Kneipen mit Terrassengeschäft. Petersen zwängte sich durch die Ansammlung der Touris durch. An der Theke waren nur wenige Insulaner zu sehen. Die Gäste hatten das Regiment übernommen. Nur in der äußersten Ecke entdeckte er einige bekannte Gesichter, unter anderem den „Schweden“ mit seinem Freund Peter. Beide schienen leidenschaftlich über Fußball zu diskutieren. Diskussionsstoff war bei den beiden immer vorhanden. Der „Schwede“

war leidenschaftlicher Dortmund-Fan und Peter war ebenso enthusiastisch Werder-Fan. Meistens endeten diese Unterhaltungen mit irgendwelchen dubiosen Wetten. Entweder wurden hohe Geldbeträge eingesetzt oder einer musste sich eine Glatze schneiden lassen. Da aber im Moment Sommerpause in der Bundesliga war, vermutete Petersen, dass es um die kommende Saison ging. Jetzt mischte sich der Magister ein und setzte 100 Euro auf einen Nichtabstieg von Werder ein. Aber keiner wollte auf Abstieg setzen. Jetzt erst hatte der Magister Petersen bemerkt und sofort wechselte er das Thema.
„Da kommt der Schrecken der Kiffer von der Insel, unser Ersatz-Miami-Vice-Kommissar. Fehlt nur noch so ein schönes Don Johnson Jackett“, und dann ertönte sein dröhnendes Lachen. Also wieder ganz der Alte, dachte Petersen sich. Vor einigen Tagen hatte der Magister noch mit Kopfverband im Krankenhaus gelegen, aber jetzt führte er schon wieder in alter Manier sein Regiment in der Kneipe. Allerdings fiel Petersen auf, dass er keinen Alkohol trank. Immerhin waren also Ansätze zur Einsicht vorhanden. Nachdem das gezapfte Jever vor Petersen stand, beugte sich der Magister zu ihm rüber.
„Was habt ihr denn nun mit Jessen gemacht?“
„Der sitzt in U-Haft in Oldenburg.“
Petersen war klar, dass er keine weiteren Informationen zum Ermittlungsstand rausrücken durfte.
„Alles Weitere wird man dann sehen“, fügte er noch an.
Der Magister schien sich mit dieser Auskunft zufrieden zu geben. Der Schwede berichtete im Gespräch mit seinem Nebenmann über seine Zeit als Koch in Österreich und dass er dort den Austro-Pop schätzen gelernt hätte. Nun wurde der Magister hektisch und wühlte in seinem CD-Chaos. Petersen vermutete, dass nun nach einem Klangbeispiel

gesucht wurde, obwohl er bezweifelte, dass Austro-Pop zum Repertoire des Magisters gehörte. Die einzigen Titel, die er mal hier gehört hatte, waren *Macho Macho* von Reinhard Fendrich und Falcos *der Kommissar geht um.* Mit dem letzteren Titel hatte der Magister versucht, Petersen zu verarschen. Scheinbar hatte er jetzt aber irgendetwas gefunden. Es erklang das Gitarrenvorspiel einer akustischen Gitarre. Noch konnte Petersen, der sich ebenfalls im Austro-Pop gut auskannte, nicht erahnen, was da jetzt kommen würde, aber der Magister war immer für eine Überraschung gut, so auch jetzt, als die Stimme von Georg Danzer erklang:

I hab ka Feundin
i hab ka Frau
I hab bei'd Weiber den Dauerhahn
auf mi steht kane, ja kruzifix,
Was soll i machen? i wix, sonst nix

„Respekt, dass du *den legendären Wixer-Blues* von Danzer hast."
Petersen nickte beifällig.
„Ist das deine Lebensgeschichte, Magister", stichelte der Schwede.
„Nun mach' mal kein Gesichtsfasching, ich wollte nur deine Ausführungen zum Austro-Pop musikalisch unterlegen."
Dröhnendes Gelächter.
Die anderen Gäste wurden langsam unruhig, weil sie wahrscheinlich den Text nicht verstanden und diese Musik auch nicht ihren Vorstellungen von Urlaubsfeeling entsprach.
„Mach mal Stimmung, Magister."
Die ersten Unmutsäußerungen wurden hörbar.

Diese Unterhaltungen kamen Petersen bekannt vor. Wenn Helene Fischer gefordert wurde, war der Zoff vorprogrammiert. Aber es kam noch schlimmer.
„Spiel mal Mickie Krause und Jürgen Drews“, kam es von der Eingangstür. Die Steilvorlage für den Magister.
„Wenn ihr Ballermann-Musik hören wollt, dann müsst ihr da auch hinfahren oder geht im Januar zum Bremer 6-Tage-Rennen.“
Jetzt gab es pikierte Gesichter bei den Capri-Hosen-Trägern. Sie mussten sich nun entscheiden, bleiben oder zahlen.
Da der Magister natürlich auch Geschäftsmann war, griff er zu seiner Geheimwaffe. Ein befreundeter Lehrer aus Bremen hatte ihm eine „Special Edition“ gebrannt, eine CD-Reihe, die sich „Störtebeker-Rock“ nannte und eine Reihe gängiger Oldies umfasste. Als Achim Reichels *Aloha Heja He* erklang, war des Volkes Seele beruhigt und ein eskalierender Streit beendet.
Petersen trank noch ein letztes Bier. Da er morgen einen Zahnarzttermin hatte, musste er seinen Durst zügeln. Gleich bei seinem ersten Besuch mit `ner Fahne auf den Zahnarztstuhl, dieses Szenario wollte er auf jeden Fall vermeiden. Er zahlte und ging direkt zurück zur Wache in seine Dienstwohnung.

15

Petersen putzte sich nach dem Frühstück noch einmal die Zähne. Sein Zahnarzttermin, es war der erste auf Wangerooge, rückte näher. Zwar kannte er Zahnarzt Dr. Peter Küppers, aber es war schon ein Unterschied, jemanden aus der Kneipe zu kennen oder auf dessen Zahnarztstuhl zu sitzen. Dr. Peter Küppers hatte am Dienstagabend eine regelmäßige Knobelrunde im „Störtebeker". Dort traf er sich mit Gastronomen und anderen Geschäftsleuten. Küppers war Insulaner, also auf Wangerooge geboren, und er war ein Urgestein des Gemeinderates, parteipolitisch ungebunden. Mit gemischten Gefühlen näherte sich Petersen der Praxis. Kurz noch an der evangelischen Kirche vorbei, dann hatte er sein Ziel erreicht. In der Anmeldung wurde er freundlich begrüßt, um dann gleich wieder ins Wartezimmer zurückgeschickt zu werden. Außer ihm befand sich niemand dort. An den Wänden hingen Drucke von Ole West und leise hörte er im Hintergrund die Musik von NDR 2, wenn da nicht das sirrende Geräusch des Bohrers aus den Praxisräumen zu hören gewesen wäre, hätte man das Ganze als angenehmes Ambiente empfinden können. Petersen versuchte sich durch Autosuggestion Mut zu machen. Er hatte keine aktuellen Zahnschmerzen. Zahnstein entfernen war zu ertragen, aber wenn der Arzt doch ein Loch im Zahn finden würde? Die Nervosität nahm zu. Jetzt ging die Tür auf. Eine junge Frau kam heraus. Ihr Gesicht verriet eine gewisse Erschöpfung. Kaum hatte er das Gesicht studiert, schreckte er hoch.

„Herr Petersen bitte“, kam es von der Anmeldung. Dr. Küppers stand am Empfangstresen und begrüßte Petersen mit einem kurzen „Moin Sheriff.“ Nachdem Petersen sich auf dem Behandlungsstuhl niedergelassen hatte, machte Küppers keine Anstalten mit der Untersuchung zu beginnen.

„Das mit dem Lehrer Ramm ist ja ein Ding. Da muss ja irgendwas gewesen sein, sonst bringt sich so einer nicht um, oder?“

Petersen nickte.

„Ich darf da nichts zu sagen. Die endgültigen Ermittlungen sind nicht ganz abgeschlossen. Aber die Sache ist schon merkwürdig“, pflichtete Petersen Küppers bei.

„Wer wohl das Grundstück bekommt? Soviel ich weiß, hat der keine Erben.“

„Das wird noch geprüft. Das dauert ja, Veröffentlichung im Amtsblatt und so weiter. Wahrscheinlich klinken sich dann in solchen Fällen auch noch Erbensucher ein, die gegen Kohle versuchen, jemanden ausfindig zu machen.“

Küppers lächelte.

„Mit was man so heute Geld verdienen kann. Jedenfalls sind alle scharf auf das Grundstück. Da waren auch schon vorher potentielle Investoren hinterher und haben dem Ramm Angebote gemacht.“

Jetzt wurde Petersen hellhörig. Er vergaß, dass er auf einem Zahnarztstuhl saß, vor dem er eben noch mächtigen Respekt gehabt hatte.

„Ist das Grundstück denn so viel Wert? Wattenmeer Blick, nahe Müllpressstation, so toll ist das ja nun auch nicht.“

„Da steckt was ganz anderes dahinter, ein Wechsel auf die Zukunft.“

Petersen verstand nur Bahnhof.

„Das musst du mir erklären“, forderte er Küppers auf.

„Die Heftigkeit der Sturmfluten erhöht sich, Anstieg des Meeresspiegels und so weiter. Wir haben jedes Jahr erhebliche Dünenabbrüche am Weststrand. Falls die Dünenkette da durchbrechen sollte, ist der Hafen nicht mehr erreichbar und damit Wangerooge von jeder Versorgung abgeschnitten."
Petersen verstand immer noch nicht.
„Was hat das denn mit dem Grundstück von Ramm zu tun?"
„Langsam, lass mich weiter erklären! Es gibt eine Minderheitenmeinung im Gemeinderat, Namen sind unwichtig, die besagt, dass Wangerooge nur mit einem ortsnahen Hafen den Anstieg des Meeresspiegels bewältigen kann."
Petersens Gesicht spiegelte eine gewisse Begriffsstutzigkeit wider. Küppers war jetzt in seinem Element und redete wie ein Wasserfall.
„Ein ortsnaher Hafen kann nur vor dem Deichschart, durch den die Inselbahn fährt, liegen.
In Spiekeroog hat man das ja gemacht, da gibt es keine Inselbahn mehr."
Langsam dämmerte Petersen, auf was Küppers hinauswollte, unterbrach ihn aber nicht.
„So, und jetzt kommt das Grundstück von Lehrer Ramm ins Spiel. Ramm hat oder besser hatte das letzte Haus in der Reihe am Wattenmeer. Das wäre dann ein idealer Platz vor dem Hafen. Jetzt muss man mal seine Fantasie spielen lassen, Hotel am Hafen mit großer Terrasse und inklusivem Hafenblick, Wirtschaftsgebäude für den Hafen oder unser Dauerbrenner, Appartementanlage am Hafen."
Petersen nickte nachdenklich und glaubte langsam, den Zusammenhang zu verstehen.
„Wer hat denn dem Ramm Kaufangebote gemacht, weißt du was darüber?"

„Nicht direkt, es wurde nur unter den Ratsherren gemunkelt, vielleicht weiß unser Bürgermeister was darüber."
Petersen hatte eine gewisse Unruhe erfasst, die überhaupt nichts mehr mit dem Grund seines Zahnarztbesuchs zu tun hatte. Seine Gedanken spielten verrückt. Er musste wieder an Huntemanns Worte denken. Angriff auf Wangerooge „Fehleinschätzungen und Täuschungen." Wollte uns Ramm etwas sagen, als er den Ehrenfriedhof als Ort für seinen Freitod auswählte? Seine Gedanken wurden jäh unterbrochen. Die Sprechstundenhilfe steckte ihren Kopf durch die Tür.
„Peter, da warten noch zwei Patienten mit Termin."
Küppers nickte, ergriff sein Werkzeug und widmete sich Petersens Zähnen. Petersens Angst vor der Behandlung war völlig verschwunden. In seinem Kopf ging es um andere Dinge, so dass er kaum bemerkt hatte, als Küppers mit der Zahnsteinbehandlung fertig war.
„Im halben Jahr sehen wir uns hier wieder, lass dir vorne einen Termin geben. Ansonsten wissen wir ja, wo wir uns treffen."
„Jo, beim Magister."
„Ach, warte nochmal, du hast mir erzählt, dass du früher mal gesegelt bist. Was würdest du mal von einem gemeinsamen Helgoland-Törn halten? Ich brauch immer einen zweiten Mann an Bord."
Petersen freute sich. Auf einen Törn nach Helgoland hatte er immer Lust.
„Gerne, du weißt ja, wie du mich erreichen kannst."
Petersen erhob sich aus dem Behandlungsstuhl und verließ mit einem zwiespältigen Gefühl im Magen die Praxis. Über die Einladung zu einem Schiffstörn freute er sich, aber die

Ausführungen des Doktors zum Grundstück von Lehrer Ramm hatten ihn stark verunsichert.

Als er wieder zurück in der Wache war, saßen alle Kollegen an ihren Arbeitsplätzen und erledigten Büroarbeit.
„Hört mal eben zu“, sprach er seine Kollegen an und berichtete kurz über die neuen Informationen zum Grundstück von Stefan Ramm.
Onno ergriff als erster das Wort.
„Das ist ein alter Hut. Ich glaube 2005 ist mal im Gemeinderat über einen ortsnahen Hafen diskutiert worden. Die Vorteile liegen auf der Hand. Die Fahrzeiten verringern sich und du sparst mindestens zwei Ladevorgänge. Das senkt die Kosten erheblich und außerdem musst du heute bei starkem Hochwasser den Bahnbestrieb einstellen. Das Umweltministerium hat es aber abgelehnt, im Nationalparkgebiet Flächen für einen Hafen vorzumerken. Ausnahme, es gäbe Probleme mit dem Westanleger.“
„Das ist aber das Ding“, unterbrach Petersen, „wenn bei zunehmender Sturmfluthäufigkeit die Dünenkette am Weststrand durchbricht, ist die Lage doch gegeben, dass die Versorgung durch die Inselbahn nicht mehr möglich ist.“
Jetzt schaltete sich Naumann ein.
„Die haben doch im Westen so eine Aufschüttung mit Steinen vor dem Strand vorgenommen und Sandsäcke an der Abbruchkante hingelegt.“
„Schön und gut, aber bei der letzten Sturmflut, die ich ja selbst schon mitgemacht habe, hat das doch nicht viel genützt“, ereiferte sich Petersen.
Anwärter Bernhard, der bisher nur zugehört hatte, wagte es, eine Frage zu stellen.

„Was hat das denn nun mit dem Selbstmord von Lehrer Ramm zu tun, der sich doch wohl umgebracht hat, weil man auf seinem PC diese Fotos gefunden hat?“
Es herrschte kurze Stille im Raum. Irgendwie schien Simon Bernhard die richtige Frage gestellt zu haben. Onno grinste.
„Wenn ich unseren Hauptkommissar aus Bremen richtig verstehe, will er ein Mordmotiv konstruieren. Das hat er in der Vergangenheit schon häufiger gemacht und hat leider auch Recht behalten. Aber bei Ramm gibt es nach jetzigem Erkenntnisstand null Hinweise auf Fremdeinwirkung.“
Petersen nickte.
„Dagegen kann ich nichts sagen. Diese Bilder auf dem PC sprechen eine deutliche Sprache.“
Damit war die Debatte beendet. Petersen gab sich geschlagen, aber sein flaues Gefühl war geblieben. Naumann und Bernhard brachen auf. Auf einer Baustelle am Bootsweg war eine Menge hochwertiger Werkzeuge gestohlen worden. Naumann, der in Cuxhaven schon im Einbruchsdezernat gearbeitet hatte, wollte sich den Tatort etwas genauer ansehen.
Petersen hatte in dieser Nacht Bereitschaft und der Nachmittag stand deshalb zur freien Verfügung. Nach der Erledigung einiger Einkäufe legte er eine Gitarrensession ein. Mittlerweile hatte Merti neues Songmaterial geschickt, das durchzuarbeiten war. Für den großen Auftritt war jetzt ein Termin festgelegt worden. Bei gutem Wetter sollte der Fresena-Event im Rosengarten stattfinden, bei schlechtem Wetter in der Dünenhalle. Sorgen bereitete Petersen die Anreise von Merti. Dieser verfügte zwar über einen Kleinbus, mit dem er sein Equipment transportierte, aber die Situation in Harlesiel würde Merti überfordern, da war sich Petersen sicher. So super er als Musiker auch war, in praktischen Dingen musste man ihm oft unter die Arme

greifen. Sein Scheitern als Lehrer hatte auch etwas mit dieser Weltfremdheit zu tun. Merti konnte sich niemals vorstellen, dass Schüler bei seinen Musikarbeiten schummeln würden. Seine Gutmütigkeit war brutal ausgenutzt worden und führte dazu, dass er in der Schule zur Lachnummer geworden war. Die Entscheidung, den Lehrerberuf aufzugeben und sich als Berufsmusiker durchzuschlagen, empfand Petersen als folgerichtig. In einem Telefonat an diesem Nachmittag sicherte Petersen seinem Freund zu, ihn in Harlesiel abzuholen. Gemeinsam würden sie dann die Überfahrt nach Wangerooge antreten.

Ein viel dringenderes Problem hatte er bisher völlig verdrängt. Am kommenden Wochenende stand der Besuch von Mona an. Sie hatte sich bei ihm nicht mehr gemeldet. Die Übernachtungssituation war ungeklärt und aufgrund der aufgetretenen Spannungen zwischen den beiden rechnete er nicht mit einer Übernachtung bei ihm. Am liebsten hätte er an diesem Wochenende die Insel verlassen, aber der Dienstplan ließ dies nicht zu.

Die Vorstellung allerdings, dass Mona eventuell bei Anwärter Bernhard übernachten würde, machte ihn wahnsinnig. Er musste diese Gefühle unter Kontrolle bringen, dessen war er sich sicher, sonst würde es ein Desaster geben. Mit diesen Gedanken nickte er auf seinem Sofa ein.

Nach etwa einer Stunde war seine Siesta beendet. Es war jetzt Zeit sich anzuziehen. Die Uniform war ein Muss, denn in diesen Sommernächten war eigentlich immer was los auf der Insel. Gott sei Dank waren es aber meistens nur Kleinigkeiten. Die richtigen Hardcore-Sachen fanden im Winter statt, wenn die Insulaner unter sich waren. Seine Kollegen erzählten dies immer wieder und in seinem ersten Winter war auch ganz schön was los gewesen.

Im Dienstzimmer fuhr er seinen PC hoch und studierte die täglichen Meldungen und Fahndungsaufrufe. Aus seiner Schreibtischschublade sprang ihm der Wohnungsschlüssel des Hauses von Ramm ins Auge. Das Haus war immer noch versiegelt, da der Fall offiziell noch nicht abgeschlossen war. Immer noch spukten die Informationen von Dr. Küppers in seinem Kopf herum. Was, wenn Kaufangebote für Haus und Grundstück im Haus noch vorhanden waren? Sie hatten das Haus nicht gründlich durchsucht. Es ging ja auch nur darum mögliches kinderpornographisches Material zu finden. Er würde aber schon gerne wissen, wer sich für das Grundstück interessiert hatte. All diese Gedanken brachten ihn auf die Idee, noch einmal Am Wattenmeer vorbeizuschauen. Eine solche Aktion war durchaus legitim. Dienstrechtlich würde er die Sache vertreten können.
In der Straße Am Wattenmeer war heftiger Betrieb. Viele Sommerurlauber kamen mit dem Fahrrad aus dem Westen der Insel zurück. Zwei Gruppen einer geführten Wattwanderung lärmten auf der Straße. Der Gepäckdienst verteilte ein letztes Mal für diesen Tag das Gepäck der Neuankömmlinge auf die Ferienwohnungen. Petersen wartete einen Moment bis der größte Trubel vorbei war und ging dann langsam die Anhöhe zum Haus von Lehrer Ramm hinauf. Das polizeiliche Siegel an der Eingangstür war unbeschädigt. Mit dem Schlüssel riss er das Siegel auf und öffnete die Tür. Die Flurtür war halb geöffnet, was Petersen ungewöhnlich vorkam. Seines Wissens hatten sie damals die Tür geschlossen. Als er ins Wohnzimmer eintrat, zuckte er zusammen. Mehrere Bücher waren aus dem Regal gerissen und lagen auf dem Teppichboden. Der Couchtisch stand quer zur Sitzgruppe. Irgendjemand musste hier gewesen sein. Aber wer? Das Siegel war nicht beschädigt und den Wohnungsschlüssel hatte er in der Hand. Gab es vielleicht

doch Erben, die nach Wertgegenständen suchten? Unwahrscheinlich, die hätten sich doch ganz legal melden können. Auch die Tür zum Arbeitszimmer war nur angelehnt. Jetzt meinte Petersen, ein Rascheln zu hören. Sein Körper spannte sich an, langsam bewegte sich seine Hand in Richtung Dienstwaffe. Laut rief er in die Wohnung: „Ist da jemand? Hier ist die Polizei, zeigen Sie sich!"

Nichts passierte. Petersen wiederholte noch einmal seinen Warnruf und zog seine Waffe langsam aus dem Holster. Jetzt klirrte es im Arbeitszimmer. Langsam ging Petersen auf die Tür zu und öffnete diese. Das Arbeitszimmer sah chaotisch aus. Aus den Aktenschränken waren die Leitzordner rausgerissen worden. Einzelne Papiere lagen auf dem Boden. Petersen hörte ein dumpfes Geräusch, das vom Fenster kam. Erst jetzt bemerkte er, dass das Fenster des Arbeitszimmers stark beschädigt war. Die Scheiben waren zerbrochen. Der Rahmen zeigte Einbruchsspuren. Schnell ging Petersen ans Fenster und sah noch den Rücken einer dunkel gekleideten Person, die gerade versuchte, den Zaun eines Kleingartens zu überwinden. Schnell sprang Petersen jetzt auch aus dem Fenster und folgte der flüchtenden Person.

„Bleiben Sie stehen, Polizei!"

Der Flüchtende hatte den ersten Zaun überwunden und stand nun im Garten der Villa Hühnchen. Über den Namen dieser Kleingartenanlage hatte Petersen so manches Mal geschmunzelt. Sollte er einen Warnschuss abgeben? Anscheinend versuchte der Einbrecher, jetzt den Weg in Richtung Feuerwache zu erreichen. Dazu musste die Person aber noch zwei Zäune überwinden. Petersen war völlig außer Atem.

„Bleiben Sie stehen, Polizei, ich schieße!"

Er würde ihn nicht mehr einholen können. Vielleicht ließ der Flüchtende sich durch einen Warnschuss abschrecken. Petersen hob seine Dienstwaffe nach oben und gab einen Schuss ab. Keine Reaktion, der Mann lief auf den letzten Zaun zu. Wenn Petersen jetzt schießen würde, könnte er ihn treffen. Das Risiko war ihm aber zu groß. Wenn der Schuss in den Rücken ging, hatte er die Arschkarte, soviel war ihm trotz der Aufregung klar. Er würde in den Katakomben der Aktenablage der Polizeiinspektion Wilhelmshaven verschwinden und in einem Strafprozess des Totschlags angeklagt. Unterstützung von der Justiz konnte man als Polizeibeamter in letzter Zeit nicht mehr erwarten. Der Flüchtende hatte den letzten Zaun überwunden und lief nun den Schotterweg in Richtung Feuerwache, wahrscheinlich würde er sich dann links in die Dünen absetzen. Letzter Versuch.

„Bleiben Sie stehen, ich schieße!"

Wieder gab Petersen einen Schuss in den Himmel ab. Der Mann lief weiter, ohne sich umzusehen. Das war's dann wohl, dachte Petersen. Er sollte sich täuschen.

Eine Reaktion kam nun aus Richtung der Feuerwache. Eine Gruppe der Freiwilligen Feuerwehr hatte gerade ihren Gerätedienst beendet und war im Begriff, den Grill anzuschmeißen, als die Männer und Frauen die beiden Schüsse hörten. Sie sahen einen Mann im Laufschritt näher kommen, der wohl gleich in Richtung Dünen abbiegen würde. Ungefähr 50 Meter dahinter stand ein völlig verausgabter Petersen, der die Verfolgung aufgegeben hatte. Vier Männer aber hatten die Situation sofort erkannt und liefen dem Flüchtenden entgegen. Dieser bog nun in die Dünen ab. Zwei der Feuerwehrmänner waren aktive Spieler beim TUS Wangerooge und somit körperlich total fit. Nach ca. 10 Sekunden hatten sie den Mann erreicht und rissen ihn zu Boden. Gegen diese Vollblutsportler war jeder Widerstand vergebens und folgerichtig ergab der Flüchtende sich seinem Schicksal. Petersen, dessen Lungen brannten, kam im Laufschritt auf die Feuerwehrleute zu, die den Mann sicher festhielten.

„Männer, das habt ihr gut gemacht, dafür gibt's `ne Kiste Jever", lobte Petersen keuchend den Einsatz. Nachdem der Mann aufgestanden war, legte er ihm Handschellen an. Gemeindebrandmeister Rumpf winkte vom Grill und rief:

„Sheriff, erst einmal ausruhen."

Petersen nahm die Einladung dankend an. Eskortiert von drei Feuerwehrleuten wurde der Gefangene auf einen Stuhl beim Grill gesetzt. Einer der Männer machte eine deutliche Ansage:

„Wenn du abhauen willst, denk' dran, du hast keine Chance."

Erst jetzt hatte Petersen Gelegenheit, den Mann zu mustern. Er war schlank, mittelgroß und hatte kurz rasierte schwarze Haare. Bekleidet war er mit einer dünnen ballonseidenen schwarzen Trainingsjacke und einer schwarzen Sporthose. Entwendete Gegenstände aus der Wohnung schien er nicht dabei zu haben. Petersen war noch zu sehr außer Atem, als dass er nun gewillt war, ein Gespräch mit dem Mann anzufangen. Per Handy informierte er seine Kollegen von dem Vorfall. Naumann und Bernhard versprachen, den Einbrecher von der Feuerwache abzuholen und Onno wollte einen Tischler für eine Notschließung am Hause Ramm organisieren. Dankbar nahm Petersen die Einladung auf ein Jever-Fun und eine Grillwurst an. Als Petersen die erste Wurst verdrückt hatte, lobte er noch einmal den vorbildlichen Einsatz der Feuerwehrmänner. Der Stolz über ihr Handeln stand ihnen förmlich ins Gesicht geschrieben.

Nach der zweiten Wurst rückte die Verstärkung an. Naumann grinste über beide Backen.
„Das hier nennst du also Einsatz, gemeinsamen Grillen mit der Feuerwehr."
Gelächter auf allen Seiten. Auch Naumann und Bernhard bekamen ihre Wurst, bevor sie mit dem Verhafteten abzogen. Petersen ging noch einmal zurück zum Hause Ramm und wollte sich den Schaden im Haus etwas genauer ansehen.
Vor dem Haus wurde er schon von Onno erwartet.
„In Gottes Namen Lars, was wolltest du denn hier im Haus. Hättest ja auch mal was sagen können. Ich dachte wir wären ein Team?"
Onno schien verärgert. Petersen versuchte ihn zu beruhigen.
„Wollte nur noch mal schauen, ob wir was übersehen haben. Die Sache mit den vermeintlichen Kaufangeboten hat mir keine Ruhe gelassen. Dass ich hier auf einen Einbrecher treffe, das war ja nun wirklich Zufall, aber merkwürdig finde ich das schon, oder?"
Onno nickte verkniffen.
„Lass uns reingehen, der Tischler kommt gleich."
Beide Beamte betraten das Haus. Onno hatte die Kamera aus dem Revier mitgebracht und begann systematisch die Zimmer zu fotografieren. Petersen ging ins Arbeitszimmer und betrachtete die auf dem Boden liegenden Leitzordner. Ramm hatte hier Unterrichtseinheiten gesammelt, aber auch sein persönlicher Kram war systematisch abgeheftet, Versicherungen, Gehaltsabrechnungen, Beihilfeformulare. Petersen rief nach Onno.
„Onno, schau dir das mal an! Wenn ich irgendwo einbreche, wühl ich doch nicht in Krankenkassenabrechnungen oder?

Was wollte der hier? Die Wertsachen sind doch alle noch hier, oder?“
Onno kratzte sich am Kinn und nickte.
„Scheint so, kommt mir auch alles merkwürdig vor. Müssen wir ihn nachher mal fragen.“
„Ich bezweifle, dass der uns das erzählen wird“, unkte Petersen.
Im Bücherregal des Wohnzimmers entdeckte er, ohne lange zu suchen, das Buch des pensionierten Lehrers Huntemann „Bomben auf Wangerooge.“ Es war für Petersen nicht überraschend, dass Ramm das Buch besaß, aber das einzige Lesezeichen erregte seine Aufmerksamkeit. Langsam schlug er die Seite auf. Er begann die Seite zu überfliegen, dann stockte er. „Eine Tragödie ausgelöst durch Fehleinschätzungen und Täuschungen“ stand da geschrieben. Genau die Worte, die Huntemann ihm gegenüber gebraucht hatte. Petersen war verwirrt. War das ein Zufall? Sah er Gespenster oder wollte Ramm ihnen etwas sagen? Klar war ihm, dass er darüber mit niemandem sprechen konnte. Seine Kollegen und Vorgesetzten würden ihn für verrückt erklären. Er musste die Sache notgedrungen mit sich selber ausmachen. Er ging zurück zu Onno, dieser versprach auf den Tischler zu warten, danach wollte er das Haus neu versiegeln. Petersen drängte es, mit dem Einbrecher zu sprechen.

Im Revier hatte Naumann den Einbrecher in die Arrestzelle verbracht. Als Petersen das Dienstzimmer betrat, entschuldigte er sich erst einmal bei seinen Kollegen, weil er ihnen den Feierabend versaut hatte.
„Geschenkt, Lars, wir sind auf einer Insel. Hier gibt’s keinen Kriminal-Dauerdienst. Wer hier herkommt, muss das wissen. Was machen wir jetzt mit dem?“, fragte Naumann.

„Ich würde sagen kleine Vernehmung, dann informieren wir Wilhelmshaven. Heute Abend kriegen wir den sowieso nicht mehr von der Insel, das steht fest."
Naumann nickte.
„Okay, ich hole ihn jetzt."
Anwärter Bernhard wurde verdonnert, das Protokoll zu schreiben. Die Personalienfeststellung ging leichter als gedacht vonstatten. Der Verhaftete hatte tatsächlich einen Ausweis dabei.
Pjotr Morenko war deutscher Staatsbürger und in Bremen gemeldet.
Petersen kam ohne Umwege sofort zur Sache.
„Was haben Sie in dem Haus gesucht?"
Morenko schien etwas verwundert über die Frage zu sein.
„Ich suchen Wertgegenstände."
Petersen wurde nun im Ton schärfer.
„Das können Sie Ihrer Großmutter erzählen. Sie haben doch nichts geklaut, sondern nur in den Aktenordnern rumgewühlt."
Morenko verzog keine Miene.
„Häufig hinter Ordnern Tresor."
„Warum sollte so ein kleiner Lehrer einen Tresor haben? Der war nicht reich, vom Grundstück mal abgesehen."
„So etwas man nicht vorher wissen."
In diesem Stil ging die Vernehmung weiter. Petersen biss auf Granit. Irgendwann sah er die Erfolglosigkeit seiner Bemühungen ein und brach das Verhör ab.
„Der verarscht uns doch nach Strich und Faden."
Naumann nickte.
„Aber was wollte der da?"
„Genau das ist die Frage. Lass uns eine Nacht drüber schlafen. Ich ruf in Wilhelmshaven an und frag, was wir mit dem machen sollen."

Der Kriminal-Dauerdienst der Polizeiinspektion schlug vor, Morenko mit dem ersten Schiff nach Harle zu bringen. Er würde dort übernommen und in Wilhelmshaven erkennungsdienstlich behandelt werden. Für einen Haftbefehl reichte es nach Meinung des diensthabenden Beamten wohl nicht. Petersen sah die Angelegenheit ähnlich. Geklaut hatte Morenko augenscheinlich nichts, hatte ein Fenster aufgehebelt, sich dem Zugriff entzogen, aber das würde einem Haftrichter nicht genügen.
Als Naumann gegangen war, machte Petersen sich einige Notizen. Anwärter Bernhard tippte das Vernehmungsprotokoll und legte es anschließend Petersen vor, der keine Einwände hatte. Irgendwie musste der Gefangene versorgt werden. Petersen ging noch einmal zur Arrestzelle, reichte Morenko eine Flasche Wasser und eröffnete ihm, dass er eine Nacht in der Zelle verbringen müsse. Morenko nahm diese Nachricht völlig teilnahmslos zur Kenntnis. Zum Abendessen bat er um eine Pizza Hawaii. Bernhard bot sich sofort an, zum „Eiscafé Venezia“ zu gehen und eine Pizza zu besorgen. Nachdem auch das erledigt war, entließ Petersen seinen Kollegen in den Feierabend. Eigentlich war ihm jetzt nach einem Abendspaziergang zumute, aber den Gefangenen alleine zu lassen, war gegen die Vorschrift. Da er nun sowieso in der Wache sitzen musste, schrieb er noch einen Vermerk zu seinem Schusswaffengebrauch. Danach legte er seine Beine hoch und im Nu war er eingeschlafen.

16

Der Duft von Kaffee zog in Petersens Nase. Aus einiger Entfernung hörte er das Klappern von Geschirr. Er versuchte sich aufzurichten, doch ein starker Rückenschmerz hinderte ihn daran sich zu bewegen. Erst jetzt registrierte er seine Lage. Wie eine Hängebrücke im Dschungel hing er mit seinem Rücken zwischen Bürostuhl und Schreibtisch. Aus der kleinen Küchenecke des Dienstzimmers wurde er von Günter Naumann beobachtet.
„Wenn du so die ganze Nacht verbracht hast, dann bist du reif für den Orthopäden oder Tamme Hanken."
Naumann grinste und reichte seinem Kollegen eine frisch aufgebrühte Tasse Kaffee. Petersen hatte große Mühe, sich aus seiner Lage zu befreien. Langsam rutschte er aus seinem Stuhl auf die Erde und befand sich nun auf allen vieren auf dem Boden des Dienstzimmers. Mehrfach drückte er nun seinen Rücken zu einem Buckel durch und dann machte er den fliegenden Schwan. Diagonal hob er nun den linken Fuß und den rechten Arm. Mehrmals wechselte er die Stellung. In diesem Moment betrat Onno das Revier. Was er da sah, löste bei ihm ein brüllendes Gelächter aus.
„Ist das hier die Krabbelgruppe der Polizei oder machst du hier Pilates, wie die Touris am Strand?"
Petersen war nicht zum Lachen zumute.
„Ich bin in diesem Scheiß-Stuhl eingeschlafen, oh Mann, bin ich gerädert."
„Davon sollten wir ein Bild für den Inselkurier machen, um die Einsatzbereitschaft der Polizei Wangerooge zu demonstrieren", feixte Onno.

Günter Naumann und Onno erbarmten sich nun und zogen Petersen mit vereinten Kräften in die Höhe, so dass dieser wieder stehen konnte. Im Stehen trank Petersen die ihm angebotene Tasse Kaffee. Mitleidig wurde er von Onno gemustert.

„Am besten du gehst jetzt nach oben und duscht, hau dich ein paar Stunden hin. Wir machen das hier schon. Günter bringt Morenko gleich nach Harle. Wilbert können wir später anrufen.

Petersen schüttelte mit dem Kopf.

„Da heute Freitag ist, erledige ich das mit Wilbert jetzt noch eben und dann geh‘ ich nach oben. Aller Erfahrung nach macht Wilbert immer schon früh Wochenende."

Onno wusste, dass es keinen Zweck hatte, seinem Kollegen zu widersprechen.

„Okay, wenn es sein muss, danach haust du dich aber hin."

Petersen nickte, nahm noch einen Schluck Kaffee und wählte dann die Nummer der Polizeiinspektion Wilhelmshaven. Kommissar Wilbert war tatsächlich an seinem Platz.

„Moin Petersen, hab‘ die Berichte schon auf dem Rechner, erzählen Sie mir mal von diesem Einbruch."

Petersen gab einen groben Überblick über die gestrigen Ereignisse, vermied es aber über das Lesezeichen und sein merkwürdiges Gefühl zum Fundort des Lehrers zu spekulieren. Für so etwas war Wilbert nicht empfänglich, das hatte er in der kurzen Zeit ihrer Zusammenarbeit schon mitbekommen. Querdenken oder auch mal spekulative Varianten durchspielen, das war nicht Wilberts Ding. Stereotyp wurde dann mit „Petersen, Sie nun wieder" gekontert.

Wilbert stellte allerdings die entscheidende Frage:

„Was wollte der Morenko in dem Haus? Das Naheliegende ist, dass er tatsächlich nur einbrechen wollte. Die Situation im Haus, wie Sie sie beschrieben haben, spricht dagegen. Da sind wir uns wohl einig. Ihre Vermutung, dass jemand Interesse an dem Grundstück hat, hakt an dem Punkt, dass Ramm sich umgebracht hat und dazu diese Bilder auf seinem PC waren. Ihre Theorie wäre interessant, wenn er ermordet worden wäre. Ist er aber nicht, und an dem Punkt haben Sie sich verrannt Petersen. Ich war gerade auf einer Fortbildung über Ermittlungsarbeit. Der Referent, ein prominenter Strafverteidiger, sprach von einer sogenannten Bestätigungsneigung bei polizeilicher Ermittlungsarbeit. Polizeibeamte würden dazu neigen, bestimmte Dinge stärker wahrzunehmen und andere abzuwerten. Man spricht da von einer kognitiven Dissonanz, soll heißen, Alternativen würden vernachlässigt."

Petersens Ohren qualmten. Mit dieser „Laber-Attacke" hatte er jetzt nicht gerechnet. Aber so war es mit den Fortbildungen. Die Kollegen kamen dann nach einer solchen Veranstaltung wieder in den Dienst zurück und versuchten, das frisch Erlernte sofort anzuwenden. Sein damaliger Vorgesetzter in Bremen nötigte die Kollegen, nach einer Wochenendfortbildung, ihre Befindlichkeiten auf Karteikarten zu notieren. Mit Grauen musste Petersen an diesen Seelen Striptease denken. Wilbert war aber noch nicht zu Ende, sein Redeschwall noch nicht versiegt.

„So, Petersen, jetzt komm ich mit einer völlig neuen Variante. Was ist denn, wenn Morenko Spuren eines Pädophilen Rings vertuschen wollte?"

Jetzt war Petersen in der Tat perplex. Wilbert hatte ihn verblüfft.

„Respekt, Kollege Wilbert, diese Möglichkeit habe ich nie in Betracht gezogen."

„Da sehen Sie, dass Fortbildungen doch etwas bringen."
„Okay", unterbrach ihn Petersen, „unser gemeinsamer Ansatz ist dann Morenko. Wir müssen mehr über diesen Mann wissen. Vielleicht wissen die in Bremen, wo er ja wohl lebt, mehr über ihn."
„Bingo, Petersen, das ist das Schöne an der Zusammenarbeit mit Ihnen, aus der Diskussion heraus haben wir die nächsten Schritte entwickelt, so wird es gemacht."
Petersen fand die Formulierungen seines Vorgesetzten etwas schwülstig, was wohl der Fortbildung geschuldet war, aber im Ergebnis waren sie sich einig. Morenko musste durchleuchtet werden.
Onno grinste Petersen nach Ende des Gesprächs an.
„Na, hat er dich zu getextet, du warst so still am Telefon?"
„Der hatte einen Fortbildungs-Flash, so kenne ich den sonst nicht."
„Okay, du gehst jetzt nach oben und ruhst dich aus. Wir kriegen ja heute noch Besuch, habe ich gehört, da musst du fit sein."
Petersen nickte etwas gequält und verzog sich kommentarlos in seine Dienstwohnung. Mit sehr gemischten Gefühlen dachte er an das kommende Wochenende.

Gegen 16 Uhr stand Simon Bernhard auf dem Bahnsteig des Bahnhofs Wangerooge. Viele Menschen erwarteten den Zug vom Westanleger. Einige Vermieter standen mit ihren Bollerwagen bereit, um die Gäste in Empfang zu nehmen. Andere hatten Sektflaschen in der Hand. Begrüßungszeremonien, die Bernhard kaum wahrnahm. Dem Besuch von Mona Behrens fieberte auch er mit gemischten Gefühlen entgegen. In Oldenburg bei der Polizeiausbildung hatten sie sich kennengelernt. Zweimal war er mit ihr im Bett gewesen. Trotzdem hatte er den Eindruck, dass er mehr in sie verknallt war, als sie in ihn. Irgendwie hielt sie ihn auf Distanz. Diese relative Unnahbarkeit, die sie ausstrahlte, machte ihn wahnsinnig. Weiterhin verunsicherten ihn ihre Erzählungen über den Kollegen Lars Petersen. Da musste mal etwas zwischen den beiden gewesen sein. Petersen jedenfalls reagierte äußerst gereizt, wenn von Mona die Rede war. Eigentlich hielt er eine Beziehung zwischen den beiden für ausgeschlossen. Schließlich war da ein Altersunterschied von mindestens 30 Jahren, schätzte er. Allerdings war nicht zu übersehen, dass Mona und Petersen etwas verband. Was das aber nun genau war, verschloss sich ihm. Er war gespannt, was passieren würde, wenn die beiden aufeinander trafen. Das Pfeifen der Lokomotive der Inselbahn war das Zeichen, dass der Zug den Deichschart erreicht hatte und nun in wenigen Sekunden auch sichtbar sein würde. Die Sektkorken knallten. Bernhard hatte eine kleine Rose bei „Blumen Wünsche“ gekauft und wollte Mona damit überraschen. Der einfahrende Zug schien total überfüllt zu sein. Die Menschen standen in Trauben auf den Plattformen zwischen den Waggons. Als ersten erkannte Bernhard den Kollegen Günter Naumann, der in Uniform aus dem hinteren Wagen stieg. Naumann hatte Morenko nach Harle begleitet. Gleich hinter Naumann konnte er Mona erkennen. Ihre langen blonden Haare erregten sofort seine Aufmerksamkeit. Naumann und Mona unterhielten sich auf dem Bahnsteig. Polizisten unter sich, dachte Bernhard, der sich jetzt mit seiner Rose in der Hand vor seinem Kollegen etwas blöd vorkam. Mona umarmte ihn flüchtig und hauchte einen Kuss auf seine Wange. Brav überreichte Bernhard seine Rose. Als störend empfand er die Anwesenheit seines Kollegen, die keine Intimität aufkommen ließ, zumal Naumann auch ein breites Grinsen im Gesicht zeigte. Da Mona nur Handgepäck dabei hatte,

mussten sie nicht auf die Kofferausgabe warten. Zu dritt schlenderten sie dann in Richtung Charlottenstraße. Mona genoss es sichtlich, wieder auf der Insel zu sein. Schnell machte sie ein Bild vom alten Leuchtturm. Leider ließ sich der Kollege Naumann nicht abschütteln. Die Konversation beschränkte sich deshalb auf klischeeartige Floskeln.
„Schön mal wieder hier zu sein, der Leuchtturm kann auch mal wieder ein wenig Farbe gebrauchen."
Im Revier wurden sie von Onno empfangen, der eine kleine Kaffeetafel aufgebaut hatte. Seine Frau Frieda hatte einen Topfkuchen gebacken, den er stolz den Ankömmlingen präsentierte.
„Schön, dass du mal wieder da bist, mien Deern. Das letzte Mal bist du ja mit dem Hubschrauber in Kriegsbemalung gekommen. Ich denke jetzt wird es ruhiger. Stress hatten wir letzten Abend, eigentlich mehr Lars, aber das hat dir Günter ja wahrscheinlich schon auf dem Schiff erzählt. Lars hat sich hingehauen, der hatte auch noch Nachtbereitschaft. Ich hab' ihm eine Mütze Schlaf verordnet, sonst kippt der mir hier noch aus den Latschen."
Gespannt beobachtete Bernhard Mona. Sie zeigte keine Reaktion als die Rede auf Petersen kam. Nach einer Stunde war das Kaffeetrinken beendet. Zur Enttäuschung von Bernhard bestand Mona darauf, einen Spaziergang zu machen. Eigentlich hatte er sich etwas anderes vorgestellt.

Lars Petersen wurde durch ein Klopfen an seine Wohnungstür geweckt. Wer in Gottes Namen wollte jetzt etwas von ihm. Missmutig zog er seine Jeans an und öffnete die Tür. Vor ihm stand Mona. Ihre langen blonden Haare waren vom Wind zerzaust. Ihr Gesicht war ernst und ließ nichts Gutes erahnen.

„Entschuldige die Störung, darf ich dich einmal kurz sprechen."
Petersen bat sie höflich herein.
„Ich bin im Moment auf Besuch nicht vorbereitet, habe gepennt. War eine anstrengende Nacht gestern, bin ziemlich kaputt."
„Ja, Onno hat schon unten kurz davon erzählt. Tut mir leid, aber ich denke, dass wir reden müssen. Am Telefon bist du unfreundlich und gereizt und lässt deine schlechte Laune an Simon aus. Was ist los?"
Lars Petersen stellte eine Flasche Wasser und zwei Gläser auf den Tisch.
„Das frag' ich dich, du setzt mir hier deinen neuen Lover vor die Nase. Musste das sein?"
„Stopp, da verwechselst du etwas. Ich habe Simon empfohlen, nach Wangerooge zu gehen, weil er von dir viel lernen kann, genauso wie ich von dir gelernt habe. Ob er mein Lover ist, so wie du das nennst, spielt da überhaupt keine Rolle. Ich dachte immer du bist Profi im Beruf. Gefühle, so hatte ich den Eindruck, haben da nichts zu suchen. Ich glaube, dass du eifersüchtig bist, dann setz' dich mit mir auseinander, aber lass Simon aus dem Spiel."
Die Vehemenz, mit der sie Simon verteidigte, machte ihm zu schaffen. Seine Rückenschmerzen meldeten sich wieder.
„So schlecht, wie du das darstellst, hab' ich ihn nicht behandelt. Mittlerweile ist unser Verhältnis ganz okay."
„Ja, das mag ja sein, aber lass uns über uns reden. Unser Verhältnis ist schon etwas speziell. Über Beziehung haben wir nie gesprochen, der große Kommunikator bist du ja nun wirklich nicht."
„Da gehören immer zwei dazu", unterbrach Petersen, „ich dachte schon, dass uns etwas verbindet."

„Gut, dass du das einmal sagst, aber was ist das? Zwischen uns stehen 30 Jahre Altersunterschied, ist zwar nicht ganz so wichtig, aber wegzudiskutieren ist das auch nicht."
„Das ist es also, ich bin ein alter Sack für dich, der es nicht mehr bringt, deshalb dein junger Lover."
Monas Stimme begann zu zittern.
„Das ist jetzt völlig unter der Gürtellinie, du machst alles kaputt. Ist dir unsere Freundschaft nicht wichtig?"
„Jetzt muss noch die Mutter aller Trennungssprüche kommen, wir können ja Freunde bleiben."
Im Moment des Aussprechens bedauerte er schon das Gesagte, aber es war zu spät.
So zornig hatte er Mona noch nie erlebt. Sie sprang auf, riss die Wohnungstür auf und schlug sie so heftig zu, dass der Schlüssel, der von innen steckte, aus dem Schloss fiel. Was Petersen nicht mehr sehen konnte, waren die Tränen, die Mona übers Gesicht liefen. Er hatte es wieder mal falsch gemacht, alles verbockt. Der Zorn über sich selbst hatte sich seiner bemächtigt, die Herrschaft übernommen. Er zog seine Jacke über, rannte dann ohne nach rechts und links zu sehen auf die Charlottenstraße. Über den Fußweg am Bielefelder Haus vorbei kam er zum Ehrenfriedhof. Kurz verweilte er auf der Bank, auf der Lehrer Ramm sich das Leben genommen hatte. Die Umgebung lenkte ihn, wenn auch nur kurz, von seinen privaten Sorgen ab. Warum hier? Was wolltest du uns sagen? Warum kein Abschiedsbrief? Hat das jemand verhindert? Bis du das Opfer einer Intrige geworden? Fragen über Fragen. Schnell merkte er, dass dieser Ort, der eigentlich ein Ort der Stille und des Einhaltens war, für ihn jetzt Gift war. Er spürte nicht nur seine eigene private Unzulänglichkeit, sondern die Unfähigkeit, das Rätsel dieses dubiosen Selbstmords lösen zu können, was ihn immer verzweifelter werden ließ. Eine

lärmende Jugendgruppe näherte sich dem Friedhof. Fluchtartig verließ Petersen deshalb den Ehrenfriedhof und folgte dem Weg zum Strand. Am Dünenrand suchte er sich ein Plätzchen, von dem er einen Blick auf das Meer hatte. Langsam setzte die Dämmerung ein. Überall blitzten die Fahrwassertonnen auf, auch Helgoland-Feuer war schon deutlich auszumachen. Einige Segler steuerten von See kommend das Harle-Gatt an. Petersen steckte sich die Kopfhörer seines I-Pods ins Ohr und wählte die Playlist Maritim. Gerade noch hörte er die letzten Takte von Rod Stewarts *Sailing.* Den nächsten Song konnte er nicht zu Ende hören. Als die folgenden Textzeilen von Santiano gesungen wurden, schaltete er den I-Pod wieder aus.

Die große Freiheit, sie hat uns kalt erwischt.

Zu hoch geflogen, hart gelandet.

Wir sind gestrandet. (Krech/Nissen/Zuckowski)

Am Strand stapfte er, emotional aufgewühlt, der Promenade entgegen. Das Wetter hatte sich gebessert. Die Außentemperaturen lagen immerhin an diesem Abend noch bei 20°. Der Wind kam moderat aus südwestlicher Richtung. Von daher war es kein Wunder, dass auf der Promenade noch einiges los war. Alle Tische beim „Diggers" waren besetzt. Gut gelaunte Menschen lachten laut und tranken dabei ihr Jever oder auch einen Cocktail. Mit seinem Tunnelblick nahm Petersen das Geschehen rund um sich kaum wahr. Auch im Außenbereich des „Strandkorbs" herrschte Hochbetrieb. Wegen des guten Wetters saßen aber wenige Leute an der Theke. Milosz befand sich im Zapfstress. Von ihm kam nur ein kurzes „Moin Sheriff", so

sehr war er mit der Getränkebestellung beschäftigt. Eine junge Frau, die in der Sommersaison als Hilfskraft beschäftigt war, schleppte die vollen Tabletts nach draußen. Ein korpulenter Rentner bestellte ein neues Bier.
„Du hast doch noch gar nicht ausgetrunken", moserte Milosz.
„Da is' Sand drin", konterte der Rentner, der für diesen Spruch berühmt berüchtigt war.
Milosz schüttelte nur mit dem Kopf. Eine angeheiterte Touristin kam aus dem Damenklo. Sie hatte sich die die leere Papprolle des Toilettenpapiers in die Haare gesteckt. Provokativ baute sie sich vor Milosz auf und deutete auf ihre Haarkonstruktion.
„Hallo, was sagt dir das?" rief sie grinsend Milosz zu.
Der war aber zu beschäftigt, um das Begehren der Frau zu erkennen. Petersen, der bereits sein erstes Bier intus hatte, versuchte die Situation aufzuklären.
„Das Toilettenpapier im Damenklo ist alle."
Die Touristin drückte Petersen einen Kuss auf die Wange.
„Endlich mal ein Mann, der meine Wünsche versteht."
Mislosz brummte.
„Ihr macht mich heute alle fertig."
Danach wies er die Hilfskraft an, Toilettenpapier aus dem Lager zu holen. Beschwingt winkte die Touristin Petersen zu und begab sich wieder in den Außenbereich.
„Du kannst Frauen haben, du bist ein richtiger Frauenversteher", stichelte Milosz nun.
„Wenn es man so wäre", seufzte Petersen, der für kurze Zeit im Begriff war, sein Selbstmitleid zu vergessen. Jetzt musste noch ein Bier her. Danach zahlte er und ging in Richtung „Störtebeker", obwohl ihm bewusst war, dass es besser wäre, diesen Ort heute zu meiden.

Auch beim „Störtebeker“ saßen noch einige Leute draußen. Im Gegensatz zum „Strandkorb“ war hier der Gastraum relativ voll. Ohne nach rechts oder links zu sehen, ging Petersen an das linke Ende der Theke und stellte sich vor den Zigarettenautomaten.
„Stell mir hier nicht den Weg voll, wenn ich oben bedienen muss“, wurde er vom Magister angeraunzt, „außerdem ist dein Platz auf der Verlobungsbank.“
Petersen nahm erst jetzt wahr, dass dort Mona mit Simon Bernhard saß. Petersen grüßte kurz hinüber. Die Reaktion fiel aber sehr verhalten aus. Allerdings erwiderte Anwärter Bernhard seinen Gruß. Na ja, dachte Petersen, der muss ja mit mir auch noch weiter zusammenarbeiten. Da der Magister alle Bestellungen abgearbeitet hatte, rückte er seinen Barhocker in Richtung Petersen und zündete sich eine Zigarette an.
„Was ist los Alter? Die Jugend setzt sich durch, das ist nun Mal das Los der alten Männer, da müssen wir uns mit abfinden.“
„Noch ein Bier und einen Schwarzen“, kam es von Petersen. Verwundert sah ihn der Magister an.
„Du trinkst doch gar keinen Schnaps.“
„Mach einfach, was ich gesagt habe. Dies ist eine Kneipe, da kann ich trinken, was ich will.“
„Ist ja gut, du wirst wissen, was du tust.“
Schnell hatte Petersen die bestellten Getränke vor sich stehen. Von der Anlage kam jetzt Van Morrisson‘s *It’s all over now Baby blue.* Erschrocken starrte der Magister Petersen an.
„Das ist jetzt wirklich Zufall. Du hast selbst gesehen, dass ich nicht an der Anlage war.“
Petersen winkte ab.
„Geschenkt.“

Gott sei Dank erregte jetzt ein junges Paar die Aufmerksamkeit der Kneipe, als es verkündete, dass es morgen auf dem Leuchtturm heiraten wolle.
Kritisch musterte der Magister das Paar und vor allem die junge Braut.
„Mein Fall wäre das ja nicht", kam es halblaut von ihm.
„Benimm dich mal", moserte Petersen ihn an, „die wissen noch nicht, was ihnen bevorsteht."
„Hast du jetzt wieder Oberwasser oder was. Jetzt hau' ich noch einen Klassiker für dich raus, damit du deine Fehler einsiehst. Ist dir dein Leben lieb, dann fick' nicht im Betrieb."
Grölendes Gelächter vom Magister, jeder wusste, dass er am lautesten über seine eigenen Sprüche lachen konnte. Kurz beobachtete Petersen die Verlobungsbank. Mona und Simon waren in einer Unterhaltung vertieft. Zärtlichkeiten wurden augenscheinlich nicht ausgetauscht, wie Petersen erleichtert feststellte.

Aus den Augenwinkeln beobachtete Mona Lars Petersen. Eins war ihr völlig klar, der würde sich heute die Kante geben und diese Tatsache beunruhigte sie. Wenn Schnaps im Spiel war, galt höchste Alarmstufe. Für Simon wäre es ein Desaster, seinen Ausbilder in solch einem desolaten Zustand zu erleben. Gerade hatte er ihr erzählt, wie sich das Verhältnis zu Lars verbessert hatte. Letztlich war ihr klar, dass sie einen großen Fehler begangen hatte. Sie hätte unter diesen Bedingungen nie auf die Insel kommen dürfen. Für Lars stellte dieser Besuch eine Zumutung dar, das war ihr schnell klar geworden, aber ebenso auch für Simon, der letztlich gar nicht verstand, was hier abging. Sie konnte sich nicht vorstellen, mit Simon ins Bett zu steigen, während Wand an Wand Lars daneben schlief. Wie sollte sie ihre

Weigerung Simon verständlich machen, etwa unter dem Motto „und heut Abend hab' ich Kopfweh?"
Sie war für dieses Desaster selber verantwortlich und hatte sich auch noch von Lars' Reaktion provozieren lassen. Eigentlich hatten sie niemals über ihre „Beziehung" gesprochen. Das sollte sich jetzt rächen. Mit Besorgnis nahm sie wahr, wie Lars wieder einen Schwarzen bestellte. Mehrere Touristen, die jetzt von draußen reinkamen, forderten die „Norddeutsche Hymne." Nachdem der Magister einige Kronkorken betont lässig unter den Magneten geworfen hatte, der strategisch günstig unter der Decke angebracht war, ging er zum CD-Player.
Viele Gäste schienen das Lied zu kennen und die ganze Kneipe begann mitzusingen. Die ersten Zeilen konnte Mona kaum verstehen, da die Lautstärke fast unerträglich war. Einige Sprachfetzen nahm sie aber wahr:

Manchmal hast du Recht
Und wir bauen Deiche ums Herz

Dann kam augenscheinlich der Refrain. Die Lautstärke der Singenden schwoll noch einmal an:

Ja, wir sind norddeutsche Menschen,
nicht aus Hongkong, New Orleans
und nicht aus München,
ja, wir sind norddeutsche Menschen
und der Wind bläst rau
und der Himmel ist grau
und wir kennen keine Grenzen
(Fishtown Heroes, Spohn&Kemna)

Dieses Lied hatte sie noch nie gehört. Lars schien es zu kennen, denn inbrünstig sang er mit. Nachdem das Lied verklungen war, läutete die Glocke an der Theke. Der Bräutigam gab eine Lokalrunde aus. Sie sollten hier schnell verschwinden, bevor die Situation alkoholtechnisch eskalierte. Simon war von der Idee zu gehen wenig begeistert, aber die Hoffnung auf Sex mit Mona ließ ihn einwilligen. Noch konnte er nicht wissen, dass diese Hoffnung nicht in Erfüllung gehen würde. Die Gelegenheit war günstig, denn Lars stolperte die Treppe zur Toilette hinunter. Mona zwängte sich durch die 2. Reihe hinter der Theke.

„Il conto“, rief sie dem Magister zu.

„Fängst du jetzt auch schon mit dem Pizzeria-Italienisch an?“

Mona beugte sich über den Tresen.

„Pass auf Lars auf, der schießt sich heute ab.“

„Da bist du ja nicht ganz unschuldig dran, wenn ich mir die Bemerkung erlauben darf“, erwiderte der Magister.

„Stimmt, ich hätte nicht kommen dürfen, mein Fehler.“

Mona klang jetzt recht kleinlaut.

„Kommunikation ist alles, sag ich dir als renommierter Kneipenphilosoph. Lernt ihr so etwas nicht auf der Polizeiakademie?“

Mona nickte.

„Das ist aber mit Lars nicht so einfach, denk an das Lied über die norddeutschen Menschen, da werden Deiche ums Herz gebaut.“

Der Magister grinste.

„Vielleicht kommst du mal unter anderen Umständen wieder. Ich pass aber auf ihn auf, versprochen.“

Als Mona und Simon verschwunden waren, kam Petersen die Treppe vom Klo hoch.

„Ich glaube unser Sheriff ist grün, der spricht mit dem Plakat von Ingo Gebhard."
Es war das legendäre Plakat gemeint, mit der Frau in Strapsen am Checkpoint Charly in Berlin. Der Magister ging hinunter. Unfassbar, Lars sprach mit dem Plakat.
„Die Russen kommen nicht", murmelte er.
Dem Magister war klar, dass er jetzt handeln musste.
„Da die Russen nicht kommen, Alter, gehst du jetzt ins Bett."
Petersen leistete keinen Widerstand. Der Schwede, der jetzt vor dem Zigarettenautomaten stand und einen bedenklichen Blick auf Petersen warf, hatte die Situation sofort erkannt.
„So kann der nicht in die Dienstwohnung. Ich übernehme kurz den Tresen und du bringst ihn unauffällig zu dir."
Der Magister nickte. Es gab keine Alternative zum Vorschlag des Schweden. Ein randalierender Petersen auf der Wache, das könnte ihm den Job kosten, zumal er ja aus disziplinarischen Gründen auf der Insel war. Ohne viel Aufsehen zu erregen, gelang es dem Magister, Petersen aus der Kneipe zu lotsen.
Auf dem Weg zur Charlottenstraße sagte Petersen kein Wort. Der Magister hatte mit mehr Gegenwehr gerechnet. Aber wie ein geständiger Delinquent ließ er sich abführen.
Das Gästesofa wurde vom Magister hergerichtet, vorsichtshalber noch ein Eimer ans Bett gestellt. Als der Magister wieder gehen wollte, hörte er vom Sofa ein undeutliches Gemurmel.
„Du bist ein wahrer Kumpel."

17

Petersen erwachte mit einem gewaltigen Brummschädel. Die Umgebung kam ihm nicht bekannt vor. Langsam versuchte er sich zu erinnern, was gestern Abend geschehen war. Er hatte sich abgeschossen, das war klar. Aber wie war er hier hergekommen? Aus einem anderen Zimmer hörte er ein lautes männliches Schnarchen. Offensichtlich war er nicht bei einer Frau in Zusammenhang mit einem One-Night-Stand gelandet. Langsam begann er sich zu sortieren. Er schob die Wolldecke zur Seite. Nachdem er nach anfänglichen Standschwierigkeiten aufgestanden war, sondierte er die Lage. Vorsichtig öffnete er die Tür, aus der das Schnarchen zu hören war. Kein Zweifel, dort lag der Magister im Tiefschlaf. Langsam kam seine Erinnerung zurück. Er hatte mit dem Magister die Kneipe verlassen. Diese Tatsache gab ihm Anlass zur Besorgnis. War er ausfällig geworden? Hatte er sich daneben benommen? Die Fragen versetzten ihn in eine gewisse Panik. Solch einen Absturz konnte er sich als Beamter auf dieser kleinen Insel nicht leisten. In tiefer Sorge legte er die Wolldecke zusammen, schrieb einen kleinen Dankeszettel an den Magister und verließ klammheimlich die Wohnung. Völlig verkatert stand er auf der Charlottenstraße.11 Uhr zeigten die Zeiger auf seiner Armbanduhr. Hektisch überquerte er die Straße und ging schnellen Schrittes in Richtung Wache. Normalerweise war an diesem Samstagmorgen das Dienstzimmer nicht besetzt. Vielleicht hatte er Glück und niemand würde ihm begegnen. Kaum hatte er die Tür aufgeschlossen, stand Onno mit sorgenvoller Miene vor ihm.

„Mensch Lars, wo warst du? Wir haben uns Sorgen gemacht. Du bist nicht ans Handy gegangen. Günter hatte in der Nacht Probleme mit Jugendlichen am Strand.“
Mittlerweile hatten sich beide im Dienstzimmer hingesetzt. Onno reichte Petersen eine Tasse Kaffee.
„Du siehst ja schrecklich aus!“
„Tut mir leid. Mir ist das sehr peinlich, bin gestern Abend total versackt. Ich weiß auch nicht, was mit mir los ist.“
„Ich aber“, kam es trocken von Onno. Der Besuch von Mona hat dich aus der Bahn geworfen. Das geht mich alles auch nichts an, aber wenn der Dienst darunter leidet, steh‘ ich auf der Matte. Wir sind hier auf einer Insel. Hier steht jeder unter Beobachtung, das muss ich dir eigentlich doch nicht mehr erklären? Bei einem Polizisten wiegt es noch schwerer als zum Beispiel bei einem Handwerker. Ich kann nur hoffen, dass sich die Leute nicht zu stark die Mäuler zerreißen, vom Vorbild des Beamten auch in seiner Freizeit, will ich gar nicht anfangen. Übrigens Mona ist heute in aller Frühe abgereist. Ich find das besser so, ich mag zwar die Deern sehr, aber so bringt sie mir die ganze Belegschaft durcheinander. Der Simon ist auch schon ganz durch den Wind. So, nun stell dich unter die Dusche. Gott sei Dank hast du ja morgen erst wieder Bereitschaft.“
Freundschaftlich gab Onno ihm einen Klaps auf die Schulter. Wie ein ertappter Schuljunge schlich Petersen die Treppe zu seiner Wohnung hinauf. Mona abgereist, was hatte das nun wieder zu bedeuten? Er verbot sich weiter darüber nachzudenken. Selbstmitleid half ihm jetzt nicht weiter. Er musste sich aus dieser emotionalen Sackgasse wieder befreien und vernünftige Arbeit abliefern. Montag würde er sich wieder konzentriert dem Fall des Lehrers Ramm widmen. Dieser Selbstmord war alles andere als geklärt.

Den verbleibenden Samstag als auch den ganzen Sonntag verließ Petersen nicht seine Wohnung. Irgendwie schämte er sich und versuchte sich durch intensives Gitarre spielen abzulenken.

18

Vor dem Montagmorgen hatte Petersen regelrecht Angst gehabt. Wie würden die Kollegen auf ihn reagieren? Günter Naumann hatte er im Stich gelassen, als dieser ihn brauchte. Auch ihm war dies schon einmal bei einer Kneipenschlägerei auf der Insel passiert. Der Kollege, der ihn unterstützen sollte, reagierte nicht auf seine Anrufe. Wenn Onno nicht gekommen wäre und andere Gäste ihm nicht geholfen hätten, wäre er von zwei Schlägern platt gemacht worden. Er war damals ganz schön sauer auf seinen Kollegen gewesen. Aber nichts passierte, keine Anspielung, keine Vorwürfe. Bei einer Tasse Kaffee wurden Routineabläufe besprochen, als wäre nichts gewesen, nur Kollege Bernhard sah blass und übernächtigt aus. Fast sah sich Petersen schon in einer Schicksalsgemeinschaft mit dem jungen Mann. Er würde jedenfalls sachlich und unvoreingenommen mit ihm zusammenarbeiten.

In diesem Moment klingelte das Telefon. Onno nahm ab, reichte den Hörer aber sofort an Petersen weiter.

„Für dich Lars, Anruf aus Bremen."

Etwas irritiert, nahm er den Hörer.

Mit „Petersen, Wangerooge", meldete er sich.

„Siebert, K42 Dienststelle OK Bremen."

Petersen wusste, dass dies das Kommissariat für Organisierte Kriminalität in Bremen war.

„Kollege Petersen, ich habe von Ihrer vorgesetzten Dienststelle aus Wilhelmshaven erfahren, dass Sie Pjotr Morenko bei einem Einbruchversuch verhaftet haben. Erst einmal Glückwunsch dafür. Der Kollege Wilbert bat mich, Ihnen einiges über Morenko zu erzählen, denn der Mann ist

bei uns bekannt. Erst einmal vorweg. Er gehört nicht zur Szene für Eigentumsdelikte. Wenn der also bei Ihnen auf der Insel eingebrochen ist, dann mit Sicherheit nicht aus dem Grund, irgendwelche Wertgegenstände zu klauen, der muss etwas gesucht haben oder wollte etwas vernichten."
Petersen horchte auf.
„In die Richtung habe ich auch schon gedacht", bestätigte er Siebert.
„Bei uns in Bremen ist der Mann in der Türsteher- und Sicherheitsdienstszene unterwegs, kein Kleinkrimineller, eher ein Dienstleister für diverse Aktivitäten."
„Hat der Verbindungen zur Pädophilen- oder anderen Pornoszenen?" unterbrach Petersen.
„Nein, das können wir nach menschlichem Ermessen ausschließen."
„Können Sie sein Tätigkeitsfeld irgendwie präzisieren?"
„Ich versuch's mal, ich geb' mal einige Stichwörter: Türsteher Discomeile in Bremen, Bedrohungsaufträge, also Inkasso-geschäft, Schutzgeld in Kneipen, Sicherheitsdienst in Flüchtlingsunterkünften. Sie wissen ja selbst, in diesem Bereich kann ja jeder eine Firma aufmachen. Es gibt große Konkurrenz in Bremen zwischen den Firmen. Das liegt natürlich an der großen Nachfrage wegen der Flüchtlingsunterkünfte, die die Bremer Politik geschickt in den benachteiligten Stadtteilen platziert hat. Die alteingesessenen Firmen, wie die FuSS(Fehrensen und Sohn Security), machen sich da die Finger nicht schmutzig, das läuft dann alles über Subunternehmen."
Bei den Wort FuSS horchte Petersen auf. In seinem großen Fall um Ostern herum, war er mit dieser Firma, die auch auf Wangerooge Immobilien besaß, aneinander geraten, sogar ein Mordanschlag wurde auf ihn verübt. Sein Herz begann schneller zu schlagen, ein gewisses Unwohlsein machte sich

bei ihm breit. Immerhin wäre er fast an den Folgen dieses Anschlags gestorben. Ein SEK-Einsatz auf der Insel, an dem auch Mona teilgenommen hatte, rettete ihm das Leben.

„Gibt es eine Verbindung zur FuSS“, fasste Petersen nach.

„Ich habe die Frage erwartet, Kollege, ich kenne den Fall mit dem alten Fehrensen aus den Akten. Sie haben gute Arbeit geleistet.“

Über dieses Kompliment aus Bremen freute er sich.

Siebert fuhr fort.

„Eine direkte Verbindung zur FuSS können wir nicht nachweisen. Es ist unheimlich schwierig, aus diesem System der Subunternehmen schlau zu werden. Wir haben hier Personalprobleme. Unser Kommissariat muss immer als Reserve herhalten, wenn es im Drogenmilieu mal wieder brennt, deshalb arbeiten sehr wenige Kollegen an diesen Sachen. Sie kennen ja die Lage.“

„Das ist aber bitter! Sie haben doch auch noch die Großfamilien, die Clans, die in Bremen eine große Rolle spielen.“

„Hören Sie auf, wenn ich daran denke, wird mir ganz schlecht. Sicherheit, Kriminalitätsbekämpfung hat in Bremen einen schweren Stand.“

Petersen brummte zustimmend.

„Kollege Siebert, erst einmal recht herzlichen Dank für Ihre Infos. Wir bleiben in Kontakt. Falls sich neue Fragen auftuen, darf ich Sie anrufen?“

„Jederzeit, Kollege Petersen und grüßen Sie mir die Nordsee.“

Petersen blickte nach Ende des Gesprächs in die Runde. Gespannt hatten alle Kollegen dem Telefonat gelauscht.

Onno ergriff als erster das Wort.

„Nun erzähl schon, Lars.“

Wie gewünscht, gab er eine kurze Zusammenfassung zu dem Gespräch mit seinem Kollegen aus Bremen.
„Was folgern wir nun daraus?“ fragte Naumann zögerlich, da sonst niemand sich zu Wort meldete.
Irgendwie starrten alle Petersen an. Nur ihm trauten sie zu, Ordnung in das Informationschaos zu bringen. Petersen selbst spürte die Erwartungshaltung seiner Kollegen.
„Die erste Frage, die sich uns stellt“, begann er, „ist die Frage danach, was der Morenko bei Ramm gesucht hat. Normale Einbruchskriminalität können wir also ausschließen. Das Haus haben wir systematisch abgesucht, vielleicht haben wir etwas übersehen, dann müssen wir eben nochmals alles auf den Kopf stellen. Nach Lage der Dinge handelte dieser Mann im Auftrag von anderen. Pornosachen können wir wahrscheinlich ausschließen. Also was suchen die bei einem kleinen Dorfschullehrer?“
Schüchtern meldete sich Simon Bernhard.
„Viele Leute bewahren ja wichtige Sachen gar nicht zu Hause auf, kenn‘ ich jedenfalls so von meinen Eltern.“
„Sehr gut“, kam es von Petersen. Bernhards Miene hellte sich auf. Er fühlte sich geschmeichelt.
„Gibt es auf der Insel Bankschließfächer?“, sprach Petersen Onno direkt an.
„Ja, bei der Volksbank.
„Aber wie kommen wir daran? Ohne Gerichtsbeschluss geht das doch bestimmt nicht“, schaltete Onno sich wieder ein.
„Stopp“, rief Petersen, „eins nach dem anderen. Erst einmal müssen wir wissen, ob der Ramm überhaupt ein Schließfach hatte. Ich denke, Onno, das kriegt man doch ohne Gerichtsbeschluss auf dem kurzen Insel-Dienstweg raus oder?“
Onno nickte.

„Okay, erster Ermittlungsansatz", fuhr Petersen fort, „Onno macht das, danach müssen wir weitersehen, Gericht usw.. Ich denke nach Erben wird ja auch noch gesucht.
Zweiter Ansatz, die Bilder vom Strand landen auf einem Pornoportal."
„Pädophilen Plattform", korrigierte Naumann.
Petersen nickte zustimmend.
„Diese Sache liegt mir quer im Magen. Weder Ramm ist als pädophil bekannt, noch kommt Morenko aus dieser Szene. Ist das Ganze vielleicht ein Fake?"
„Wat is dat denn für 'n Wort?" warf Onno grinsend ein.
„Täuschung."
„Kannst du das nicht auf Deutsch sagen?"
„Geschenkt", lachte Petersen, „wir müssen Kontakt zum BKA bekommen. Vielleicht stimmt ja etwas mit diesen Bildern nicht, Fake ist ja in diesem Bereich allgegenwärtig."
„Wie meinst du das?" kam es von Naumann.
„Kann man jemandem so etwas unterschieben? Diese Frage quält mich schon länger. Der Lehrer hatte doch einen hervorragenden Leumund. Es gab doch nichts, was auf eine pädophile Neigung hindeutete."
„So etwas kann man aber von außen schwer einschätzen, da würde ich vorsichtig sein", ereiferte sich Onno.
Petersen ließ sich nicht beirren.
„Okay, da gebe ich dir Recht, aber wir müssen diese Möglichkeit ausschließen. Ich werde über Wilbert versuchen, ans BKA ranzukommen. So, ich denke, das sind unsere Ansätze."
Etwas erschöpft lehnte sich Petersen in seinem Bürosessel zurück. Es war sehr gut, dass er durch den Fall wieder Grund unter den Füßen bekam. Sein Absturz lag ihm noch schwer im Magen. Umso wichtiger war es jetzt gegenüber seinen

Kollegen, den Beweis anzutreten, dass er noch funktionierte.

Langsam stand er auf und winkte sich den Kollegen Naumann heran.

„Günter, tut mir leid das mit Freitag. Ich hatte einen Blackout. Kommt nicht wieder vor."

„Kann passieren, du hattest ja auch eigentlich keinen Dienst. Ich trink ja hier auch schon mal ein paar Bier. Das bleibt auf der Insel nicht aus, Salzwasserluft."

Naumann klopfte Petersen grinsend auf die Schulter.

Seine Erleichterung war Petersen anzusehen. Er nahm wieder Platz und wählte Wilberts Nummer. Nach einer kurzen Wartezeit meldete sich dieser.

In kurzen Worten brachte Petersen Wilbert auf den neuesten Stand und berichtete auch über die möglichen nächsten Schritte, die seiner Ansicht nach zu tun wären. Entgegen seiner Vorahnung reagierte Wilbert recht aufgeschlossen auf Petersens Vorschläge.

„Ich merke, Kollege Petersen, Sie denken in alternativen Ansätzen. Meine Multiplikatoren-Funktion von der Fortbildung trägt Früchte."

Petersen rollte mit den Augen.

„Wenn der ein Schließfach auf der Insel hat, kriegen wir einen Beschluss durch. Schwieriger wird das schon mit dem BKA. Da muss ich beim LKA in Hannover fragen. Die sehen das überhaupt nicht gerne, wenn man sich direkt ans BKA wendet. Einhaltung des Dienstwegs, Sie kennen die Leier. Ich werd' mein Möglichstes versuchen, auch wenn ich Ihre Theorie mit den Bildern für abenteuerlich halte. Aber, wie sagte unser Fortbildungscoach, Querdenker zum Zuge kommen lassen."

Dann ertönte ein schallendes Gelächter. Wilbert schien sich an seiner eigenen Formulierung zu berauschen.

„Okay, Kollege Querdenker, ich melde mich."
Wilbert lachte immer noch, als er das Gespräch beendete. Petersen grinste. Es gab also noch andere Leute, die, außer dem Magister, über ihre eigenen Witze am heftigsten lachen konnten.
Am Tresen der Wache war heute Morgen einiges los. Ein Fahrradverleiher aus der Zedeliusstraße meldete den Diebstahl eines hochwertigen Mountainbikes und ein Hausbesitzer an der Standpromenade brachte mehrere Sachbeschädigungen an diversen Außenleuchten zwischen Pudding und Westingstraße zur Anzeige. Da Onno bei der Volksbank recherchierte, musste Petersen dem Kollegen Naumann bei der Anzeigenaufnahme helfen. Unterdessen wurde der Kollege Bernhard zur Promenade geschickt, um Bilder von den zerstörten Lampen zu machen. Nachdem die Formalitäten erledigt waren, kehrte Onno von seinem Besuch bei der Volksbank zurück.
„Bingo, Ramm hatte ein Schließfach. Jetzt brauchen wir nur noch einen Beschluss und dann öffnen die uns das Fach."
„Okay", freute sich Petersen, „vielleicht bringt uns das näher an eine Auflösung dieser Ungereimtheiten. Ich fürchte, dass wir ähnlich wie bei einer Hausdurchsuchung einen Beamten der Gemeinde dabei haben müssen."
„Das ist doch kein Problem, da kommt bestimmt der Eichner persönlich. Ich geb das mal eben an Wilbert durch. Um den Beschluss soll der sich kümmern."
Petersen nickte zustimmend. Er musste aufpassen, dass er Onno noch Raum ließ. Schließlich war er der Dienststellenleiter. Danach verabschiedete er sich zu einem Streifengang.
Im Außenbereich des „Café Treibsand" saß der Magister und trank einen Cappuccino. Unaufgefordert setzte Petersen sich zu ihm.

„Danke nochmal, dass du mich beherbergt hast. Das hätte richtig ins Auge gehen können. Hab' ich mich sonst irgendwie daneben benommen?"
Der Magister lachte.
„Nö, alles im grünen Bereich. Du hast nur unten vor der Toilette mit dem Plakat von Ingo gesprochen."
„Au weia, ist das peinlich."
„Quatsch, das haben nur wenige mitgekriegt. Ich glaube Peter oder der Schwede, da musst du dir keine Sorgen machen. Ich hatte nur Angst, dass du in deinem Sausebrand auf der Wache Alarm machst und womöglich vor der Tür von deinem Anwärter randaliert hättest."
Petersen nickte.
„Hätte passieren können. So, ich muss los. Sieht sonst nicht gut aus, wenn ich in Uniform hier sitze. Du hast einen gut bei mir."
Er klopfte auf den Tisch, drückte der Bedienung Geld für den Cappuccino des Magisters in die Hand und ging zurück auf die Zedeliusstraße.
Am Strand herrschte ein buntes Treiben. Die Volleyballfelder waren besetzt. Bei Guidos Bungee Jumping hatte sich eine Schlange gebildet. Von Ferne sah er, wie Strandwärter Jens mit der Geldtasche von Strandkorb zu Strandkorb ging. Rolf Hansen von der Kurverwaltung machte gerade Mittag und bestieg sein Fahrrad.
Als er Petersen erblickte, stieg er wieder ab und wartete auf den Polizisten.
„Moin, Lars, ich schieb jetzt bis um die Ecke."
„Moin Rolf, ich wusste ja immer, dass du ein gesetzestreuer Bürger bist."
„Übrigens, Sönke plant da ja ein großes Event mit diesem Fresena Revival Abend. Wir von der Theatergruppe werden

da ein paar Sketche von Heinz Erhard aufführen, bis du dann deinen großen Auftritt hast."
„Da weißt du ja mehr als ich. Die Musikauswahl habe ich allerdings schon bekommen."
„Er wird wohl mit uns allen noch eine Generalprobe machen. Dazu muss dann aber dein Kumpel aus Bremen da sein."
„Ja, Merti, der braucht aber keine Probe, den kannst du auf jede Bühne stellen, der spielt alles, was du willst, der ist eine lebendige Juke Box."
„Okay, ich muss los, die Dame des Hauses wartet mit dem Essen."
Rolf Hansen schob das Fahrrad bis zur Einmündung der Anton-Günther-Straße und schwang sich dann aufs Rad. Petersen musste grinsen, Wangerooge und seine Fußgängerzone. Seit er auf dieser Insel war, entwickelte sich das Thema zu einer unendlichen Geschichte. Leider hatte es schon schwere Unfälle gegeben, verursacht von rasenden Fahrradfahrern.
Seine Gedanken zur Fahrradproblematik wurden durch den Gitarrenriff von *Smoke on the Water* unterbrochen. Sein Handy meldete sich. Onno hatte eine Nachricht von Wilbert bekommen und eine Nummer beim BKA hinterlegt. Sofort machte Petersen sich auf den Weg zur Wache. Das waren gute Neuigkeiten. Anscheinend kamen sie jetzt voran.
In der Wache warteten schon alle Kollegen gespannt auf Petersen.

Florian Geschwandner machte gerade eine kleine Pause. Eigentlich gingen seine Kollegen zur Mittagspause außer Haus oder in die kleine Kantine. Er selbst legte keinen Wert auf solche Rituale. Da ihn zwischenmenschliche Kommunikation in der Regel nervte, blieb er während der

Pausen zumeist an seinem Arbeitsplatz. Aus seinem Rucksack holte er die Brotdose und legte diese auf seinen Schreibtisch. Gestern Abend schon hatte er die Dose mit Tofu-Nuggets gefüllt und heute Morgen das Ganze noch mit frischen Tomaten und Gurkenscheiben angereichert. Während er in das erste Nugget biss, dudelte das Telefon. Es war außerordentlich selten, dass er Anrufe bekam. Außenkontakte gehörten nicht zu seinen Aufgaben und wurden ihm in der Regel von seinem Vorgesetzten Dr. Müller abgenommen. Etwas überrascht drückte er die grüne Taste des Telefons.

„Geschwandner, was kann ich für Sie tun?“, meldete er sich.

„Moin, hier Hauptkommissar Petersen von der Nordseeinsel Wangerooge. Ich habe Ihre Nummer von meinem Chef, der wohl letzte Woche Ihren Chef Dr. Müller auf einer Fortbildung getroffen hat.“

Geschwandner wunderte sich, dass dieser Petersen sich mittags mit einem Moin meldete, für ihn war das die norddeutsche Form „Guten Morgen“ zu sagen. Die wahre Bedeutung des Wortes Moin war ihm unbekannt.

„Ihr Name ist mir schon mal irgendwie untergekommen. Was kann ich für Sie tun?“

„Vielleicht erinnern Sie sich, Sie haben den PC eines Lehrers aus Wangerooge untersucht, auf dem Bilder von Kindern und Jugendlichen vom Strand zu sehen waren. Diese Bilder sind dann auf eine Pädophilen-Plattform hochgeladen worden. Der Lehrer hat mittlerweile Selbstmord begangen und wir untersuchen den Fall.“

Geschwandner begann sich zu erinnern. Irgendetwas war ihm komisch vorgekommen.

„Ich erinnere mich, einen Moment, ich rufe mal eben meine Notizen auf.“

Petersen hörte am anderen Ende der Leitung das Klappern der Tastatur. Dass der Kollege sich erinnerte, das war ja schon mal was.
„Ich hab's", meldete sich Geschwandner wieder, „die Bilder waren nicht direkt pornografisch und von wo die Bilder kamen, war ziemlich leicht nachzuvollziehen. Das ist ungewöhnlich in solchen Fällen. In der Regel werden solche Bilder oder Filme auf Servern aus dem Ausland versteckt. Die IP-Adressen da zu ermitteln, ist für uns sehr schwierig. Da lag Ihr Fall schon anders. Richtig, darüber hab' ich mich schon gewundert."
„Genau, das ist der Punkt, der uns hier auch stutzig macht. Es gibt null Hinweise aus dem Umfeld des Lehrers, dass der pädophil war und jetzt haben wir auch noch jemanden festgenommen, der bei dem Lehrer eingebrochen ist und irgendetwas gesucht hat. So, jetzt kommt meine Frage, wäre es möglich, dass jemand diese Bilder auf dem PC platziert hat?"
Es entstand eine kleine Pause. Geschwandner strich sich mit der Hand über das Gesicht.
„Also, die einfachste Möglichkeit ist, wo Sie jetzt einen Einbruch erwähnt haben, dass da jemand mit einem USB Stick die Bilder extern auf den PC lädt. Dafür bräuchte er aber das Passwort des Users. Wenn ich mich richtig erinnere, war das Ding passwortgeschützt. Gut, vielleicht ist da jemand an das Passwort gekommen.
Die zweite Möglichkeit ist, dass jemand von außen in den PC eingedrungen ist mittels Botnet."
„Ich versteh nur Bahnhof, Kollege Geschwandner", unterbrach Petersen, der das Problem zur Genüge kannte, wenn PC-Freaks Normalsterblichen etwas erklären wollten.
„Also, nochmal langsam. Der PC wird mit Schadstoff-software infiziert. Eine solche Infektion bleibt durch den

User meist unbemerkt. Das wird dann genutzt, um Leute auszuspähen oder es werden massenhaft Spam-Nachrichten versandt."
„Mit anderen Worten, man könnte auch diese Bilder dem Lehrer", Petersen scheute sich, den Begriff User zu verwenden, das wäre in seinen Augen affig gewesen, „untergeschoben haben."
„Möglich wäre das schon."
„Können Sie das feststellen?"
„Ich hab' natürlich den PC nicht unter diesem Gesichtspunkt untersucht. Ich könnte das nochmal machen. Ich bräuchte da aber einen offiziellen Auftrag."
„Okay, darum kümmere ich mich. Vielen Dank! Ich kann also davon ausgehen, dass Sie mich über das Ergebnis Ihrer Untersuchung informieren?"
„Wenn ich einen offiziellen Auftrag bekomme, jederzeit. Ihre Nummer sehe ich ja im Display."
Mit diesen Worten war das Gespräch beendet. Petersen schaute in die gespannten Gesichter seiner Kollegen.
„Ihr habt es ja wahrscheinlich mitbekommen", fing er seinen Bericht an, „ein Zugriff auf den PC von Ramm wäre durchaus von außen möglich gewesen. Fragt mich bitte nicht, wie das geht. Ich hab' teilweise nur Bahnhof verstanden. Der Kollege vom BKA untersucht die Sache nochmal, braucht aber einen offiziellen Auftrag."
„Ich sage nur Dienstweg, die heilige Kuh der Bürokratie", warf Günter Naumann ein.
Onno blickte ernst in die Runde.
„Lasst uns keine Zeit verlieren, ruf in Wilhelmshaven an. So langsam werde ich unruhig, wenn dem Ramm da was untergeschoben wurde, dann....."
„Dann ist das Rufmord, der in meinen Augen einem indirekten Mord gleichkommt", führte Petersen den Satz

fort. Die Debatte wurde aber nicht weiter fortgesetzt, da Petersen schon das Telefon in der Hand hielt, um Wilhelmshaven anzurufen. Wilbert sicherte seine Unterstützung zu und teilte gleichzeitig mit, dass morgen der richterliche Beschluss zum Öffnen des Schließfachs von Ramm vorliegen würde.
Nach dem Gespräch wandte Petersen sich wieder an seine Kollegen.
„Mir schwirren jetzt auch schon die irrsten Theorien im Kopf rum, aber wir dürfen jetzt nicht den Überblick verlieren. Morgen werden wir das Schließfach öffnen, Onno, denk an den Gemeindevertreter, danach treffen wir uns hier wieder zur großen Runde und ziehen Bilanz. Vielleicht wissen wir dann auch mehr vom BKA."
Alle nickten zustimmend. Dass Petersen sie alle mit einbezog, schien motivierend zu wirken. Besonders Anwärter Bernhard war sehr angetan von Petersens Vorgehensweise.
Kurz vor Dienstschluss, Petersen war nur noch allein im Büro, klingelte das Telefon
„Grüß Sie Kollege Petersen", meldete sich Geschwandner vom BKA, "die Sache hat mir keine Ruhe gelassen. Dienstweg hin, Dienstweg her. Ich ärgere mich über mich selbst, dass ich den PC von Ihrem Lehrer viel zu oberflächlich untersucht habe. Mein Auftrag lautete ja auch nur, die IP-Adresse zu finden, um eventuell an ein pädophiles Netzwerk zu kommen. Solch eine Vorgehensweise ist bei uns tägliche Routine, aber Ihre Sache liegt augenscheinlich anders. Ich kann jetzt bestätigen, dass von außen auf den PC des Lehrers zugegriffen wurde. Der Angreifer hat über JavaScript Zugang zum DSL-Router bekommen. Ihr Lehrer hat das Standardpasswort seines Routers nicht geändert. Über eine Sicherheitslücke im Gerät

hat der Angreifer Schad-Software eingeschleust und die Konfiguration des Routers manipuliert."
Petersen hatte nur die Hälfte verstanden.
„Okay, ich kann Ihnen nicht ganz folgen, aber kann man nachvollziehen, wer der Angreifer ist?"
„Leider nicht, ich werd' da aber dran bleiben. Was ich Ihnen aber sagen kann, ist, dass das Profis sind, die so etwas machen. Ein Schülerstreich ist das jedenfalls nicht gewesen, da steht mehr dahinter."
Petersen horchte auf.
„Wie meinen Sie das?"
„Das sind IT-Spezialisten, gut ausgebildet, keine Laien oder Hobby-Hacker."
„Eine Organisation?"
„Gut möglich, ich kann das nicht ausschließen."
Petersen bedankte sich für die aufschlussreichen Ausführungen des BKA-Spezialisten. Geschwandner versprach sich zu melden, falls es noch neue Erkenntnisse geben würde.
Schweißgebadet ließ Petersen sich in seinen Bürosessel fallen. Ramm war Opfer einer Intrige geworden. Diesem Mann hatte man Unrecht getan. Das Gefühl seiner Lehrerkollegen war richtig gewesen. Der Mann hatte nichts mit pädophilen Neigungen zu tun. Er hätte auf den Schulleiter und Sönke Meiners hören müssen. Aber das war leichter gesagt als getan. Gefühle sollte man bei kriminalpolizeilichen Ermittlungen raushalten, ein Credo der Polizeiarbeit. Kurz überlegte er, den Kollegen Siebert aus Bremen anzurufen, verwarf diesen Gedanken aber wieder. Was hätte er ihm sagen sollen? War Morenko eventuell ein Teil der Organisation, die Lehrer Ramm auf dem Gewissen hatte. Solche Gedanken waren reine Spekulation. Es war das Vorrecht der Laien zu spekulieren.

Polizeibeamte arbeiteten eher faktenorientiert und so viel hatte er bisher nicht zu bieten. Morgen würden sie vielleicht ein Stück weiterkommen. Mit diesen Gedanken ging er in seine Wohnung, stöpselte seine Gitarre in den Amp und setzte sich die Kopfhörer auf. Wieder einmal versuchte er sich an dem Gitarrensolo von *Layla*. Er musste seinem Ruf als „Insel-Clapton" endlich einmal gerecht werden.

19

Der Sommer hatte wieder einmal eine Pause gemacht. An diesem Morgen liefen die Touristen bei strömendem Regen in ihren „Ostfriesennerzen“ durch die Zedeliusstraße. Vor den beiden Supermärkten in der Charlottenstraße hatten sich Schlangen gebildet. Jeder versuchte, so schnell wie möglich einen Einkaufswagen zu ergattern, um dem Regen zu entkommen. Die drei uniformierten Polizisten, die aus der Charlottenstraße auf die Zedeliusstraße einbogen, schienen sich nichts aus dem Regen zu machen. Sie hatten die Kragen ihrer Uniformjacken hochgestellt und wirkten in ihrer Dreierformation betont lässig. Irgendwie wirkte die Szene wie aus einem Italo-Western von Sergio Leone. Die drei schwarz gekleideten Männer schritten in einer Reihe die Dorfstraße ab. Der Magister, der eilig auf dem Weg zum „Café Treibsand“ war, um seinen morgendlichen Cappuccino zu trinken, rief über die Straße:
„Die glorreichen Drei auf dem Weg der Vergeltung!“
Onno konnte mit diesem Spruch überhaupt nichts anfangen, während Petersen und Anwärter Bernhard sich ein Grinsen nicht verkneifen konnten. Alle drei waren durchaus angespannt. Was würde sie in der Volksbank erwarten? Dass dem Lehrer Ramm Unrecht geschehen war, schien offensichtlich zu sein. Aber wer steckte dahinter? Vielleicht würden sie gleich Antworten auf ihre Fragen bekommen. Im Foyer der Volksbank wurden sie schon von deren Direktor, Volker Klasen, und Bürgermeister Eichner erwartet. Klasen bat alle Anwesenden in einen kleinen Nebenraum, wo für die Runde Kaffee eingedeckt war. Petersen warf Onno einen kurzen Blick zu. Sie hatten

verabredet, dass Onno als Dienststellenleiter den richterlichen Beschluss auf Öffnung des Schließfaches überreichen sollte. Petersen war es wichtig, seinen älteren Kollegen nicht zum Statisten zu degradieren. Sie waren auf dieser kleinen Insel auf die gegenseitige Loyalität angewiesen, dessen war er sich immer bewusst gewesen. Leider hatte er durch seine nächtliche Eskapade den Respekt seiner Kollegen überstrapaziert, und nun galt es, wieder Vertrauen aufzubauen.

Mit ernster Miene überreichte Onno das Fax mit dem richterlichen Beschluss. Sowohl Klasen als auch Eichner begutachteten das Dokument. Klasen nickte.

„Okay, dann gehe ich jetzt in den Tresorraum und öffne das Schließfach. Ich bitte einen der Anwesenden, mich als Zeuge zu begleiten."

Bürgermeister Eichner, ein gelernter Verwaltungsfachmann, bot sich als Begleitung an, was bei den Polizeibeamten auf Zustimmung stieß. Nach nur wenigen Minuten kehrten Klasen und Eichner mit einer silbernen Kassette zurück, die dann auf den Tisch gestellt wurde. Klasen öffnete die Kassette und las laut vor, was er nun an Schriftstücken entnahm.

„ Zwei Bundesschatzbriefe mit einem Nominalwert von jeweils 10.000 €. Grundbuchauszug seines Grundstücks in der Straße Am Wattenmeer. Geburtsurkunde, Abiturzeugnis, Zeugnisse des 1. und 2. Staatsexamens für das Lehramt. Ernennungsurkunde zum Beamten auf Lebenszeit."

Onno und Petersen war die Enttäuschung auf ihren Gesichtern abzulesen. Wenn das alles war, dann waren sie nicht einen Deut schlauer als vorher.

„Als Letztes liegt hier ein verschlossener Umschlag, auf dem nur das Wort ***Angebote*** steht. Wenn alle einverstanden sind, werden ich diesen Umschlag öffnen."
Petersen war jetzt hellwach. Sein Körper spannte sich an. Klasen legte nun vier Schreiben einer Firma nebeneinander auf den Tisch. Alle Anwesenden beugten sich über die Schriftstücke. Petersen war der Erste, der sich äußerte.
„Also doch, die wollten sein Grundstück."
Alle vier Briefe waren Kaufangebote einer Bremer Immobilienfirma für das Grundstück von Ramm. Die Gebote erhöhten sich unwesentlich in der Reihenfolge der Schreiben. Der Ton wurde allerdings von Brief zu Brief eindringlicher und auch irgendwie drohender.
Petersen las für alle vernehmlich den letzten Satz aus dem vierten Brief vor.
„Zum letzten Mal fordern wir Sie eindringlich auf, in Verkaufsverhandlungen mit uns über Ihr Grundstück einzutreten."
Es herrschte danach ein Moment Stille. Petersen forderte dann Anwärter Bernhard auf, die Briefe zu fotografieren. Klasen, der ein kleines Protokoll anfertigte, blickte fragend in die Runde.
„Ist das rechtlich abgedeckt?"
„Notieren Sie das bitte als Beweissicherungsmaßnahme", wies Petersen Klasen an. „Nach meinem Rechtsverständnis handelt es sich hier nicht um intime Privatdinge, die geschützt werden müssten. Dass wir hier der Verschwiegenheitspflicht unterliegen, versteht sich von selbst", führte Petersen weiter aus.
Da niemand widersprach, setzte Bernhard das Fotografieren der vier Schreiben fort.

Klasen zog sich in sein Büro zurück, um das Protokoll aufzusetzen, welches von allen Anwesenden unterschrieben werden sollte.
Petersen rückte näher an Bürgermeister Eichner heran.
„Wie interpretieren Sie als Bürgermeister dieses aggressive Vorgehen, um an das Grundstück zu kommen?“
Eichner zögerte nicht lange mit einer Antwort.
„Ramm hat mir gegenüber einmal erwähnt, dass eine Firma unbedingt sein Grundstück haben wolle und er nicht verstehe, warum die seine Verkaufsverweigerung nicht akzeptieren wollten.“
„Und?“ Petersen blickte Eichner fragend an.
„Dieses Grundstück hätte einen enormen Wert, wenn ein ortsnaher Hafen gebaut würde. Die Pläne sind aber aus Kostengründen ad acta gelegt worden, stattdessen sanieren wir jetzt das Deckwerk im Westen und stabilisieren die Dünenkette, damit bei einer der nächsten Sturmfluten der Ort nicht von der Bahnlinie abgeschnitten wird.“
„Okay“, unterbrach Petersen, „aber warum dann diese Angebote?“
Einem Moment zögerte Eichner mit der Antwort.
„Was ich jetzt sage, ist spekulativ. Da wettet jemand auf die Zukunft.“
Petersen Stirnfalten zogen sich zusammen.
„Ich kann Ihnen im Moment nicht folgen.“
„Die misstrauen unseren Schutzmaßnahmen im Westen und spekulieren darauf, dass der Klimawandel uns doch irgendwann zwingen wird, einen ortsnahen Hafen zu bauen.“
„Aber das kann doch dauern“, schaltete sich jetzt Onno ein, „da leben wir doch alle nicht mehr.“
„Das ist wahrscheinlich, aber hier gibt es natürlich keine endgültigen Sicherheiten“, führte Eichner fort.

Petersen schoss ein anderer Gedanke durch den Kopf.
„Wie wir jetzt ja gesehen haben, gibt es kein Testament. Erben scheint es nicht zu geben. Was passiert denn jetzt mit dem Grundstück?“
„In einem solchen Fall geht die Immobilie samt Grundstück an das Land Niedersachsen, und die werden es wahrscheinlich zum Kauf anbieten.“
Petersen verkniff sich jetzt jeglichen Kommentar, zumal Klasen mit seinem Protokoll wieder aufgetaucht war. Hier gab es keine Beanstandungen. Alle Anwesenden unterzeichneten. Bürgermeister Eichner und die drei Polizisten verabschiedeten sich.
Da es noch nicht aufgehört hatte zu regnen, eilten die drei Beamten schnellen Schrittes zur Polizeistation zurück. Günter Naumann, der die Stellung gehalten hatte, erwartete seine Kollegen mit gespannter Miene. Onno gab einen kurzen Abriss des Besuchs in der Volksbank, während Anwärter Bernhard die Briefe der Immobilienfirma auf die PCs seiner Kollegen lud.
„Wie geht es jetzt weiter?“, fragte Onno in den Raum.
Alle sahen gespannt in Richtung Petersen. Diese merkwürdige Firma hier müssen wir unter die Lupe nehmen. Langsam las er den Firmennamen vom Briefkopf vor:
„Immobilia Brema, Bayernstraße 356, 28219 Bremen.“
Naumann fing an zu lachen, „das klingt aber sehr italienisch, soll das `ne Mafia-Firma sein, das ist doch wie in einem schlechten Film?“
Petersen nickte.
„Hört sich komisch an, stimmt, da soll sich der Kollege Siebert in Bremen mit beschäftigen. Auf alle Fälle wissen wir jetzt, was Petrenko im Haus von Ramm gesucht hat, nämlich diese Briefe.“

„Wir haben jetzt eine Spur, die wir verfolgen können", schaltete sich Bernhard ein. Petersen empfand die Bemerkung als etwas vorlaut, vermied es aber, den jungen Polizisten zu maßregeln.
„Ob wir diese Spur verfolgen können, sei dahingestellt, aber bitte schicken Sie eine Mail mit diesen Briefen an Wilbert in Wilhelmshaven und Siebert in Bremen."
Die kleine Bemerkung konnte er sich denn doch nicht verkneifen, empfand sie aber selbst als harmlos. Bernhard setzte sich wieder an den PC und führte den Auftrag aus.
Petersen kramte inzwischen aus dem Aktenschrank eine Rolle Packpapier und fing an sie zu beschriften. Nachdem er fertig war, heftete er das Papier an das Schwarze Brett. Mona hatte das früher einmal eingeführt. Am Anfang empfand er es als albern, jetzt aber sollte diese Technik helfen, die Gedanken zu ordnen.
„So, Kollegen", eröffnete er seine Ausführungen, ich versuche mal unsere Erkenntnisse zusammenzufassen. Einiges ist aber auch hypothetisch, weil wir es nicht beweisen können. Lehrer Ramm besitzt ein Haus mit einem interessanten Grundstück. Dieses Grundstück könnte eine große Bedeutung erlangen, falls es zum Bau eines ortsnahen Hafens in Wangerooge kommt. Im Moment ist dieses Bauvorhaben vor allem aus Kostengründen unrealistisch. Beim Ansteigen des Meeresspiegels und Zunahme der schweren Sturmfluten könnte die Gemeinde bzw. Niedersachsen-Ports gezwungen sein, diesen Hafen zu bauen, weil sich der Westanleger nicht mehr halten lässt.
Ramm scheint keine Erben zu haben. Eine dubiose Firma aus Bremen macht ihm mehrere Kaufangebote. Er geht nicht darauf ein.
Von außen wird der PC von Ramm gehackt und ihm Bilder von halbnackten Kindern vom Wangerooger Strand

untergejubelt. Diese Bilder werden auf eine pädophile Plattform geladen. Das BKA wird auf diese Sache aufmerksam. Für einen Lehrer bedeutet ein solcher Verdacht das Aus. Er ist geliefert, allemal auf dieser kleinen Insel.
So, jetzt kommt die Sache, die mir unklar ist. Wählt Ramm freiwillig den Suizid oder wird nachgeholfen? Wir wissen es nicht, es gibt da auch bisher keine Indizien, nur dass Ramm augenscheinlich den Ort des Suizids auf der Bank beim Ehrenfriedhof gewählt hat, um uns vielleicht einen Hinweis zu geben, dass er zu Unrecht beschuldigt wurde.
Wenn Ramm keine Erben hat, fällt das Grundstück an das Land Niedersachsen. Deren Liegenschaftsverwaltung wird es dann voraussichtlich zum Verkauf anbieten und dann wäre die Firma wieder im Spiel.
Für die Täter, wahrscheinlich diese Firma, liegt das Risiko darin, dass wir die Briefe mit den Verkaufsangeboten finden und an der Pornoscheiße zu zweifeln beginnen. Sie beauftragen jemanden, die Briefe zu suchen, Morenko kommt ins Spiel. Wir nehmen ihn fest. Als Profi wird er seine Auftraggeber nicht nennen, wenn er das macht, lebt er nicht mehr lange."
Petersen machte eine Pause. Man sah förmlich, wie sich bei seinen Kollegen die Gedankenmühle in Gang setzte.
Schüchtern meldete sich Anwärter Bernhard.
„Einen Vorteil haben wir. Die wissen nicht, dass wir die Briefe haben."
„Stimmt", meldete sich Naumann, nur, was haben wir davon?"
„Das vereinfacht vielleicht die Ermittlungen und Recherchen in Bremen gegen diese Firma", schaltete Petersen sich wieder ein, „aber selbst, wenn die etwas

rauskriegen über diese Firma, haben wir noch keinen Beweis, dass sie die Täter sind."
Alle nickten ratlos. Onno meldete sich.
„Was ist das eigentlich für ein Tatbestand, wenn man einen Menschen in den Selbstmord treibt?"
So recht konnte niemand die Frage beantworten.
„Da sollen sich die Juristen mit rumschlagen, ist nicht unsere Baustelle", murmelte Naumann.
Damit war das Ende dieser Lagebesprechung erreicht, zumal eine Touristin die Wache betrat und den Diebstahl ihres iPhones melden wollte. Aus dem Rucksack, der neben dem Strandkorb gestanden hatte, wurde das Gerät nach Lage der Dinge entwendet. Günter Naumann bat die aufgeregte Dame aus dem Münsterland zur Anzeigenaufnahme in das Nebenzimmer.
Petersen nutzte die Gelegenheit, um sich für einen Streifengang abzumelden. Zwar regnete es immer noch ein wenig, aber die frische Luft tat ihm gut. Am Strand war wenig los. Einige Unentwegte saßen in Regenjacken in ihren Körben. Die Lokale in der Zedeliusstraße wie auch an der Promenade waren rammelvoll. Selbst der Lesesaal im Gebäude der Kurverwaltung war hochfrequentiert. Im Eingangsbereich der Kurverwaltung studierte Petersen die Veranstaltungshinweise für den nächsten Monat. U. a. wurde dort Zumba mit Marc angekündigt, wobei Petersen sich darunter nichts vorstellen konnte, auch der Begriff Thalasso entzog sich seiner Vorstellungskraft. Irgendwie hatte er den Anschluss an den modernen Kur- und Animationsbetrieb verpasst, was in seinen Augen aber auch nicht weiter schlimm war, denn in absehbarer Zeit hatte er nicht vor, in Kur zu gehen. Was ihn schon wesentlich mehr interessierte, war die groß angekündigte „Fresena-Revival-Party." Irgendwie hatte er diese Veranstaltung total

verdrängt. Er musste unbedingt mit Merti in Bremen sprechen. Der gute Junge sollte ja quasi als musikalischer Stargast eingeflogen werden und er hatte ihm versprochen, ihn in Harlesiel abzuholen. In diesem Moment klopfte ihm jemand auf die Schulter. „ Wollten Sie heute Abend einen Diavortrag über das Wattenmeer buchen?“ Petersen drehte sich um. Ein grinsender Bürgermeister Eichner stand vor ihm.
„Nichts für ungut, Herr Petersen, Sie waren so vertieft beim Lesen der Aushänge der Kurverwaltung.“
„Nee, kein Bedarf, wollte mich nur mal so informieren, was demnächst hier los ist.“
„Na, ja, bald kommt ja Ihr großer Auftritt, da freu‘ ich mich schon drauf. Ich bin absoluter Fan Ihres Gitarrenspiels.“
Petersen wurde verlegen und wechselte sofort das Thema.
„Ich hätte noch eine kleine Nachfrage zu unserem Treffen heute Morgen in der Volksbank. Wie lange sucht man eigentlich nach einem Erben?“
„Da gibt es bestimmte Fristen, muss ich nachsehen. Auswendig weiß ich so etwas nicht. Hier ist das noch nie vorgekommen. Aber ich glaube mindestens ein halbes Jahr. Da kommen ja noch diese professionellen Erbensucher ins Spiel, die sich die große Kohle erhoffen.“
„Danke für die Auskunft, extra nachgucken brauchen Sie deswegen nicht. Vielen Dank! Schönen Abend noch.“
Eichner bedankte sich für die Wünsche. In Petersens Kopf rotierte es. Er blickte kurz auf die Uhr. Noch war im Polizeipräsidium in Bremen kein Feierabend. Wenn er Glück hatte, würde er Kommissar Siebert dort noch erreichen. Schnellen Schrittes ging er zurück zur Wache. Nur noch Günter Naumann saß an seinem Arbeitsplatz und schien eine Anzeige zu bearbeiten. Petersen griff zum

Telefon und wählte die Nummer von Siebert in Bremen. Nach kurzer Zeit in der Warteschleife meldete sich Siebert.
„Gut, dass Sie anrufen, Sie sind mir zuvorgekommen. Ich hab‘ Ihre Mails mit diesen merkwürdigen Verkaufsofferten an Ihren Lehrer Ramm bekommen. Mich interessiert diese Firma da im Briefkopf. Nach unseren Erkenntnissen ist das eine Schein bzw. Briefkastenfirma. In der Bayernstraße in Bremen gibt es keine Bürogebäude, das ist ein reines Gewerbegebiet, aber meine Kollegen sind da dran.“
„Okay, mir ist ein anderer Gedanke gekommen, da unsere Indizienlage ja außerordentlich dünn ist, oder?“
„Absolut, es sei denn, das BKA kann einen Nachweis führen, woher diese Bilder kommen.“
„Ich glaube, dass das schwierig ist, aber es ist eine Hoffnung. Ich habe einen anderen Gedanken. Wir gehen doch davon aus, dass Ramm keine Erben hat, was auch wahrscheinlich ist, aber das wissen nur wir, oder?“
„ Ich denke, dass Sie da richtig liegen, Kollege Petersen.“
„Was ist, wenn wir denen zum Schein einen Erben präsentieren und diesen als verdeckten Ermittler einsetzen.“
„Stopp, Petersen“, kam es energisch aus dem Telefon, „Sie sprechen hier mit der Abteilung Organisiertes Verbrechen, was Sie da im Kopf haben, können wir nicht am Telefon besprechen.“
Petersen war sichtlich erschrocken.
„So weit sind wir also schon?“
„Ich sag’ dazu jetzt nichts. Petersen, ist ein Treffen denkbar? Sie kommen doch aus Bremen. Sind Sie in nächster Zeit mal hier? Oder können Sie es einrichten, hierher zu kommen? Ich spreche auch mit Ihrem Vorgesetzen Wilbert darüber und wir machen daraus eine Dienstreise.“
„Okay, das ist machbar. Ich muss sowieso meinen Musikerfreund abholen, dann kann ich ihn auch ganz aus

Bremen mitnehmen. Ich würde allerdings ungern ins Präsidium in die Vahrer Kaserne kommen."
„Versteh' ich, machen Sie einen Vorschlag, wo und wann wir uns treffen. Schicken Sie mir eine SMS."
„Mach ich, schönen Feierabend noch."
„Feierabend ist nicht. Wir müssen heute nochmal ins Viertel. Drogenkuriere abfischen, die dann das Gericht wieder laufen lässt, aber wem erzähl ich das? Sie wissen ja, wovon ich rede, also Tschüss an die Nordsee."
Etwas beunruhigt legte Petersen das Telefon in die Station zurück. Wenn man mit einem Polizeipräsidium nicht mehr frei telefonieren konnte, dann war das organisierte Verbrechen ungehindert im Vormarsch und infiltrierte die Behörden. Er hatte zwar mal alarmierende Fernsehsendungen über dieses Thema gesehen, aber die dort gezeigten Erkenntnisse als etwas übertrieben abgetan. Das hier war aber schon eine neue Qualität. Als Nächstes musste ein Termin mit Merti gemacht werden, und dann würde er nach Bremen fahren. Seinen vollständigen Plan wollte er seinen Wangerooger Kollegen noch nicht präsentieren, dafür war es zu früh. Erst einmal musste Siebert überzeugt werden.

20

Hauptkommissar Klasen warf einen Blick auf die elektronische Seekarte. Der Kreuzer der Bundespolizei BP 25 „Bayreuth" befand sich im Verkehrstrennungsgebiet vor der Insel Wangerooge. Klasen gab das Kommando, nach Backbord abzudrehen und die Tonne Jade 2 anzusteuern. Der Rudergänger schaltete den Autopiloten aus, reduzierte die Geschwindigkeit und leitete die Kursänderung ein. Die Brücke war zurzeit mit vier Personen besetzt, drei Männern und einer Frau. Die Brückenbesatzung war hochkonzentriert, denn durch die Kursänderung lagen sie nun quer zum Hauptschiffsverkehr von Weser und Jade. Klasen ließ die Geschwindigkeit weiter reduzieren. Das am Rumpf blau gestrichene Boot war sehr wendig und reagierte sofort. Ein leichter Warnton schreckte die Brückenbesatzung auf. Das Echolot konnte es nicht sein. Die Wassertiefe war hier groß, zumal sie nur über einen Tiefgang von 3,20 m verfügten. Kommissarin Janssen meldete sich als Erste.

„Wir haben ein unbekanntes Flugobjekt voraus. Soweit ich das erkennen kann, handelt es sich um eine große Drohne."

Nach Positionsangabe durch die Kommissarin hatten nun alle auf der Brücke die Drohne im Visier.

„Auf 6 Knoten gehen", kam das Kommando von Klasen. Das Schiff vibrierte leicht. Klasen ging nach hinten zum Kartentisch.

„Irgendwo muss hier eine Meldung liegen vom Zoll in Wangerooge, da war von einer Drohne die Rede. Hat jemand das Fax gesehen?"

„Ist ordnungsgemäß abgeheftet worden, Captain", kam es von Kommissarin Janssen. Intern wurden hier die

seemännischen Bezeichnungen verwendet, da die Besatzung sich als nautisches Personal verstand und nicht unbedingt als Beamte auf See.
„Tonne Jade 2 voraus“, kam es vom Rudergänger.
„Auf 4 Knoten runtergehen“, rief Klasen, der nun mit dem Meldungsordner unter dem Arm wieder auf seinem Kommandeurssessel Platz genommen hatte.
„Hier, ich hab’s, der Zollkollege aus Wangerooge hat ein großes Sportboot kontrolliert, das mit einer Drohne bestückt war. Angeblich machen die da Aufnahmen vom Wattenmeer und Küstensaum. Der Kollege hat hier Zweifel vermerkt. Das Sportboot hat den Namen „Undine“, blauer Rumpf, etwa 12 Meter lang. Ist das Boot irgendwo auszumachen?“
„Auf dem Radar haben wir was, querab von der Ansteuerungstonne „Harle“, rief ein weiterer Beamter.
„Kurs Tonne Harle“, kam es von Klasen.
„Ich hab‘ sie, die liegen ca. eine halbe Seemeile vor der Tonne“, meldete sich jetzt Kommissarin Janssen wieder.
„Beiboot klarmachen“, kam es jetzt durch den Bordlautsprecher. Klasen hatte die Lautsprechertaste gedrückt. Jeder an Bord wusste nun, was zu tun war.
Kommissarin Janssen zog ihre Jacke an und verließ die Brücke. Sie war für einen solchen Einsatz als Bootsführerin eingeteilt. Das orangefarbene Festrumpfschlauchboot wurde mit dem bordeigenen Kran zu Wasser gelassen. Oberkommissarin Janssen und drei männliche Besatzungsmitglieder stiegen in das Boot über. Mit Sicherheitsgurten sicherten sie sich, denn dieses Beiboot konnte eine extrem hohe Geschwindigkeit erlangen. Alle hatten ihre Schwimmwesten angegurtet, und auch ihre Bewaffnung war nicht zu übersehen. Mit hoher Geschwindigkeit raste das Boot in Richtung „Undine“. Die

drei Männer an Bord der Undine schienen das auf sie zukommende Boot bereits wahrgenommen zu haben. Der bärtige blonde Mann hatte die Fernbedienung der Drohne um den Bauch hängen. Mit einem Joystick steuerte er das Fluggerät. Bevor die Bundespolizisten die „Undine“ erreicht hatten, landete die Drohne auf dem Vordeck der Motoryacht. Janssen reduzierte die Geschwindigkeit und ging langsam bei der „Undine“ längsseits. Da die Besatzungsmitglieder der Yacht keine Anstalten machten, den Tampen des Polizeibootes entgegenzunehmen, sprangen zwei Polizisten auf die Yacht und machten ihr Boot an der „Undine“ fest. Oberkommissarin Janssen sprang ebenfalls auf die „Undine“ über und stellte sich vor.
„Bundespolizei, wir nehmen eine Kontrolle Ihres Schiffes vor. Was machen Sie hier mit der Drohne?“
Der bärtige Mann ergriff das Wort. Die beiden anderen Männer musterten die weibliche Kommissarin recht aggressiv.
„Wir machen hier Luftaufnahmen von den Inseln. Das habe ich Ihren Kollegen auf Wangerooge doch auch schon erklärt.“
„Okay, aber Sie fliegen mit Ihrer Drohne direkt über dem Verkehrstrennungsgebiet.“
Janssen hatte den Eindruck, dass der Wortführer der Besatzung mit diesem Begriff nichts anfangen konnte.
„Sie sind zu nah an der Schifffahrtsstraße und stellen ein Risiko für die Schifffahrt dar. Wenn Sie filmen wollen, müssen Sie mit der Drohne in Strandnähe bleiben, oder haben Sie eine Genehmigung des Bundesverkehrsministeriums?“
Der Bärtige verneinte und zeigte sich einsichtig.
„Dann bleiben wir in Strandnähe. Wir haben das nicht gewusst.“

Janssen nickte.
„Noch ein weiterer Hinweis. Sie müssen sich 1,5 km vom Flughafen Wangerooge fernhalten, das wissen Sie aber?"
Es kam ein zögerliches Nicken. Die Kommissarin war nicht ganz davon überzeugt, dass sie mit ihrer Ansprache die Besatzung der „Undine" erreicht hatte.
„Wir werden uns jetzt kurz auf Ihrem Schiff umsehen. Sie befinden sich hier im Zollgrenzbezirk."
Janssen gab ihren beiden Kollegen, die auf dem Vordeck standen, ein Zeichen. Beide begaben sich unter Deck, um das Schiff zu durchsuchen. Janssen selbst betrachtete die Drohne, die auf dem Vordeck lag, äußerst interessiert. In der Tat schien dort unter der Drohne eine Kamera montiert zu sein, aber irgendwie passte diese Geschichte nicht zu den Typen, die an Bord waren. Wie Filmemacher sahen die nun wirklich nicht aus. Janssen war sich unsicher. Vielleicht war sie auch Opfer ihrer Vorurteile. Wie sahen denn Filmemacher aus? Trotzdem hatte sie ein ungutes Gefühl. Mit ihrem Handy fotografierte sie die Drohne von allen Seiten. Sollen sich doch die Spezialisten in Glücksburg das Ding mal genauer ansehen. Was, wenn die Typen ihnen hier ein Märchen auftischten und klammheimlich dafür übten, Drogenbeutel mit der Drohne aus der See zu fischen. Es gab genug Seeleute, die sich mit Drogenhandel was dazu verdienten. Inzwischen waren ihre Kollegen wieder aufs Deck zurückgekehrt. Nach Blickkontakt mit ihrer Vorgesetzten schüttelten sie mit den Köpfen. Also hatten sie nichts gefunden. Etwas enttäuscht kehrten sie wieder in ihr Boot zurück und legten von der „Undine" ab. Auf dem Rückweg zur „Bayreuth" beobachtete einer der Polizisten mit einem Fernglas die „Undine".
„Irgendwie haben wir die aufgeschreckt, die streiten da an Bord wie die Kesselflicker. Sieh mal an, die beiden anderen,

die die Zähne nicht auseinander bekommen haben, brüllen den Blonden heftig an."
„Ich will einen Besen fressen, wenn die Geschichte mit dem Filmen stimmt", rief Janssen ihrem Kollegen zu, „die Freunde müssen wir im Auge behalten."
Inzwischen hatten sie wieder die „Bayreuth" erreicht. Mit dem Bordkran wurde das Beiboot hochgeholt und Oberkommissarin Janssen begab sich auf die Brücke, um Hauptkommissar Klasen Bericht zu erstatten.

21

Auf der A 29 war an diesem Morgen wenig Verkehr. Einige LKWs brachten Container vom Jade-Weser-Port ins Binnenland. Petersen genoss das entspannte Fahren. Von seinem USB-Stick dudelten die Lieder, die er demnächst auf dem Revival Festival spielen sollte. Musikalisch keine große Sache, aber zur Einprägung der Abläufe war das mehrmalige Abhören der Songs von großem Wert. Er hatte heute Morgen das Flugzeug nach Harle genommen, da die Tide recht ungünstig war. Mit der Genehmigung der Dienstreise hatte es auch keine Schwierigkeiten gegeben. Wilbert hatte ausdrücklich seinen Trip nach Bremen für gut befunden. Die Übernachtung bei seinem Freund Merti war auch kein Problem, allerdings hatte dieser am Abend keine Zeit. In einem Altersheim in Bremen-St. Magnus war er für einen maritimen Abend verpflichtet worden. Als Berufsmusiker lebte er von solchen Veranstaltungen. Mittlerweile hatte es sich in der Seniorenszene rumgesprochen, dass Merti diese Abende äußerst liebevoll gestaltete. Über einen Overhead-Projektor warf er die Liedtexte an die Wand, was die Senioren zum Mitsingen und Mitschunkeln animierte. Bei seinen maritimen Abenden spielte er mit Akkordeon und Rhythmusmaschine Shanties und Lieder von Freddy, Hans Albers und Lolita. Für einen solchen Abend erhielt er in der Regel 300 € Gage. Für Merti, der, außer für seine Musikinstrumente, wenig Geld zum Leben brauchte, war diese Einnahmequelle Gold wert.

Petersen wollte seinen Wagen bei Merti in der Rasteder Straße abstellen, sich den Ersatzwohnungsschlüssel aushändigen lassen und dann noch ein wenig Stadtluft schnuppern. Um 18 Uhr hatte er einen Tisch für Kommissar Siebert und sich selbst im „Ristorante Da Rocco“ in Bremen-Walle bestellt. Hier wollte er Siebert in ungezwungener Atmosphäre seinen Schlachtplan vorstellen. Am nächsten Morgen würde er dann mit Merti den Transporter beladen und zusammen im Konvoi nach Harlesiel fahren. Sönke Meiners hatte Merti ein Zimmer in seiner Ferienpension angeboten. Petersen war hierüber sehr erfreut, denn er war sich sicher, dass sich die beiden „Musikgenies“ auf Anhieb verstehen würden.

Petersen genoss den Nachmittag in der Großstadt. Nachdem er einige Klamottenkäufe getätigt hatte, ließ er sich im Paulaner Biergarten an der Schlachte nieder und beobachtete bei einem Cappuccino die Szenerie. Noch war wenig los an Bremens Flaniermeile. Nur einige Schulklassen von der benachbarten Jugendherberge hatten sich auf den Bänken niedergelassen. Es mussten Schüler aus dem Süden Deutschlands sein, denn in Norddeutschland und Nordrhein-Westfalen waren bereits Sommerferien. Gegen 17 Uhr stieg er in die Straßenbahn und fuhr nach Walle zum „Ristorante Da Rocco“. Hocherfreut und sehr herzlich wurde er von Rocco, Chef des Lokals, empfangen. Wie immer gab es einen Grappa zur Begrüßung.
„Commissario, wie du gewünscht hast, habe ich dir die Kuschelecke reserviert. Ich hoffe es kommt eine schöne Frau?“
„Leider nein, die schöne Frau ist ein Kollege aus Bremen, wir haben etwas Dienstliches zu besprechen.“
„Also, molto diskreto, auf deine Rechnung?“
„Ja, der Kollege opfert seine Freizeit, weil ich nicht ins Präsidium kommen wollte.“

„Ja, kann ich verstehen, die alte Geschichte, grande skandalo. Fühlst du dich eigentlich auf Wangerooge wohl?"
„Ja, irgendwie schon, hab' mich da eingelebt und auch nette Menschen kennengelernt, aber es ist schon anders, man ist immer unter Beobachtung."
„Und was ist mit amore?"
„Senza amore", Petersen machte eine abfällige Handbewegung.
„Dann müssen wir wohl noch einen giro nehmen."
Rocco kam mit der Flasche und schenkte noch einen ein. Langsam füllte sich der Außenbereich des Lokals. Siedend heiß fiel Petersen ein, dass Siebert und er sich noch nie begegnet waren. Woran sollten sie sich erkennen? Anfängerfehler, er musste wohl oder übel seiner Menschenkenntnis vertrauen. Ähnlich wie bei Lehrern konnte man Polizeibeamte eigentlich auf den ersten Blick erkennen, glaubte er jedenfalls. Mittlerweile füllte sich das Lokal. Die Lage wurde unübersichtlich. Petersen bestellte sich ein Viertel Chianti classico und beobachtete den Eingang. Irgendwie kam er sich blöd vor, so allein in der sogenannten Kuschelecke zu sitzen. Mittlerweile bildete er sich sogar ein, dass einige Frauen ihn eines mitleidigen Blickes würdigten. Jetzt kam ein kleiner gedrungener Mann mit grauen Haaren rein, schwarze Lederjacke, Jeans. Er schien etwas jünger als Petersen zu sein. Petersen schätzte ihn auf Ende Vierzig. Der suchende Blick sagte alles. Petersen erhob sich, ging auf dem Mann zu und flüsterte „Parole Wangerooge." Beide fingen jetzt an zu lachen.
„Es fehlt die Nelke im Knopfloch", grinste der Mann, der sich als Kommissar Siebert vorstellte. Petersen geleitete ihn in die äußerste Ecke des Lokals.
„Der Platz hier ist ja wirklich konspirativ. Kennen Sie das Lokal, Kollege Petersen?"

„Ja, in meiner Bremer Zeit war das mein Stammitaliener. Ich bin mit dem Wirt freundschaftlich verbunden, und wenn ich in Bremen bin, muss ich hier vorbeischauen."
„Kannte das Lokal noch nicht, obwohl ich nicht weit weg in Findorff wohne."
Jetzt kam Chef Rocco mit zwei Speisekarten in die Ecke.
„Buonasera, due commissari, da muss ich aufpassen."
Siebert bestellte ein Becks und ein Saltimbocca alla Romana. Petersen entschied sich für gebratene Sardinen mit Spaghetti aioli. Mit dem Bier wurden noch einmal drei Grappe serviert.
„Ein kleiner Bestechungsversuch, mit der Polizei muss man sich gut stellen, salute!"
Rocco lachte.
„Gut, dass ich mit dem Fahrrad da bin", bemerkte Siebert.
„Was dagegen, wenn wir uns duzen, wir sind ja Kollegen und arbeiten im Moment am selben Fall. Ich heiße Lars."
Petersen erhob sein Glas.
„Jens", kam es von Siebert. Die Gläser klirrten. Beide vereinbarten erst nach dem Essen dienstlich zu werden. Bevor das Essen kam, wollte Petersen noch schnell wissen, warum Siebert am Telefon nicht über den Fall sprechen wollte.
„Es gibt im Moment bestimmte Entscheidungen, die mich nachdenklich machen. Wir sind ja, wenn auch leider nur mit wenigen Kräften in Sachen Clan- und Sippenkriminalität unterwegs. In letzter Zeit hat es erstaunlich milde Urteile gegeben. Ich bin mir gar nicht mehr sicher, ob dem Druck nicht nachgegeben wird. Vielleicht bin ich paranoid, aber wenn man in Sachen OK(Organisierte Kriminalität) unterwegs ist, bleibt das wahrscheinlich nicht aus."
„Du meinst also, wir weichen zurück?"

Ein klares „Ja“ kam von Siebert.
Zu Petersens Bedauern wurde die Unterhaltung durch das Servieren der Speisen abgebrochen. Zu gern hätte er noch mehr über Sieberts Beobachtungen erfahren, da sich diese mit seinen Erfahrungen aus seiner Bremer Zeit als Drogenfahnder deckten.
Siebert war des Lobes voll über sein Saltimbocca.
„Hier komm‘ ich bestimmt nochmal her. So, Lars, jetzt lass mal hören, was schwebt dir denn in Sachen Ramm so vor? Ich bin ganz gespannt.“
Petersen nippte noch einmal an seinem Glas und begann dann mit seinen Ausführungen.
„Die Firma, Organisation oder was auch immer, die an das Grundstück von Ramm will, geht doch davon aus, ähnlich wie wir, dass der keine Erben hat. Wenn wir nichts machen können, geht das Grundstück an das Land Niedersachsen. Von dort wird es verkauft, und damit kann sich die Firma wieder ins Spiel bringen. Leichter für sie wäre es natürlich gewesen, wenn Ramm zu Lebzeiten verkauft hätte, wozu er aber nicht bereit gewesen war, wie wir wissen. Was ist, wenn wir denen einen Erben präsentieren und mit diesem die Verkaufsverhandlungen wieder eröffnen? In diesen Verhandlungen müssen wir die Sache eskalieren lassen, um sie damit aus der Reserve zu locken, in der Hoffnung, dass sie einen Fehler machen. Wir sind in der Nähe und überwachen das Geschehen.“
Gespannt blickte Petersen sein Gegenüber an. Würde er ihn für verrückt erklären oder anbeißen?“
Siebert pfiff leise durch die Zähne, wiegte seinen Kopf hin und her.
„Nicht schlecht, Herr Specht, aber ziemlich riskant, vor allem für unseren Lockvogel.“

„Ist wohl richtig, aber wenn wir in der Nähe sind, kann eigentlich nicht viel passieren. Wir sollten die Sache in dem Haus von Ramm durchführen. Direkt in der Nachbarschaft ist ein Kleingartengebiet, von dort hören wir mit und überwachen das Geschehen."
„Oha, du hast ja schon ganz konkrete Vorstellungen, Lars, aber alles steht und fällt mit dem Lockvogel, wenn es dem nicht gelingt, unsere Freunde zu provozieren und aus der Reserve zu locken, haben wir verloren."
Petersen nickte. Siebert hatte zweifellos Recht mit seinen Bedenken.
Dem Bremer Kommissar wurde ein neues Bier gebracht. Nach dem ersten Schluck setzte er seine Ausführungen fort.
„Ich muss das alles natürlich mit deinem Vorgesetzten besprechen. So eine Sache können wir beide nicht alleine durchführen."
„Ist mir schon klar, aber du musst das machen, manchmal hält der mich nur für durchgeknallt."
Siebert lachte.
„So ist das nun mal mit Vorgesetzten, die halten sich immer für besonders schlau. Wir brauchen natürlich auch einen Staatsanwalt, der eine solche Aktion beim Landgericht durchdrückt. Ich tendiere dazu, die Sache mit Wilbert durchzuziehen. In Bremen ist das immer schwierig. Da ist der Datenschutz König, aber das kennst du ja sicher aus deiner Zeit."
„Salute, Jens", Petersen hob sein Rotweinglas und prostete Siebert zu. Irgendwie schienen sie auf einer Wellenlänge zu funken.
„Zwei Ermittlungsansätze sollten wir allerdings parallel verfolgen. War jemand zur Zeit des Selbstmordes von Ramm bei ihm und hat ihn direkt zum Suizid gezwungen? Ihr

solltet auf der Insel das nochmal recherchieren. Schifffahrt, Flugplatz usw. Das Datum haben wir ja."
Petersen nickte.
„Mein Fehler, hätten wir längst machen müssen."
„Das war keine Kritik. Wir wissen ja jetzt mehr."
„Okay."
Petersen war erleichtert, dass sein Kollege ihm keine Vorhaltungen machte. Dazu fiel ihm dann noch etwas ein.
„Morenko hat ja nach den Briefen gesucht. Was ist, wenn er es war, der Ramm zum Suizid gezwungen hat?"
„Interessanter Ansatz, ich maile dir morgen ein Bild von ihm, damit kannst du ja oder deine Kollegen auf der Insel Flughafen und Inselschifffahrt abklappern. Weiter hoffe ich ja immer noch drauf, dass die beim BKA Spuren finden, die uns direkt zu dieser Firma führen."
Petersen nickte.
Die nächsten Schritte waren vereinbart, erleichtert darüber nippte Petersen an seinem Glas. In diesem Moment hörten sie ein Geräusch, das Petersen seltsam bekannt vorkam. Aus den Lautsprecherboxen hörte man ein „amore mio, amore mio" und von der Theke kam ein lautes zweideutig klingendes „aaaaha."
Siebert lachte erstaunt.
„Was geht denn hier ab?"
Petersen konnte sich vor Lachen kaum halten.
„Italienisches Temperament und Sangesfreude, wir haben hier schon manchen Abend gesungen und Musik gemacht."
„Hab' schon gehört, dass du hervorragend Gitarre spielst. Ich hoffe, dass wir uns auf der Insel sehen, dienstlich, aber ich würde dort gern mit dir auch mal einen Zug durch die Inselkneipen machen, nach getaner Arbeit versteht sich."
„Abgemacht."

Petersen bezahlte und nach dem obligatorischen Abschlussgrappa verabschiedeten sich die beiden Kommissare in der Hoffnung, dass es auf Wangerooge ein Wiedersehen geben würde.

22

Petersen und Merti waren gestern Abend fast zur gleichen Zeit in der Rasteder Straße eingetroffen. Beide verzichteten auf einen Absacker in einer Gröpelinger Kneipe. Da sie die Fähre um 10:20 Uhr erreichen wollten, hatte die Vernunft gesiegt und beide waren direkt ins Bett gegangen.
Vor der Abfahrt musste noch Mertis Wagen beladen werden. Zum Transport seines Musik-Equipments hatte er sich einen gebrauchten Mercedes-Sprinter gekauft. Um nicht den Ehrgeiz von Autoknackern zu wecken, hatte er nicht, wie es einige seiner Kollegen machten, Werbung für Musikauftritte auf dem Transporter angebracht, sondern auf den Seitenflächen stand sinnigerweise der Schriftzug „Wäscherei Mertens." Merti ging davon aus, dass niemand wegen einiger Bettlaken einen Transporter aufbrechen würde. Bisher hatte er mit dieser Taktik Glück gehabt, denn keiner ahnte, welch wertvolle Musikinstrumente sich im Wageninnern befanden. Für den Auftritt auf Wangerooge hatte er zwei Keyboards, ein Akkordeon und die entsprechende Verstärkeranlage vorgesehen. All das war mit Sönke Meiners, dem „Musikpapst" von Wangerooge, abgesprochen worden. Petersen würde mit seinem Golf vorwegfahren und ihn sicher nach Harlesiel geleiten.
Die Fahrt an die Nordsee verlief ohne Schwierigkeiten. Merti folgte Petersen dicht auf den Fersen. Manchmal so dicht, dass Petersen Angst hatte, Merti könnte ihm gleich hinten reinbrettern.
In Harlesiel hatte Petersen direkt einen Gepäckcontainer für Mertis Musikinstrumente reservieren lassen. Die MS „Harlingerland" war schon gut gefüllt, als Petersen und

Merti das Schiff betraten. Da auf dem Oberdeck kein Sitzplatz mehr frei war, lehnten sich beide an die Reling. Während der Fahrt hielt Petersen wieder einen seiner legendären maritimen Vorträge über das Wattenmeer, die Seezeichen und die Gezeiten. Merti war ein dankbarer Zuhörer, denn er war bisher noch nie auf einer Nordseeinsel gewesen, wenn man mal von einem Schulausflug nach Neuwerk absah. Besonders aufmerksam wurde er, als Petersen auf das Beerdigungsschiff, die MS „Horizont", hinwies, die ihnen gerade entgegenkam.

„Ich glaube, das wäre was für mich, hier in der See versenkt zu werden."

„Nicht deine Leiche, sondern deine Urne", stellte Petersen richtig.

„Na gut, ist auch egal, weg ist weg."

Bevor es nun zu einer tiefschürfenden Unterhaltung über Bestattungsformen kam, wurden sie durch eine lärmende Männergruppe gestört. In einer Polonaise trabten sie durchs Schiff und skandierten:

„Über Wangerooge fahren wir nach Berlin!"

Sie trugen blauweiße Fanschals und hatten die entsprechende Flasche Jever in der Hand. Es musste sich also um ein Pokalspiel gegen den TuS Wangerooge handeln. Petersen selbst hatte in seiner aktiven Zeit als Werder-Fan bei Pokalspielen „Berlin, Berlin, wir fahren nach Berlin" intoniert. Eventuell roch die Situation nach Ärger für die Rückfahrt, so breit, wie die Fans jetzt schon waren. Da könnte noch Arbeit auf seine Kollegen zukommen. Die Wartezeit in der Inselbahn gestaltete sich wieder unerträglich lang. Petersen hatte im „Inselkurier" gelesen, dass durch die Anschaffung von neuen Gepäckcontainern die Wartezeit verkürzt werden sollte. Auf den Gedanken hätte man auch früher kommen können, sinnierte Petersen

vor sich hin. Merti registrierte alles um sich herum mit großem Interesse. Für ihn war dieses Inselengagement ein Abenteuer, eine willkommene Abwechslung aus seinem Alltag als musikalischer Alleinunterhalter. Für 14 Tage würde er die Seniorentanztees, die Goldenen Hochzeiten und die Trauerfeiern hinter sich lassen und sein „erstes Mal" auf einer richtigen Nordseeinsel genießen.
Im Bahnhof Wangerooge wurden sie von Sönke Meiners erwartet, der Merti bisher nur über Mailkontakte kannte. Die Begrüßung fiel entsprechend herzlich aus. Meiners freute sich riesig darauf, mit Merti zusammen den großen Revival-Abend gestalten zu können. Sonst musste er solche Veranstaltungen auf der Insel immer ganz alleine wuppen.
Auf dem Bahnhofsvorplatz wartete schon „Gepäck-Bodo", um Mertis Musikequipment zur Schule zu schaffen. Dort sollten die Proben für den Abend stattfinden. Nachdem Sönke Meiners seinen Musikerkollegen in spe in Empfang genommen hatte, verabschiedete sich Petersen. Für den Abend hatte er sich mit Merti auf einen Absacker an der Promenade verabredet.
Im Revier taten noch Onno und Kollege Naumann ihren Dienst. Anwärter Bernhard hatte zwei Tage frei und war aufs Festland gefahren. Petersen strich den Gedanken aus seinem Kopf, dass er dort sicher Mona treffen würde.
Die Kollegen warteten gespannt auf Petersens Bericht. Die Reaktion fiel eher skeptisch als euphorisch aus.
„Da sind aber eine ganze Menge Risiken drin", ergriff Onno als erster das Wort, „wer soll denn da den Lockvogel machen bei einer solch' riskanten Geschichte? Können wir die Sicherheit garantieren? Oh Mann, oh Mann, da läuft mir das ganz heiß den Rücken runter."
Günter Naumann zweifelte die rechtlichen Voraussetzungen für so ein Vorgehen an.

„So eine Aktion rechtlich abzusichern, kann ich mir kaum vorstellen“, zweifelte er.
Petersen versuchte, die Bedenken zu zerstreuen.
„Die Rolle des Lockvogels kann nur ein Profi, also ein ausgebildeter Polizeibeamter, machen. Wir werden ja in der Nähe sein, da mache ich mir wenig Sorgen. In der rechtlichen Sache sind Bremen und Wilhelmshaven gefragt. Die Sache hat für Bremen einen hohen Stellenwert. Die rechnen sich aus, mit Hilfe unseres Falles eine kriminelle Organisation zu zerschlagen.“
„Mien Jung, wenn das mal nicht für uns eine Nummer zu groß ist“, seufzte Onno.
„Lass uns abwarten. Der Ball liegt auf dem Festland. Apropos Ball, im Zug war eine Fangruppe vom Festland wegen des Pokalspiels gegen den TuS. Es könnte noch Ärger geben.“
Petersen stand auf, um sich noch einen Kaffee einzuschenken. Onno lachte.
„Die Jungs sind nachher so duhn, dass sie in der Inselbahn einschlafen.“
„Dein Wort in Gottes Ohr“, kam es von Petersen zurück.

Am Abend holte Petersen Merti von Sönke Meiners im Dorfgroden ab. Zu groß war die Gefahr, dass sich sein Künstlerfreund am ersten Abend auf der Insel verlaufen würde. Künstler waren, jedenfalls nach Petersens Erfahrung, in solchen Dingen etwas unbeholfen.
Merti war des Lobes voll über seine Unterbringung bei Sönke. Er hatte einen Schlüssel mitbekommen und war somit an keine Zeit gebunden.
„So, nun kann das losgehen. Nun zeig mir mal deine Insel“, forderte er Petersen gut gelaunt auf.

Beim Gang durch die Zedeliusstraße wunderte sich Merti, wie häufig Lars gegrüßt oder angesprochen wurde.
„Du bist hier ja richtig prominent, da kann man sich nur wundern."
„Ich bin ja auch einer der Dorfpolizisten, da ist das halt so", erklärte Petersen.
Als sie an der Promenade angekommen waren, suchten sie sich einen freien Tisch vor dem „Strandkorb". Von der Theke winkte ihnen Milosz zu. Bedient wurden sie von einem Mädel osteuropäischer Herkunft, das im Vergleich zu Petersens letztem Besuch deutliche Fortschritte im Gebrauch der deutschen Sprache gemacht hatte. Sehr freundlich fragte sie:
„Was darf ich den Herren bringen?"
Nachdem die zwei Gläser Jever gebracht waren, gab Petersen noch einen kurzen maritimen Überblick, damit der sichtlich beeindruckte Merti Seezeichen und Leuchttürme richtig einordnen konnte. Schulmeisterlich, wie immer in diesen Dingen, warnte Petersen seinen Freund.
„Bitte keine peinlichen Fragen stellen, so nach dem Motto, wie kommt man zu den erleuchteten Häusern dahinten hin?"
Petersen deutete auf die vor Anker liegenden Schiffe.
„Sag mal, bist du bescheuert", erregte sich Merti, „wer fragt denn so was? Nur weil ich Musiker bin, musst du mich nicht für einen Vollidioten halten."
„Die Frage habe ich neulich selbst an der Theke hier oben gehört."
„Mag ja sein, aber das musst du ja nicht mit mir in Verbindung bringen. Nun komm' mal runter, nur weil du hier auf der Insel wohnst, gibst du hier jetzt den Schlaumeier, das fängt ja gut an."
„Okay, geschenkt!"

Nachdem die zweite Runde geordert war, ergriff Merti wieder das Wort.
„So, nun bin ich mal an der Reihe. Was ist denn nun eigentlich mit Mona, deiner jugendlichen Freundin? Nun mal Butter bei die Fische."
Jetzt hatte Merti ihn auf dem falschen Fuß erwischt. Petersen war sichtlich unwohl bei der Frage, sah aber keine Möglichkeit, sich ihr zu entziehen. Mit guten Freunden führte man halt solche Gespräche, dafür waren Freunde nun mal da.
„Sie hat wohl einen Neuen, und das ist ausgerechnet der Praktikant, den sie uns geschickt hat. Sie war vor einer Woche auf der Insel, da habe ich es endgültig verbockt, konnte meine Eifersucht nicht beherrschen."
Petersen nahm einen großen Schluck aus dem Glas und zuckte mit den Schultern. Merti strich sich mit der Hand den Schaum vom Mund.
„Okay, dass sie hierherkommt, während gleichzeitig du und ihr neuer Lover hier seid, das ist schon heftig, da kann ich deinen Ärger verstehen. Aber nun seien wir doch mal ehrlich, diese Frau ist viel zu jung für dich. Du bist doch kein hässlicher Geldsack, der sich mit `nem jungen Mädchen schmücken muss. Das war damals eine Ausnahmesituation. Sie war allein auf der Insel. Du warst ihr Ausbilder, vielleicht war da ja auch der Reiz des Verbotenen."
„Das ist mir ja klar, aber gegen die Gefühle ist schwer anzukommen."
„Die Gefühle haben Schweigepflicht", sang jetzt Merti.
Sofort landete ein Bierdeckel an seinem Kopf. Petersen drohte mit seiner rechten Faust.
„Euch Schweinemuckern hat die Schlagermusik das Gehirn verkleistert."
Merti grinste.

„Andrea Berg hat hier die passende Antwort gegeben. Aber jetzt mal Spaß beiseite. So wie ich dich kenne, habt ihr doch nie richtig über eure Beziehung gesprochen, da bist du nun wirklich kein Meister drin.“
Petersen nickte gequält und bestellte noch eine Runde Bier. Merti prostete Petersen zu.
„Wann lerne ich denn deinen sagenhaften Wirt, den Magister kennen?“
„Alles zu seiner Zeit, nicht alles auf einmal. Der Besuch im „Störtebeker“ kommt noch früh genug.“

23

Die nächsten Tage waren von Alltagsroutine gekennzeichnet. Petersen und sein Freund Merti sahen sich kaum, da Merti sich mit Sönke Meiners im Musikzimmer der Inselschule eingeigelt hatte, um das Programm für den Fresena-Abend vorzubereiten. Teilweise kam es schon zu ersten Proben mit der Theatergruppe der Insel. Der zweite Teil des Abends, der ausschließlich musikalischen Charakter haben sollte, wurde noch nicht geprobt. Die Songs waren festgelegt und Merti vertraute hier ganz dem musikalischen Können seines Freundes Lars Petersen, der wiederum wegen der sehr knappen Probezeit langsam nervös wurde.

Mitten in der Alltagsroutine, alle Polizisten der Insel saßen an ihren PCs und bearbeiteten Anzeigen oder verfassten Berichte, kam der entscheidende Anruf aus Wilhelmshaven. Ein Mitarbeiter von Kommissar Wilbert teilte kurz und knapp mit, dass für morgen ein Treffen im 1. Fachkommissariat des Zentralen Kriminaldienstes der Polizeiinspektion Wilhelmshaven anberaumt war und Kommissar Petersen sich dort einzufinden habe.
In Wangerooge rätselten die Kollegen, was denn nun der Grund für dieses Treffen sei.
Petersen strahlte Optimismus aus.
„Ich denke, wir haben grünes Licht für unsere Überwachungsaktion bekommen. Alles andere hätte man am Telefon besprechen können. Aber bei einer solchen Sache wird ungern am Telefon über Polizeistrategie

gesprochen. Der Kollege Siebert aus Bremen wollte mit mir darüber auch nicht am Telefon sprechen."
„Sag mal, wie weit sind wir denn schon?", polterte Onno dazwischen, „leb' ich eigentlich auf dem Mond?"
„Wangerooge ist zwar nicht der Mond, aber in den Großstädten geht die Post ganz anders ab", mischte sich jetzt Günter Naumann ein, „da gibt es Stadtteile, wo sich unsere Kollegen nur noch zu viert oder sechst reintrauen."
„No go areas, nennt man das", warf Anwärter Bernhard ein und kassierte gleich einen strafenden Blick von Petersen, der diese belehrende Art auf den Tod nicht abkonnte.
„Kleine Anekdote aus Bremen, obwohl das eigentlich nicht lustig ist. Beim Einstieg in einen Linienbus haben sich vier Mütter mit Kinderwagen um die zwei Plätze im Bus gezankt und schon war die Prügelei im Gange. Per Handy haben sie dann ihre männlichen Unterstützer gerufen. Unsere Kollegen mussten anschließend mit 13 Streifenwagen anrücken."
„Unglaublich", stöhnte Onno, „aber irgendwie sind wir vom Thema abgekommen. Es ging eigentlich um das nicht mehr telefonieren können."
Alle nickten, aber keiner hatte jetzt noch Lust weiter zu diskutieren. Irgendwie hatte die Diskussion alle deprimiert. Für den morgigen Tag buchte Petersen zwei Flüge bei den Inselfliegern, denn er wollte noch am gleichen Tag wieder zurückkommen.

Eine Viertelstunde vor dem Beginn der Sitzung um 10 Uhr parkte Petersen seinen Golf auf dem Parkplatz der Polizeiinspektion Wilhelmshaven/Friesland in der Mozartstraße. Die Zufahrt zum internen Parkplatz war nur über die Viktoriastraße möglich. Bei der Pförtnerloge am

Parkplatzzugang zeigte er seinen Dienstausweis und fragte nach Kommissar Wilbert. Im 2. Stock fand er dann das Büro seines Kollegen. Vor dem Schreibtisch befand sich ein kleiner Besprechungstisch, auf dem die übliche Teekanne auf einem Stövchen stand. Daneben war ein Teller mit Gebäck platziert. Petersen staunte nicht schlecht, als er seinen Bremer Kollegen Siebert bereits am Tisch sitzen sah. Mit einem kräftigen „Moin“ begrüßten sich die Anwesenden. Kommissar Wilbert, der für die frühe Tageszeit schon mächtig schwitzte, kam sofort zur Sache.
„Also, liebe Kollegen toll, dass das so schnell geklappt hat. Ich beeile mich auch, damit Sie schnell wieder die Rückfahrt antreten können. Grund unseres Treffens: Wir haben die richterliche Genehmigung für unsere Aktion. Kollege Siebert hat sich bereiterklärt, mit einem Kollegen von der Kriminaltechnik auf die Insel zu kommen. Sie, Kollege Petersen, organisieren den Ort, von wo wir abhören. Es versteht sich von selbst, dass dieser sich in unmittelbarer Nähe des Hauses Ramm befinden muss. Wir werden versuchen, über die Adresse, die auf den Briefen an Ramm stand, Kontakt zu der Firma aufzunehmen. Da niemand weiß, dass wir die Briefe haben, ist die Kontaktaufnahme glaubwürdig. Es meldet sich eine Erbin, die spät gefunden wurde und nun Kontakt zu der Firma sucht. Die Legende wird noch entwickelt.“
„Erbin?“, fragte Petersen mit runzelnder Stirn.
„Ja, wir haben uns für eine Frau entschieden. Wir spielen mit dem Klischee, dass Frauen hart verhandelnden Männern nichts entgegenzusetzen haben. Ich denke unsere Gegner bewegen sich in dieser Chauvi-Welt. Wenn diese Frau dann nicht so spurt, wie die das annehmen, können wir sie besser aus der Reserve locken.“

Petersen und Siebert staunten nicht schlecht. Wilbert schien einen echten Plan zu haben.
„Und wo haben Sie diese Frau hergezaubert, wenn ich fragen darf?“ meldete sich Petersen.
Wilbert lachte.
„Kollege Petersen, Sie kennen diese Frau und haben schon sehr erfolgreich mit ihr zusammengearbeitet.“
Auf Petersens Stirn bildeten sich Schweißperlen. Er ahnte, was jetzt kommen würde.
„Es wird die Kollegin Behrens sein. Sie kennt die Insel, hat SEK-Erfahrung und kann sich im Notfall selbst verteidigen.“
Petersen drehte sich der Magen um. Jetzt sich bloß nichts anmerken lassen. Siebert schien zu spüren, dass etwas nicht stimmte.
„Lars, bist du damit nicht einverstanden?“
Nach einer kurzen Pause des Nachdenkens, hatte Petersen sich wieder im Griff.
„Kollegin Behrens ist auf der Insel bekannt, das könnte ein Nachteil sein“, warf er zögerlich ein.
Wilbert hatte aber auch hier die passende Antwort.
„Stimmt, aber sie bekommt von uns eine Perücke. Dazu musst du wissen Kollege Siebert, dass die Kollegin auffällig lange blonde Haare hat.“
„Das gibt einen Chauvi-Punkt, Kollege Wilbert“, merkte Siebert grinsend an.
Petersen wusste nicht, wohin er blicken sollte. Mit einem gekonnten Pokerface musterte er die große Landkarte von Ostfriesland, die hinter Wilberts Schreibtisch an der Wand hing.
„Geschenkt, ich hab‘ das nur gesagt, Kollege Siebert, damit Sie das mit der Perücke verstehen. Kollege Petersen kennt die Kollegin ja schon.“

Wilbert versorgte seine beiden Kollegen noch einmal mit Tee.
„So, noch Fragen?“
Siebert meldete sich.
„Wer strickt mit der Kollegin an der Legende?“
„Das machen wir hier in Wilhelmshaven, wenn wir Fragen haben, melden wir uns bei Ihnen beiden.“
„Was ist mit der Sicherheit, wir können ja wohl kaum mit auffällig viel Personal auf der Insel auflaufen?“, warf Petersen ein.
Wilbert nickte.
„Denke ich auch, da ist die Wache auf Wangerooge gefordert. Außer Kollege Siebert und seinem Techniker, wird kein zusätzliches Personal auf der Insel sein. Das wäre viel zu auffällig und würde unser Vorhaben gefährden, da haben Sie völlig Recht, Kollege Petersen. Sie müssen also mit Ihren Leuten in der Nähe sein. Ich verlasse mich da ganz auf Sie und Ihre Männer.“
Petersen war wie benommen. Waren er und seine Kollegen auf der Insel für so einen Einsatz die richtigen? Er vermied es, seine Bedenken zu äußern.
Wilbert verabschiedete die beiden Kommissare mit dem Hinweis, dass er sich melden werde, sobald ein Treffen zwischen Lockvogel und Firma in trockenen Tüchern sei.
Auf dem Parkplatz der Polizeiinspektion diskutierten Siebert und Petersen noch ein wenig. Siebert, der Petersens Unwohlsein registriert hatte, erkundigte sich bei Petersen nach Mona Behrens.
„Lars, du warst so zurückhaltend bei der Nennung des Lockvogels. Ist die Kollegin dafür nicht qualifiziert?“
Petersen war klar, dass seine Vorbehalte rein privater Natur waren. Dienstlich hatte er überhaupt keine Bedenken. Mona war in dieser Hinsicht über jeden Zweifel erhaben.

„Nein, sie ist absolut geeignet dafür. Ich denke nur an die Sicherheitslage", log er.
„Lass uns das besprechen, wenn ich auf der Insel bin. Wir machen gemeinsam einen Schlachtplan, das wird schon."
Bei diesen Worten klopfte Siebert seinem Kollegen auf die Schulter und danach verabschiedeten sie sich.
Auf dem Weg nach Harle bekam Petersen keine Ordnung in seine Gedanken. Wie sollte er sich von Mona emotional lösen, wenn er jetzt wieder mit ihr zusammenarbeiten musste? Wie dachte sie eigentlich darüber? Was war mit ihrer Sicherheit, für die er verantwortlich war, so jedenfalls hatte er Wilbert verstanden. Da er noch etwas Zeit bis zu seinem Rückflug hatte, nutzte er die Gelegenheit für einen kleinen Deichspaziergang. Danach kehrte er noch im „Wattkieker" ein. Für ein leckeres Matjesgericht war noch Zeit genug.

Als Petersen die Wache in Wangerooge betrat, war nur noch Günter Naumann anwesend. Einen ausführlichen Bericht hob er sich für die allmorgendliche Lagebesprechung auf.
„Die Sache ist rechtlich durch, da kommt einiges auf uns zu. Wir müssen morgen ausführlich darüber sprechen", mit diesen Worten ließ Petersen es bewenden. Naumann machte auch keine Anstalten ihn weiter auszufragen. Zu sehr beschäftigten ihn die Zeugenaussagen zu einer nächtlichen Schlägerei am Strand.
Petersen verzog sich ins Obergeschoss seiner Wohnung. Eine Stunde verbrachte er damit, die Songs für die Revival-Party zu üben. Mit Stolz stellte er fest, dass er die Stücke wie im Schlaf spielen konnte, was natürlich auch an der äußerst simplen Struktur der frühen Rock 'n Roll-Stücke lag. Über Handy kontaktierte er dann Freund Merti.
„Heute ist es soweit."

„Wir sind soeben mit dem Üben fertig. Ich esse gerade bei Familie Meiners. Was ist soweit?“
„Heute wirst du den legendären Magister kennenlernen. Treffunkt 20 Uhr am Bahnhof, den wirst du ja wohl wiederfinden, oder?“
„Ich hab‘ dir schon mal gesagt, nicht alle Musiker sind lebensuntüchtig, bis gleich.“
Petersen beschloss, ein wenig früher loszugehen, um noch am Bahnhofskiosk, der jetzt von den Inselfliegern betrieben wurde, einen Kaffee zu trinken. Als er sich dem Kiosk näherte, entdeckte er Rita Kolbow. Jetzt fiel es ihm ein. Eigentlich wollten sie zusammen mal wieder einen Kaffee trinken. Er hatte es verschwitzt. Einen Grund, sich gegenseitig zu ignorieren, gab es nicht. Petersen versuchte es jetzt auf die charmante Tour.
„Ist bei der jungen Dame noch ein Plätzchen frei?“, sprach er Rita an.
„Du brauchst dich hier nicht verstellen, Lars, solche Sprüche nehm‘ ich dir nicht ab. Setzt dich hin, und sei du selbst.“
Etwas perplex nahm er Platz. Rita ging weiter zum Angriff über.
„Du hast dich aber in letzter Zeit rar gemacht. Gehst du mir aus dem Weg?“
„Quatsch, ich hatte viel zu tun. Wir hatten ja den Todesfall von Lehrer Ramm.“
„Leichen pflastern deinen Weg, Lars Petersen. War das nun Selbstmord?“
„Zu laufenden Ermittlungen darf ich dir keine Auskünfte geben, das weißt du doch.“
„Das war ja jetzt aber tatortreif gesprochen. Es fehlt nur noch aus ermittlungstaktischen Gründen, ich lach mich tot.“

Irgendwie war Rita heute sehr giftig zu ihm, so dass er froh war, als Merti auftauchte.
„Nichts für ungut, ich muss los, da wartet ein Freund aus Bremen."
Etwas versöhnlicher kam es jetzt von Rita.
„Bin gespannt auf die Fresena-Party, da kannst du ja nicht den Clapton geben, den gab's ja damals noch nicht."
Petersen zahlte und ging auf Merti zu, der für seinen Geschmack viel zu touristisch gekleidet war, Caprihose und Flip Flops, grausam.
„Wir gehen zum Magister und nicht in den Bierkönig", pflaumte Petersen seinen Freund an.
„Das ist Beachwear, davon verstehst du nichts, du bist in den 70ern stehen geblieben", und deutete auf Petersens T-Shirt mit der typischen Rolling Stones-Zunge.
Die Tür des „Störtebekers" stand auf und aus dem Innenraum war *Sex on Legs* von Boss Hoss zu hören.
„Na ja, die Musik ist ja schon mal gut", bemerkte Merti.
„Oh, Sherlock Holmes hat heute seinen Dr. Watson dabei", kam es vom Tresen.
Merti musste grinsen.
„Guter Spruch, das gefällt mir."
Aufmerksam musterte er die Kneipe mit den Fischernetzen unter der Decke, den Gallionsfiguren und der Kugel, die sich unermüdlich mit dem Schriftzug *„wir sind hier nicht auf Sylt"* drehte.
Petersen stellte Merti als ehemaligen Bandkollegen und „Tanzmucker" vor. Merti ließ Petersen mit dieser Vorstellung nicht durch.
„Tanzmusik mache ich nur, weil ich von etwas leben muss."
Der Magister lachte.
„Bei mir musst du dich nicht entschuldigen, was denkst du, was ich mir aus beruflichen Gründen für `ne Scheiße hier

anhören muss, Tag für Tag und immer von denselben Leuten. Hier, unser Kriminalrat, der meint, er sei was Besseres, so was wie die Leuchte des Nordens."
Es ertönte die typisch dröhnende Lache des Magisters. Merti schien das alles zu gefallen. Petersen ahnte, dass der Abend heute auf seine Kosten ging.
Der Magister setzte nach.
„Was ist Lars, hast du Gesichtslähmung?"
„Das beste am Norden sind unsere Kommissare", kam es jetzt von Petersen zurück.
„Okay, du kannst ja doch noch parieren, ich dachte schon, von dir kommt nichts mehr."
Der Magister grinste und stellte zwei Jever auf die Theke. Im Folgenden entspann sich eine rege Unterhaltung zwischen Merti und dem Magister. Beide schienen sich blendend zu verstehen. Petersen kam sich etwas überflüssig vor, fand aber dann doch noch einen Gesprächspartner in Michael aus Wilhelmshaven. Auch hier wurde schwerpunktmäßig nur über Musik und Fußball diskutiert. Auf keinen Fall wollte Petersen am heutigen Abend versacken. Die Vorbereitung für die Aktion im Hause Ramm lag ihm schwer im Magen, deshalb war morgen ein klarer Kopf vonnöten. Da Merti keine Anstalten machte mitzugehen, zahlte er und verschwand in Richtung Charlottenstraße.

24

Der nächste Morgen begann mal wieder mit einem gemeinsamen Frühstück in der Wache. Anwärter Bernhard war verdonnert worden, Brötchen zu besorgen. Günter Naumann hatte Aufschnitt besorgt, so dass einem intensiven Arbeitsfrühstück nichts im Wege stand. Allerdings bestand Onno darauf, erst einmal in Ruhe zu frühstücken, ohne dass dabei über polizeiliche Dinge gesprochen werden sollte. Der Wunsch des Dienst-tellenleiters wurde akzeptiert, obwohl die Neugier allen anzumerken war. Nachdem das letzte Seelenbrötchen gegessen war, begann Petersen mit seinem Bericht von der gestrigen Sitzung in Wilhelmshaven. Die Kollegen hatten einige Nachfragen, die Petersen ruhig und sachlich beantwortete. Aber als es um die Sicherheit von Mona ging, traten die Bedenken in den Vordergrund. Günter Naumann war der erste, der sie formulierte.

„Wir sind hier doch nur kleine Dorfpolizisten, Lars vielleicht ausgenommen, aber wenn da in dem Haus was schiefläuft, sind wir, so glaube ich, mit unseren begrenzten Mitteln überfordert."

Bernhard, dessen Sorge um Mona ihm im Gesicht geschrieben stand, forderte für diesen Einsatz SEK-Beamte. Petersen war in einer schwierigen Situation. Er musste die Entscheidung von Wilbert und Siebert verteidigen, obwohl er die Bedenken seiner Kollegen teilte.

„SEK- Beamte auf der Insel, das würde sofort auffallen, selbst wenn die in Zivil agieren würden. Wenn wir hier relativ unauffällig rumlaufen, ist das nicht ungewöhnlich. Die Leute hier kennen uns. Denkt dran, wir sind jederzeit über

das, was da im Haus passiert, unterrichtet. Siebert, der Techniker und ich sitzen in der Parzelle. Einer bleibt in der Wache, um gegebenenfalls zu koordinieren. Die beiden andern halten sich in unmittelbarer Nähe des Hauses auf. Die Punkte müssen wir noch festlegen."
„Kann es denn zu einem Zugriff kommen?", unterbrach Naumann Petersens Ausführungen.
„Nur, wenn die Sicherheit von Mona gefährdet ist. Eigentlich sichern wir nur Beweise. Wann und wo ein Zugriff erfolgen kann, entscheiden Wilbert und Siebert. Übrigens, mit Mona darf unter keinen Umständen vorher Kontakt aufgenommen werden."
Petersens strenger Blick traf Anwärter Bernhard, der etwas errötete.
„Sollte jemand sie zufällig im Ort treffen, dann kennen wir sie nicht. Das ist sehr wichtig, davon hängt ihre Sicherheit ab."
Alle nickten.
„An welchen Garten hast du denn gedacht?", meldete Onno sich.
„Sehr gut eignen würde sich der Garten des Pensionärs von der Eisenbahn, mit dem hab' ich schon mal ein Bier im Korb getrunken. Der Garten liegt in den Osterdünen, hinter dem Haus von Ramm. Da weht häufig `ne Griechenlandfahne. Onno, ich würde dich bitten, das klar zu machen und weise ihn auf die Verschwiegenheit hin."
„Okay, das werd' ich ihm gleich mal verklickern."
„Wann soll das Ganze denn starten?", meldete sich noch einmal Naumann.
Petersen zuckte mit der Schulter.
„Wenn diese ominöse Firma anbeißt und sich mit der vermeintlichen Erbin, heißt also Mona, treffen will. Falls die

das Interesse verloren haben, sind wir im Arsch, so einfach ist das.“

Mona Behrens verließ die Polizeiinspektion Wilhelmshaven/Friesland mit einem unguten Gefühl. Ihr war nicht so recht klar, auf was sie sich da eingelassen hatte. Kommissar Wilbert hatte ihr die Aktion ziemlich plausibel als ungefährlich dargestellt. Sie sollte die vermeintliche Erbin von Lehrer Ramm spielen und ihre Verhandlungspartner aus der Reserve locken. Sie hatte die Briefe mit den Verkaufsangeboten studiert und den drohenden Ton wahrgenommen. Aber schon auf dem Parkplatz kamen ihr die ersten Zweifel. Was waren das für Leute, mit denen sie sich treffen sollte? Niemand schien sie zu kennen und vor diesem Hintergrund machte sich bei ihr Unsicherheit breit. Hinzu kam die Sache mit Lars. Ihr letzter Besuch auf der Insel war eine Katastrophe gewesen, an der sie nach ihrer Meinung nicht ganz unschuldig war. Auch das Verhältnis zu Simon Bernhard war beschädigt. Gut, sie war einige Male mit ihm ins Bett gestiegen. Er schien daraus aber Ansprüche an sie abzuleiten, die sie nicht bereit war, zu erfüllen. Für den heutigen Besuch in Wilhelmshaven war sie vom Dienst in Oldenburg freigestellt worden. Ein Aufenthalt in Wilhelmshaven, ohne einmal über den Deich zu schauen, war ein Unding, zumal sie frische Luft brauchte, um ihre Gedanken zu ordnen. Mit ihrem alten Ford Fiesta fuhr sie zum Südstrand und stellte ihren Wagen in Höhe Nassauhafen ab. Viele Touristen tummelten sich an diesem Tag auf der maritimen Meile Wilhelmshavens. Langsam schlenderte sie zum Deichschart und blickte auf den Jadebusen. Wenn Lars jetzt bei ihr wäre, würde er sie mit seinen maritimen Erklärungen volltexten. Irgendwie hatte sie es genossen, wenn er oberlehrerhaft meinte, ihr die maritime Welt erklären zu müssen. Sie lächelte in sich

hinein, wurde aber gleich wieder ernst. Ihre Sicherheit würde jetzt ein Stück weit von ihm abhängen. Es wäre besser gewesen, sich mit ihm vor der Aktion noch einmal auszusprechen, aber dafür war es jetzt zu spät. Ein Kontakt zu ihm war jetzt nicht mehr möglich. Simon hatte ihr berichtet, dass Lars sich fair und professionell ihm gegenüber verhalten würde. Danach hatte es ja nicht immer ausgesehen. Verunsicherung in der Wache auf Wangerooge hatte es gegeben, nachdem Lars nach dem besagten Abend nicht zum Dienst erschienen war. Sie hätte in dieser Konstellation niemals einen Besuch auf der Insel machen dürfen. Aber alles dies war jetzt nicht mehr zu ändern. Eine weitere Frage quälte sie. Warum hatte sie sich von Wilbert für diese Aktion breitschlagen lassen? Sicher, sie fühlte sich geschmeichelt über dieses Angebot und bei erfolgreichem Abschluss würde die Aktion Bonuspunkte bei ihren Vorgesetzten in Oldenburg geben. Lars hätte ihr vielleicht Karrieregeilheit unterstellt. War sie so schnell zu überzeugen, wenn ihr geschmeichelt wurde? Warum hatte sie ihre Sicherheitsbedenken nicht gegenüber Wilbert formuliert? Wollte sie keine Schwäche zeigen? Männer hätten wahrscheinlich nüchtern und sachlich argumentiert und Bedenken wären nicht als Schwäche gedeutet worden.
„Das ist wieder so ein Scheiß Frauending“, sagte sie halblaut zu sich selbst und zog den Reißverschluss ihrer Sweatshirt-Jacke höher und ging weiter. Ihre Unzufriedenheit mit sich selbst konnte jetzt nur mit einem Fischbrötchen bekämpft werden. An der Promenade hatte sie einen solchen Stand gesehen. Ungewöhnliche Situationen erforderten ungewöhnliche Mittel. Nachdem sie genüsslich ein Matjesbrötchen verspeist hatte, machte sie sich wieder auf den Rückweg nach Oldenburg. Ihre nächste Aufgabe war es, sich für den Wangerooge Job einzukleiden. Die Perücke war

schon bei einem Haarstudio bestellt. Jetzt musste sie nur noch die passenden Klamotten finden. Wilbert hatte die Vorgabe „etwas vertrottelte Sozialpädagogin" gegeben. Sie hatte nur mit dem Kopf geschüttelt über die Klischees, die bei diesem Mann in seinem Kopf herumspukten. Dass sie nicht als knallharte Business-Frau rüberkommen durfte, war ihr schon klar. Aber mit einem Sozialpädagoginnen Outfit konnte sie nur wenig anfangen. Sie würde schon etwas Passendes finden, dessen war sie sich sicher.

Im Polizeipräsidium der Bremer Polizei saß zur gleichen Zeit Kommissar Siebert an einem Briefentwurf an die Immobilia Brema. Eine spät entdeckte uneheliche Tochter von Simon Ramm bat um eine Kontaktaufnahme, da sie die Absicht habe, das Grundstück auf Wangerooge mit der dazugehörigen Immobilie zu verkaufen. In einer weiteren Notiz bastelte Siebert an einer Legende für Mona Behrens. Die uneheliche Tochter von Ramm war das Ergebnis eines One-Night-Stands an der Universität Göttingen. Da die Mutter in einer festen Beziehung lebte, verzichtete sie auf jegliche Ansprüche gegenüber dem Kindsvater. Eine Adoption durch den neuen Partner war nie in Erwägung gezogen worden. Eine zu ausführliche Legende bedeutete ein zu großes Risiko. Die Gefahr, dass Mona sich in Widersprüche verwickeln würde, war nach Sieberts Meinung zu groß, deshalb beschränkte er sich auf einen skizzenhaften Lebenslauf. Wichtiger war ein echt aussehender Erbschein, nach dem Mona mit Sicherheit gefragt werden würde, und das war sicher das Wichtigste für ihre Verhandlungspartner. Nachdem Siebert mehrfach seine Entwürfe überarbeitet, und sie von einem Kollegen gegengelesen lassen hatte, ging der Brief in die Post. Die

Notizen zur Legende der Erbin schickte er per Mail an Mona Behrens in Oldenburg. Siebert war sich bewusst, welch riskantes Spiel sie nun eröffnet hatten.

25

Die Kollegen des Polizeipostens Wangerooge waren alle zur morgendlichen Lagebesprechung versammelt. In ihren Gesichtern war die Anspannung deutlich zu sehen. Vor einer halben Stunde hatte Lars Petersen das verabredete Signal für die Aktion „Schimmelreiter“, so lautete der Deckname der Aktion, bekommen. Der Name Schimmelreiter war Petersens Idee. Die Novelle von Theodor Storm war eines der Lieblingsbücher von Stefan Ramm gewesen und nun galt es seinen mysteriösen Tod aufzuklären. Petersen hatte den Flipchart-Ständer aufgebaut. Das graue Umweltpapier war bereits mit einigen Markierungen versehen. In der Mitte des Blattes war ein Kreis mit der Beschriftung „Haus Ramm“ zu sehen. Mit den Worten „es ist soweit“, begann Petersen seine Ausführungen.

„Die Aktion Schimmelreiter startet morgen Abend gegen 19 Uhr. Heute noch wird der Kollege Siebert mit seinem Kriminaltechniker auf der Insel eintreffen. Günter, du wirst dem Techniker das Haus Ramm aufschließen. Dieser wird mit einer Monteurskluft der EWE getarnt sein. Du wirst zu diesem Zeitpunkt noch Uniform anhaben. Onno, du wirst dem Kollegen Siebert das Gartenhaus aufschließen, aber in Zivil. Dein Eisenbahner kann ruhig dabei sein und seine Griechenland-Fahne soll er gerne hängen lassen. Von mir aus könnt ihr da auch noch ein Bier trinken. Es muss alles so normal wie möglich aussehen.

Die Positionen für morgen sind wie folgt verteilt: Ich sitze mit Siebert und dem Techniker im Gartenhaus. Wir überwachen die Gespräche im Hause Ramm. Onno bleibt in

der Wache, wenn etwas schiefläuft, ist er unser Ansprechpartner. Kollege Bernhard hält sich in Zivil am Feuerwehrhaus auf. Für den Gemeindebrandmeister machen wir eine Übung. Günter, deine Position ist im Stationshäuschen der Seenotretter. Der Vormann ist informiert. Auch hier, wir machen eine Übung. Irgendwelche Aktionen nur auf meinen Befehl hin. Keine eigenmächtigen Sachen, wir gefährden sonst das Leben der Kollegin Behrens. Den Schlüssel für das Haus werden wir für sie am Bahnhof hinterlegen. Ganz wichtig und zwar lebenswichtig, keine Kontaktaufnahme! Wenn sie jemand trotz ihrer Maskerade erkennt, nicht grüßen, weitergehen! So, noch Fragen Kollegen?“
Naumann meldete sich.
„Was ist mit der Dienstwaffe?“
„Alle tragen die Dienstwaffe im Holster unter einer Jacke. Zieht euch freizeitmäßig an. Aber bitte keine Flip-Flops, falls wir schnell sein müssen.“
„Wat is dat denn, Flip-Flop?“, brummte Onno aus dem Hintergrund.
Die Runde lachte. Die Anspannung war etwas aus ihren Gesichtern gewichen. Anwärter Bernhard aus der Generation der Flip-Flop-Träger erklärte Onno aber trotzdem das Aussehen dieses Schuhwerks.

Einige Stunden später ging Mona Behrens alias Katharina Richter an Bord der MS Wangerooge. Auf dem Rücken hatte sie einen Rucksack der Marke Eastpak. Ihre Rothaarperücke war perfekt angepasst, so dass niemand den Schwindel merken konnte. Das mit Batik bedruckte T-Shirt erinnerte etwas an den 70er Jahre Look der frühen Hippies. Als Hose hatte sie eine schwarze Haremshose ausgewählt, die bequem und praktisch war. Falls sie sich wehren musste, konnte sie keine engen Hosen, wie sie sie sonst zu tragen pflegte, gebrauchen. Bei den Schuhen hatte sie sich für ihre alten ausgeleierten Jogging-Schuhe entschieden. Da es ein herrlicher Sommertag war, nahm sie auf dem Oberdeck Platz. Aus der Außentasche ihres Rucksacks nahm sie einen Zettel, der überschrieben war mit den Worten: Legende der Katharina Richter.

Die Nacht im Haus Am Wattenmeer verbrachte sie auf dem Sofa im Wohnzimmer. Der muffige Geruch im Haus war trotz intensiven Lüftens nicht verschwunden. Das Frühstück gönnte sie sich im Café Pudding. Nach einem kleinen Spaziergang am Strand erledigte sie noch einige Einkäufe. Die nächsten Stunden wollte sie im Haus verbringen, um sich auf das Gespräch mit den Vertretern der Firma vorzubereiten. Vielleicht waren sie schon auf der Insel und erkundeten die Umgebung. Aber nach welchen Personentypen sollte sie Ausschau halten? Während sie die Zedeliusstraße herunterschlenderte, glaubte sie an Paranoia zu leiden. In jedem ihr entgegenkommenden Touristen meinte sie, einen Vertreter der Firma zu erkennen. Es war Zeit ins Haus zurückzukehren, sonst würde sie die psychische Balance verlieren. Direkt vor dem Bahnhofsvorplatz, sie wollte gerade rechts in die Straße Am Wattenmeer einbiegen, kam ihr Lars Petersen entgegen. Genau das hatte ihr jetzt noch gefehlt, um ihre Psyche komplett aus dem Gleichgewicht zu bringen. Er war in Zivil gekleidet, helle blaue Jeans, T-Shirt, auf dem in roter Schrift „Fender Guitars“ stand. Seine Kurzhaarfrisur brachte seine Geheimratsecken deutlich zum Vorschein. Sein Gesicht war braungebrannt. Die schwarze Ray-Ban Sonnenbrille verdeckte seine stahlblauen Augen, in die sie so gerne geblickt hatte. Irgendwie hatte er in diesem Outfit so nichts von einem Dorfpolizisten, eher erinnerte er an einen alternden Rockstar. Auf seine Weise war er das ja auch. Ihr entging nicht, wie er sie trotz Sonnenbrille fixierte. Angestrengt musterte er sie. Ihre Tarnung schien also nicht so schlecht zu sein. Nach etwa zehn Sekunden wurde die Anstrengung in seinem Gesicht durch ein breites Grinsen abgelöst. Er hatte sie erkannt. Dieses Grinsen hatte sie lange nicht mehr an ihm gesehen. Ihre letzte Begegnung war eher durch Wut und Trauer bestimmt gewesen. Nach dem kurzen Grinsen legte Petersen wieder sein Pokergesicht auf und ging grußlos an ihr vorbei. Eine fast unwirkliche Situation für sie, aber genauso war es verabredet. Am liebsten hätte sie ihn in den Arm genommen, aber sie fürchtete, dass diese Zeiten vorbei waren.

Den Nachmittag verbrachte sie mit der Vorbereitung des Gesprächs. Um 17 Uhr war eine technische Probe angesetzt. Es sollte getestet werden, ob die Abhörverbindung zum Gartenhäuschen funktionierte. Nur langsam verging die Zeit bis zum verabredeten Termin. Auf dem Wohnzimmertisch hatte sie die Verkaufsangebote der Firma an Ramm drapiert, sowie den gefälschten Erbschein. Um Punkt 17 Uhr begann sie laut im Wohnzimmer zu sprechen. Nach einer Minute klingelte ihr Handy. Der Kriminaltechniker bestätigte die gute Verbindung. Danach begann Mona damit, ihre Dienstwaffe an ihren Oberschenkel zu kleben. Unter der weiten Hose fiel die Waffe nicht auf. Auf eine direkte Verkabelung war verzichtet worden. Ein Knopf im Ohr wäre denn doch zu auffällig gewesen.
Gegen 18 Uhr beobachtete sie aus dem Terrassenfenster einen Mann, der mehrfach vor dem Haus auf und ab ging. Obwohl Hochsommer war, trug er einen schwarzen Blouson, eine Art Bomberjacke. Bei diesen Temperaturen

würde ein Tourist wohl kaum in diesem Outfit rumlaufen. Der Mann hatte einen kahlgeschorenen Kopf. Sein Gesicht konnte sie nicht erkennen. Aber sein durch Krafttraining aufgepumpter Oberkörper deutete darauf hin, dass er wohl der Mann fürs Grobe war. Sie ging in die Mitte des Wohnzimmers und gab laut redend ihre Beobachtung weiter. Noch einmal klingelte ihr Handy. Lars bestätigte, dass der Mann seinen Kollegen an ihren Beobachtungsposten aufgefallen war.

„Das war jetzt die letzte Meldung, viel Glück."

Die Stimme von Lars gab ihr eine gewisse Sicherheit. Jedenfalls bildete sie sich dies ein. Der Mann draußen war wieder verschwunden. Eine Gruppe von Touristen kam von einer Wattwanderung zurück. Erschöpft trugen sie ihre Gummistiefel, die sie eigentlich bei diesen Temperaturen nicht gebraucht hätten. Der Wattführer überholte jetzt die Gruppe mit dem Fahrrad. In der rechten Hand trug er eine Art Forke. Als die Gruppe verschwunden war, zuckte sie zusammen. Direkt vor der Gartenpforte standen sie: Ein „Anzugtyp" mit vollen, gegelten schwarzen Haaren. In der rechten Hand trug er einen Aktenkoffer, wie sie ihn schon mal bei Gericht in den Händen von Anwälten gesehen hatte. Dahinter sein „Gorilla", immer noch mit der schwarzen Bomberjacke bekleidet. Beide sahen sich noch einmal um, bevor sie die Gartenpforte öffneten und das Grundstück betraten. Laut sprach sie noch einmal in den Raum, damit ihre Mithörer gewarnt waren: „Es geht los! Sie kommen. Zwei Mann, einmal, der mit der Bomberjacke und ein schlanker Anzugträger, schwarze Haare."

Mona, alias Katharina Richter, öffnete die Eingangstür. Der Anzugträger stellte sich mit Dr. Rudolph vor und seinen Begleiter als Gregor Ivankov. Frau Richter bat die beiden ins Haus. Alle drei nahmen in der Sitzecke im Wohnzimmer

Platz. Getränke wurden abgelehnt. Dr. Rudolph kam sofort zur Sache.

„Frau Richter, Sie sind ja recht plötzlich als Erbin von Herrn Ramm aufgetaucht. In welchem verwandtschaftlichen Verhältnis standen Sie zu Herrn Ramm?“, fragte er misstrauisch.

„Ich bin seine uneheliche Tochter. Da meine Mutter nie wollte, dass diese Tatsache ans Tageslicht kommen sollte, habe ich auch erst vor einer Woche davon erfahren. Es herrschte anscheinend eine stille Übereinkunft zwischen meinem Vater und meiner Mutter.“

Um weiterem Misstrauen zu begegnen, schob sie den Erbschein in Richtung Dr. Rudolph. Ivankov wirkte gelangweilt, musterte aber beiläufig das Wohnzimmer. Hoffentlich hat der Kriminaltechniker gute Arbeit geleistet, sonst bin ich sofort im Arsch, dachte Mona Behrens. Sie musste jetzt in die Offensive gehen.

„Ich habe im Nachlass meines Vaters diese Ihre Briefe gefunden. Sie scheinen ja sehr scharf auf dieses Grundstück zu sein. Gerade die letzten beiden Kaufangebote sind in einem sehr aggressiven Ton geschrieben. Man könnte meinen, dass Ihnen der Tod meines Vaters sehr entgegenkommt.“

Dr. Rudolph konnte seine Überraschung kaum verbergen. Sie hatte also die Briefe, nach denen er hatte suchen lassen. Fast entschuldigend entfuhr es ihm:

„Ihr Vater war sehr schwierig in den Verhandlungen, da haben wir wohl ein wenig die Geduld verloren. Wichtig ist doch vor allem, dass Sie verkaufen wollen.“

Jetzt ging ihr das Ganze viel zu schnell. Sie musste jetzt auf Risiko gehen, sonst war die Veranstaltung sehr schnell vorbei.

„Wussten Sie davon, dass mein Vater beschuldigt wurde, pädophile Bilder zu besitzen und zu vertreiben?“
Dr. Rudolph runzelte die Stirn.
„Davon ist mir nichts bekannt. Woher wissen Sie das?“
„Von der Polizei, die vermuten sogar, dass ihm die Bilder untergeschoben wurden.“
Der Doktor hatte sich das Ganze hier etwas anders vorgestellt. Die etwas unbedarft aussehende „Tussie“ entpuppte sich als zäh und nassforsch. Ihre Fragen kamen fast einem Verhör gleich. Woher wusste sie von der Sache mit den Bildern? Die Polizei konnte doch wohl unmöglich dahinter gekommen sein. Wenn ja, dann wurde es brenzlig. Er musste aus dieser Verhörsituation rauskommen.
„Sagen Sie mal, Frau Richter, wollen Sie nun eigentlich verkaufen, oder wollen Sie uns mit irgendwelchen abenteuerlichen Vermutungen beleidigen?“
„Natürlich will ich verkaufen, ich habe kein Interesse an diesem Grundstück. Vorher interessiert mich aber, wie mein Vater zu Tode gekommen ist.“

Hundert Meter weiter im Gartenhäuschen in den Osterdünen lauschten die drei Männer gebannt der Unterhaltung. Lars Petersen lief der Schweiß von der Stirn, Jens Siebert kaute an seinen Fingernägeln.
„Mädchen, Mädchen du kommst zu schnell zur Sache. Wenn das man gut geht!“
Kriminaltechniker Meyer schien nicht so engagiert wie seine Kollegen. Er war froh darüber, dass seine Technik funktionierte und jedes Wort verständlich rüberkam.

Im Hause Ramm wurde der Ton aggressiver. Dr. Rudolph lockerte seine Krawatte.

„Woher sollen wir denn das wissen, wie Ihr Vater zu Tode gekommen ist. Das hört sich ja hier alles so an, als würden Sie uns verdächtigen."
Der letzte Satz hätte so nicht fallen dürfen. Dr. Rudolph war in diesem Moment klar, dass er einen Fehler gemacht hatte. Mona Behrens alias Katharina Richter nahm diese Vorlage bereitwillig auf.
„Auf den Gedanken könnte man kommen. Sie treiben meinen Vater in den Selbstmord, um an das Grundstück zu kommen, was für sie so ungemein wertvoll ist, Stichwort ortsnaher Hafen."
Für Dr. Rudolph war jetzt eine rote Linie überschritten. Für einen Moment verlor er seine Beherrschung. Wütend sprang er auf.
„Selbst für einen Suizid war Ihr Vater zu widerspenstig, den haben wir dazu zwingen müssen, und dann wollte der auch noch zu diesem blöden Friedhof. So, nun ist Schluss mit dem Theater. Sie unterschreiben jetzt den Kaufvertrag, bekommen Ihr Geld und alles ist gut!"
Sichtlich nervös fingerte er das Schriftstück aus seinem Aktenkoffer. Auch sein Gorilla war jetzt aufgestanden und hatte die Hand unter dem Blouson. Katharina Richter blieb sitzen. Innerlich ermahnte sie sich zur Ruhe, aber ihr Herz pochte wie wild.

Im Gartenhaus klatschten sich Petersen und Siebert ab. „Jetzt haben wir die Schweine."
Ihre Euphorie war aber nur von kurzer Dauer, denn augenblicklich danach sagte ‚Katharina'
selbstbewusst zu sich selbst: „ Ich müsste da noch einen draufsetzen!"
„Das ist aber ein klares Geständnis, dessen sind Sie sich schon bewusst, Herr Doktor, oder?"

„Vergessen Sie es, wie wollen Sie das beweisen? Hier steht es 2:1.Sie haben keine Chance mit so einer Behauptung."
Er gab dem Gorilla ein Zeichen und dieser zog nun unter der Jacke eine Pistole hervor.
„Unterschreiben", schrie Dr. Rudolph, wobei seine Stimme sich überschlug.
Würde sie unbemerkt an ihre Waffe kommen? Keine Chance, Ivankov ließ sie nicht aus den Augen. Sie musste ihren Kollegen irgendwie mitteilen, dass sie mit einer Waffe bedroht wurde.
„Sie bedrohen mich mit einer Waffe?", schrie sie schrill in den Raum.
„Was macht sie denn jetzt?"
Petersen schlug mit der flachen Hand auf den Tisch. Jetzt machte sich Panik breit.
Dr. Rudolph war ein intelligenter Mann. Dass sie Katharina Richter mit einer Waffe bedrohten, konnte jeder in diesem Raum sehen. Warum betonte sie dies und dann auch noch so laut?
„Gregor durchsuch sie, hier stimmt was nicht!"
Katharina Richter mutierte schlagartig wieder zur Mona Behrens. Als Ivankov sich ihr nähern wollte, holte sie zu einer Beinschere aus. Ihr Gegenüber war schneller und trat ihr das Standbein weg, so dass Mona recht schmerzhaft auf dem Rücken landete. Ivankov gab seine Waffe an Dr. Rudolph weiter, um Mona abzutasten. Sofort hatte er die Waffe, die an ihrem Oberschenkel mit einem Klebeband befestigt war, gefunden.
„Diese Marke nur Polizei haben", radebrechte er in gebrochenem Deutsch.
„Scheiße, wir müssen hier raus. Wir nehmen sie mit", prustete Rudolph in den Raum.

„Scheiße, Scheiße, Scheiße“, brüllte Petersen, „ ich hab’s geahnt, das läuft uns hier aus dem Ruder. Die nehmen sie als Geisel mit und wir haben kein SEK in der Nähe!“
„Beruhig dich, Lars. Lass uns überlegen, was wir machen. Wohin gehen die jetzt mit ihr?“ Siebert zwang sich, ruhig zu bleiben. Petersen atmete tief durch. Sieberts sachliche Art übertrug sich jetzt ein wenig auf ihn. Konzentriert überlegte er, wie die Entführer vorgehen würden.
„Durch den Ort werden die ja wohl kaum mit ihr gehen, sonst haben wir Gladbeck in Wangerooge. Ich tippe auf den Westen in Richtung Hafen. Vielleicht haben die da sogar ein Boot liegen. Wir müssen sie unauffällig verfolgen. Ich denke nicht, dass die uns kennen. Vielleicht ergibt sich irgendwo eine Zugriffsmöglichkeit.“
„Okay.“ Siebert war erfreut, dass sein Kollege sich wieder gefasst hatte.
„Was ist, wenn wir sie mit dem Boot entkommen lassen und in Harlesiel macht das SEK seine Arbeit.“
„Erstens wissen wir nicht, ob sie nach Harlesiel fahren. Wenn sie revierkundig sind und die Tide stimmt, können sie auch nach Neuharlingersiel oder Wilhelmshaven, da gibt es viele Optionen. Was ist, wenn die kein eigenes Boot im Hafen haben und dort einen Bootsführer zwingen, sie wegzubringen, dann haben wir eine zweite Geisel. Nein Jens, so bitter und riskant das ist, wir müssen das hier auf der Insel beenden.“
Siebert wollte nicht widersprechen. Petersens Argumente lagen auf der Hand. Er wirkte klar und sicher in seinen Ausführungen. Lange kannten die beiden sich noch nicht, aber Siebert vertraute seinem Kollegen. Betont teilnahmslos packte Kriminaltechniker Meyer seine Sachen zusammen.
„Für mich war’s das, oder?“, fragte er in Richtung Siebert.

Petersen hätte ihn am liebsten gegen die Wand geklatscht. „Kabelaffe“, murmelte er halblaut.
Siebert konnte die Verärgerung seines Kollegen verstehen, aber bei dem, was sie vorhatten, konnten sie Technik-Meyer, so wurde er in Bremen genannt, nicht gebrauchen.
„Du bleibst hier, bis du Nachricht bekommst, ist das klar?“
„Aye, aye, Sir“, kam die Antwort, auch dafür hätte Petersen ihm gerne eine reingehauen.
Petersen nahm jetzt Verbindung zu seinen Kollegen auf.
„Achtung, da ist was schiefgelaufen. Die drei Personen verlassen das Haus. Kollegin Behrens wahrscheinlich als Geisel genommen. Bitte Meldung, wie sie aus dem Haus kommen und welchen Weg sie einschlagen. Keine eigenmächtigen Handlungen. Zugriff nur auf meinen Befehl hin, over!“
Es war ein Knacken in der Leitung zu hören. Günter Naumann war der erste, der sich meldete. Vom Geräteschuppen der Seenotretter konnte er in einen Teil der Osterdünen einsehen, die hinter dem Hause Ramm lagen.
„Drei Personen kommen über die Osterdünen aus dem Haus. Sie bewegen sich in Richtung Schotterweg. Der Anzugtyp geht voran, dahinter die Kollegin. Der Gorilla folgt ihr. Ich glaube, er hat unter seiner Jacke die Waffe auf die Kollegin gerichtet. Vorsicht bei euch, Lars, die kommen dicht bei euch vorbei, over.“
„Da kommen sie“, flüsterte Siebert, „runter alle Mann!“
Technik-Meyer kam dieser Aufforderung nur sehr langsam nach, so dass Petersen ihn mit sanfter Gewalt runterdrückte.
„Aua, Sie tun mir weh!“, kam es sofort.
„Schnauze“, fuhr Lars ihn an.
Siebert konnte sich ein Grinsen nur schwer verkneifen, obwohl er sich für seinen Mitarbeiter schämte.
Jetzt meldete sich erneut Günter Naumann.

„Sie haben den Schotterweg erreicht und queren ihn. Jetzt bleiben sie stehen."
„Wir brauchen einen Plan, Lars", flüsterte Siebert, nachdem sie sich wieder aufgerichtet hatten.
Petersen nickte.
„Langsam, erst einmal müssen wir sehen, wo die hingehen, Straße des Westens oder in die Dünen."
Naumann meldete sich wieder.
„Sie biegen direkt neben dem Stationshäuschen in die Dünen ab, over."
„Das ist gut, da sind nicht so viele Leute, enges Gelände."
Siebert sah ein, dass er hier nur die zweite Geige spielen konnte. Sein Kollege kannte die Gegebenheiten auf der Insel, außerdem schien er über mehr Erfahrung bei operativen Aktionen zu verfügen als er selbst. Seine Tätigkeit im Referat OK war mehr auf Recherche ausgelegt, Netzwerke erkennen und das Geflecht entwirren.
Hoffentlich passierte Mona nichts. Die Angst machte Petersen fast wahnsinnig, aber er zwang sich wieder zur Professionalität. Petersens Gehirn arbeitete auf Hochtouren. Relativ ruhig und klar gab er erneut Anweisungen an seine Kollegen.
„Günter, du gehst relativ zügig den Weg auf dem Deich in Richtung „Gasthof Jan Seedorf". Falls sie beim Friedhof rauskommen, mach bitte eine Meldung, wie sie weitergehen, over!"
Jetzt wandte er sich an Simon Bernhard.
„Simon", es war ihm jetzt egal, dass er ihn duzte. Es musste schnell gehen, „du gehst langsam die Straße zum Westen runter, aber langsam. Ich vermute, dass sie irgendwo am Friedhof rauskommen. Du darfst sie nicht treffen, also langsam, over."
„Und was machen wir?", fragte Siebert.

„Wir nehmen den höheren Weg, der parallel in den Dünen verläuft, da hab' ich neulich gerade einen auf die Nuss bekommen."
Langsam verließen sie das Gartenhaus. Jetzt meldete sich auch noch Onno. Das konnte er nun überhaupt nicht gebrauchen.
„Funkstille", flüsterte er und drückte Onno weg.
Zwei Touristinnen bogen in den Dünenweg ab, den die drei genommen hatten.
„Hoffentlich holen die die nicht ein", murmelte Petersen.
Siebert und er bogen nun in den parallelen Weg in die Dünen ein. Ein Blick auf die Geiselnehmer war zu diesem Zeitpunkt nicht möglich. Büsche und Bäume versperrten die Sicht. Sie waren voll und ganz auf die Meldungen der Kollegen angewiesen. Nach etwa zehn Minuten meldete sich Günter Naumann.
„Sie sind jetzt hinter dem Friedhof und halten sich links. Gleich werden sie auf die Straße zum Westen treffen, over."
Simon Bernhard, der entgegen der Anweisung von Petersen, doch recht zügig gegangen war, bog in Höhe Bielefelder Haus um die Ecke und lief direkt auf die Dreiergruppe zu. Sein Herz begann zu rasen. Wenn er nicht gewusst hätte, dass Mona anders aussah, hätte er sie nicht erkannt. Irgendwie wirkte die Szene skurril. Der Anzugträger mit seinem Aktenkoffer und der „Blouson Gorilla" hatten Mona wie einen Sandwich eingeklemmt. Er durfte jetzt keine Unsicherheit zeigen. Wenn er das jetzt hier versauen würde, war seine Polizeikarriere beendet, bevor sie überhaupt angefangen hatte. Der Anzugträger begann bereits, ihn misstrauisch zu mustern. Bernhard hatte keine Wahl. Er fasste sich ein Herz und ging an der Dreiergruppe vorbei. Es tat ihm in der Seele weh, Mona in dieser üblen Situation zu sehen. Sie verzog keine Miene.

Als Mona ihren Schützling Simon entgegenkommen sah, war sie erleichtert. Augenscheinlich waren die Kollegen in der Nähe. Es beruhigte sie ein wenig in ihrer Zwangslage. Hoffentlich machte der unerfahrene Simon jetzt keinen Fehler. Mit einem unbeteiligt wirkenden Gesicht ging er vorbei. Allerdings waren Mona die Schweißtropfen, die über seine Stirn perlten, nicht verborgen geblieben.
Aus den Augenwinkeln beobachtete Simon, wie die Gruppe jetzt wieder in die Dünen einbog.
„Gruppe biegt bei SOS-Punkt 42 wieder in die Dünen ein und geht in Richtung Saline, over", meldete er sofort an Petersen weiter.
„Scheiße", murmelte Petersen, „woher soll ich wissen, wo der SOS-Punkt 42 ist?"
Aber jetzt war klar, dass die Gruppe in Richtung Saline weiterging. Hatten sie die Saline erreicht, war das Gelände wieder recht flach und von allen Seiten einsehbar. Petersen musste eine Entscheidung treffen.
„Ein Zugriff ist nur in den Dünen möglich. Wenn sie erst aus den Dünen raus sind, haben wir keine Chance mehr."
Siebert, der keuchend hinter Petersen herlief, machte sich Sorgen um seinen Kollegen.
„Lars, wenn das hier schiefgeht, kann dich das deinen Job kosten. Wenn wir nichts unternehmen, liegt die Verantwortung bei Wilbert und mir, weil wir diese Aktion geplant haben."
„Du vergisst Mona, wenn die mit ihr von der Insel kommen, ist die Wahrscheinlichkeit groß, dass sie umgebracht wird. Und über meine Karriere musst du dir keine Gedanken machen. Ich sitze hier auf dieser Insel mit einem Diszi am Hals und einer satten Gehaltskürzung, also forget it."
Er hatte eine Entscheidung getroffen.

„An alle, wir machen den Zugriff im letzten Drittel der Dünenkette. Günter, du nimmst Deckung am Dünenausgang in Höhe Jan Seedorf. Simon, du folgst den dreien, aber so langsam, dass sie dich nicht sehen können. Ich werde euch gleich auffordern, einen Warnschuss abzugeben, haltet eure Waffen bereit!“
„Und was machen wir?“ kam es von Siebert.
„Wir nehmen jetzt den oberen Dünenweg und gehen parallel zu den Flüchtenden. Wir müssen uns aber beeilen. Ich möchte vor ihnen am Dünenausgang sein.“
Im Laufschritt ging es für die beiden Beamten durch die Dünen. Für Petersen war klar, dass diese Lauferei ein Nachteil war. Sollte es zu einem Schusswechsel kommen, würde seine schnelle Atmung die Aussicht auf einen präzisen Schuss mindern. Das Risiko musste er eingehen. Mona hatte einige Wochen Dienst beim SEK gemacht. Sie würde wissen, was zu tun war, wenn es zu einem Schusswechsel kommen sollte, zumindest war das seine Hoffnung. Petersen und Siebert hatten jetzt eine Dünenkuppe erreicht, von der sie einen guten Blick auf den mittleren Dünenpfad hatten. Der Weg führte direkt durch zwei Dünenhügel, eine Art Mini-Canyon. Die Entfernung zum Weg betrug nach Petersens Schätzung 10 bis 15 Meter. Die Dreiergruppe war noch nicht zu sehen. Zur Sicherheit fragte er noch einmal die Positionen seiner Kollegen ab. Günter und Simon waren bereit.
„Was ist meine Rolle?“, meldete sich Siebert.
„Du gibst auch einen Warnschuss ab. Ich will sie verunsichern. Sie sollen denken, dass hier `ne ganze Einheit auf sie wartet.“
Beide Beamten kontrollierten ihre Waffen und entsicherten sie. Gott sei Dank hatte sich Petersens Atmung wieder etwas beruhigt.

„Da kommen sie“, flüsterte Siebert.
Die Dreiergruppe trippelte in sehr langsamem Tempo den Dünenpfad entlang. Dr. Rudolph ging ungefähr einen Meter vor Mona, immer noch seinen Aktenkoffer in der rechten Hand. Ivankov schubste Mona dicht an sich gedrängt vor sich her. Noch etwa 50 Meter und die Gruppe war auf gleicher Höhe mit Petersen und Siebert.
„Achtung, Waffen entsichern“, gab er an seine Kollegen durch.
„Ich möchte nacheinander die Warnschüsse haben. Auf mein Kommando fängt Günter an, dann machen wir hier oben Krach und, Simon, du dann als letzter. Halte Abstand, nicht dass der Gorilla dich sieht und auf dich schießt.“
Der Schuss von Simon war wichtig. Petersen erhoffte sich davon, dass Ivankov sich umdrehen würde.
„Noch 20 Meter“, gab er durch. Touristen waren nicht in Sichtweite.
„Schussfreigabe, Günter“, kommandierte Petersen, dessen Muskulatur bis aufs Äußerste angespannt war.
Jetzt ging alles sehr schnell.
Gut vernehmbar peitschte Naumanns Schuss durch die Dünen. Dann kam Siebert. In der Dreiergruppe war Unruhe, Dr. Rudolph kam ins Stolpern. Mona hatte ihm augenscheinlich einen Tritt versetzt. Simon schoss. Ivankov drehte sich kurz um. Er war verunsichert. Etwa eine Sekunde nach Simons Schuss, zielte Petersen auf Ivankov und traf. Schreiend sackte dieser zu Boden. Mona drehte sich um und stürzte sich auf ihn. Ihr gelang es sofort, ihm die Waffe zu entreißen. Nach Petersen Kommando „Zugriff“ stürzten die Kollegen mit gezückter Waffe auf die Gruppe zu. Dr. Rudolph konnte nicht getroffen sein, verhielt sich aber so, als wenn die Totenstarre bei ihm schon eingetreten wäre. Früher nannten wir das „Toter Mann“ spielen, dachte

Petersen, als er auf Ivankov zustürmte. Günter Naumann kümmerte sich um Dr. Rudolph. Mona, Petersen und Simon hatten den am Boden liegenden Ivankov umstellt. Das Anlegen der Handschellen erübrigte sich. Er krümmte sich vor Schmerzen. Petersen kontaktierte sofort Onno in der Wache.

„Wir brauchen den Krankenwagen zur Saline. Ruf den Doc an, der muss auch kommen! Die Feuerwehr soll das Gelände absperren. Ich denke, dass der Hubschrauber kommen wird."

Onnos besorgte Nachfrage, was denn passiert sei, drückte Petersen weg. Er hatte jetzt andere Probleme. Das Schreien von Ivankov ging ihm durch Mark und Bein. Hoffentlich hatte er ihn nicht lebensgefährlich getroffen, dann wäre für ihn wohl Schicht im Schacht. Günter Naumann befahl Dr. Rudolph aufzustehen, was dieser auch tat, wenn auch zögerlich. Naumann legte ihm Handschellen an und forderte ihn auf, sich am Dünenrand hinzusetzen. Auf Ivankovs Hemd, etwa in Höhe der linken Schulter, war jetzt ein Blutfleck zu sehen, der sich merklich vergrößerte.

„Wir müssen die Blutung irgendwie stoppen", murmelte Mona, die kreidebleich war.

„Simon, kümmer' dich um Mona!"

Petersen zog eine Packung Tempotaschentücher aus seiner Hosentasche und wollte damit das Blut aufsaugen. Lupenreine Erste Hilfe war das nicht. Nach einigen Minuten, die sich aber wie eine Ewigkeit anfühlten, war jetzt das Martinshorn des Rettungswagens zu hören. Mit hohem Tempo raste dieser die Straße gen Westen entlang. Naumann winkte den Wagen heran. Sofort kümmerten sich die beiden Rettungssanitäter um den Verletzten. Einige Minuten später traf Doktor Meyerdierks auf seiner Vespa ein. Mit einer Trage wurde Ivankov in den Rettungswagen

gehoben und dort behandelt. Erst jetzt konnte sich Petersen um Mona kümmern, die mit Simon am Dünenrand saß.
„Wie geht es dir? Hast du was abbekommen?“, was anderes fiel ihm nicht ein. Irgendwie fühlte er sich hilflos ihr gegenüber. Auch die Anwesenheit von Simon hemmte ihn.
„Es geht so“, kam es mit leiser Stimme zurück. Im selben Moment zog sie sich die Perücke vom Kopf und ihre langen, blonden Haare fielen über ihre hängenden Schultern.
Simon nahm ihre Hand, was Petersen überhaupt nicht passte, aber er war zu sehr mit dem Abwickeln der Lage beschäftigt, als sich weiter Gedanken um Zärtlichkeiten zu machen. Mittlerweile war auch die Feuerwehr mit zwei Fahrzeugen eingetroffen. Mit dem Brandmeister besprach er die Absperrungen. Der Hubschrauber würde vor dem Inselgasthaus „Jan Seedorf“ landen. Siebert hatte es übernommen, mit Wilbert zu telefonieren und ihm die Lage zu unterbreiten. Nachdem Siebert das Gespräch beendet hatte, sprach er Petersen, dem der Stress ins Gesicht geschrieben stand, an.
„Wilbert schickt noch einen Hubschrauber. Dr. Rudolph sollte sofort nach Oldenburg geflogen werden. Die Kollegin Behrens soll auch mitfliegen. Sie muss psychologisch betreut werden. Der Rettungshubschrauber fliegt nach Sanderbusch. Kollegen werden dort Ivankov bewachen.“
„Und sonst, Vorwürfe?“
„Nein, im Gegenteil, der ist froh, dass die Sache vor Ort geklärt wurde. Berichte will er natürlich haben. Er lässt dich übrigens grüßen, das ist doch ein gutes Zeichen, oder?“
Siebert klopfte Petersen auf die Schulter, „sauber gemacht, Lars, Kompliment.“
Petersen nickte zögerlich.
„Mal abwarten, was mit dem Gorilla ist, ob er durchkommt? Sonst habe ich die Arschkarte.“

„Bleib ruhig, Lars, ich glaube nicht, dass du ihn im Bauch oder Herzbereich getroffen hast."
„Dein Wort in Gottes Ohr."
Mittlerweile hatten sich einige Menschen an der Absperrung versammelt. Es wurde Fotos und Filme mit Handys gemacht, so wie das heute üblich war. Eine Seuche, wie Petersen fand.
Von Ferne war schon das Dröhnen des Rettungshubschraubers zu hören. Routiniert hatten die Feuerwehrleute ein Landekreuz ausgelegt. Doktor Meyerdierks stieg aus dem Rettungswagen und ging auf Petersen zu, der ein zerknirschtes Gesicht zog. Der Doc ahnte, warum Petersen nicht gerade einen souveränen Eindruck machte.
„Moin, Herr Petersen, ich kann Sie beruhigen. Schultersteckschuss, die Kugel ist in den unteren Bereich der Schulter eingedrungen. Es besteht keine Lebensgefahr. Die werden das in Sanderbusch wieder hinkriegen. Machen Sie sich keine Sorgen."
Petersen war die Erleichterung anzusehen. Etwas überschwänglich drückte er die Hand des Arztes. Meyerdierks nickte dem Polizisten freundlich zu. Der Hubschrauber war gelandet und Ivankov wurde eingeladen. Kaum hatte der Helikopter abgehoben, dröhnte es aus einer anderen Richtung. Ein olivgrüner Polizeihubschrauber näherte sich nun aus Richtung Harlesiel dem provisorischen Landeplatz. Immer mehr Schaulustige trudelten ein. Es würde nicht mehr lange dauern, und die ganze Aktion war im Netz zu verfolgen. Petersen gab Naumann ein Zeichen, dass er Dr. Rudolph zum Landeplatz bringen sollte. Dann wandte er sich an Mona.
„Du fliegst mit nach Oldenburg. Die Polizeipsychologin wird sich um dich kümmern. Wenn es dir besser geht, schreibe bitte einen Bericht an Wilbert."

Mona wollte wegen der Psychologin protestieren. Petersen aber ließ sie nicht zu Wort kommen. Er beugte sich zu ihr runter und legte vorsichtig seine Hand auf ihre Schulter.
„Das ist eine dienstliche Anweisung!"
Wobei ihm klar war, dass er ihr überhaupt keine Anweisungen zu geben hatte, bestenfalls eine bestehende Anordnung weitergeben konnte.
Langsam erhob sie sich, ging auf Petersen zu und umarmte ihn leidenschaftlich.
„Du hast mir das Leben gerettet, dafür danke ich dir", flüsterte sie ihm ins Ohr.
„Ich weiß, ich habe dir sehr wehgetan, dafür entschuldige ich mich."
Sie gab Petersen, der völlig perplex war, einen Kuss auf den Mund. Danach sackte sie zusammen und bekam einen Weinkrampf.
Dr. Meyerdierks, der noch in der Nähe war, diagnostizierte sofort einen Schock. Bernhard und Petersen halfen ihr wieder auf und, gestützt durch ihre beiden Kollegen, wurde sie in Richtung Hubschrauber gebracht. Nach dem Telefonat mit Wilbert fotografierte Siebert die gesamte Szenerie. Die Fotos sollten bei ihren Berichten der Beweissicherung und der eigenen Entlastung dienen. Die Dämmerung hatte bereits eingesetzt und der Polizeihubschrauber war hell erleuchtet. Die Rotorblätter begannen sich zu drehen und die Schaulustigen mussten ihre Kopfbedeckungen festhalten. Der Dünensand wurde aufgewirbelt. Lautstark hob der Heli ab und entschwand im Dunkel des Wattenmeers.
Die Feuerwehr war gerade dabei, die Absperrung aufzuheben, als Onno mit dem E-Bike um die Ecke kam. Mit sorgenvollem Gesicht ging er auf seine Kollegen zu, die erschöpft im Dünensand saßen.

„Männer, alles klar. Ich hab‘ mir große Sorgen gemacht. Wenn man in der Wache sitzt und nur den Funkverkehr hört, wird man fast wahnsinnig.“
Keiner der Angesprochenen hatte im Moment Lust einen Bericht abzugeben, zu sehr standen sie noch unter dem Eindruck der Geschehnisse. Siebert reichte Onno seine Dienstwaffe.
„Wir hatten Schusswaffengebrauch, du bist hier der Dienststellenleiter und musst die Waffen kontrollieren mit anschließender Protokollnotiz.“
„Du bist ja ein penibler Knispel, das können wir doch hier vergessen. Ich vertrau euch doch.“
Petersen stand langsam auf und gab Onno auch seine Dienstwaffe.
„Onno, er hat Recht. Falls jemand doch ein Diszi gegen uns anstrengen will, sind wir auf der sicheren Seite.“
„Wat allens gift“, kam es kopfschüttelnd auf Plattdeutsch zurück.
In diesem Moment gesellte sich Gemeindebrandmeister Rumpf zu den Polizisten.
„Sollen wir euch mitnehmen? Wir wollen jetzt fahren. Im Feuerwehrhaus haben wir noch eine Kiste Jever stehen. Ihr seht so aus, als könntet ihr einen Schluck vertragen.“
Keiner der Anwesenden widersprach, und so verteilten sie sich auf die zwei Feuerwehrautos. Nur Onno musste noch einen Umweg machen. In einer Plastiktüte des Insel-Marktes hatte er vier Dienstwaffen seiner Kollegen auf seinem E- Bike verstaut, die er auf der Wache einschließen musste. Danach würde er zu seinen Kollegen am Feuerwehrhaus stoßen.
Gemeinsam mit den am Einsatz beteiligten Feuerwehrleuten machten sie es sich auf dem Vorplatz des Gerätehauses gemütlich. Wie bei der Feuerwehr üblich,

wurde noch schnell der Grill angeschmissen, und so endete der Abend in einer sehr gemütlichen Atmosphäre. Allerdings waren die am Einsatz beteiligten Polizisten nicht sehr gesprächig. Abgekämpft und müde tranken sie sehr langsam ihr Bier. In ihren Gesichtern waren deutlich die Spuren des gerade Erlebten abzulesen.

26

Am nächsten Morgen war die versammelte Runde leicht verkatert zu einer kurzen Lagebesprechung zusammengekommen. Petersen dankte den Männern für den vorbildlichen Einsatz. Kommissar Siebert als erfahrener „Schreibtischpolizist“ gab den Kollegen einige Tipps für die Erstellung der Berichte. Eine Sache war allerdings noch offen.

„Wir müssen mit den Fotos von Dr. Rudolph, Morenko und Ivankov zu den Inselfliegern und zum Bahnhof. Wichtig ist, ob wir beweisen können, wer am Todestag von Ramm auf der Insel war“, erläuterte Petersen.

Die Kollegen begannen nun, ihre Berichte zu schreiben. Kommissar Siebert verabschiedete sich, nicht ohne zu versprechen, noch einmal in seiner Freizeit auf die Insel zurückzukehren.

Petersen benötigte fast drei Stunden für die Abfassung seines Berichts. Er ging dabei sehr penibel vor, indem er die Gründe für seine Entscheidung, die Geisel zu befreien, minutiös darstellte. Aus eigener Erfahrung wusste er, dass immer jemand darauf lauerte, Polizisten etwas anzuhängen. Auch kannte er Kollegen in Bremen, die ihm zu gern ans Bein pinkeln wollten, um alte Rechnungen zu begleichen. Die Entscheidung, speziell Mona als Lockvogel einzusetzen, war nicht seine Entscheidung gewesen, und deshalb vermied er es, diese Maßnahme zu rechtfertigen. Sein Schädel fing an zu brummen. Die Ereignisse des gestrigen Tages hatten bei ihm Spuren hinterlassen. Es war Zeit, ans Wasser zu gehen, um einmal durchzuschnaufen. Das Wetter war umgeschlagen. Der Wind hatte zugelegt und die

Wellen der Nordsee trugen Schaumkronen. Nur wenige Feriengäste saßen in den Strandkörben. Auf See waren einige Segler unterwegs. Sie hatten die Segel gerefft, was bei diesen Windstärken durchaus angebracht war. Das Mehrzweckschiff „Mellum“ durchpflügte die See, dahinter quälte sich ein Krabbenkutter durch die aufgewühlte Dünung. Petersen fiel ein, dass ja noch ein Segeltörn mit Zahnarzt Dr. Küppers anstand. Hoffentlich war sein Angebot für einen Helgolandausflug nicht nur so dahingesagt. Aber jetzt stand sowieso erst einmal der Fresena-Revival-Abend an. Morgen würde die Generalprobe in der Aula der Inselschule ablaufen und am nächsten Tag die Aufführung - bei gutem Wetter im Rosengarten und bei Regen in der Dünenhalle.
Von hinten näherte sich Bürgermeister Eichner, der ihn diskret zur Seite nahm.
„Herr Petersen, was war denn gestern Abend los, zwei Helis auf der Insel, und Feriengäste haben Schüsse gehört?“
„Sie wissen, dass ich Ihnen noch nicht viel sagen darf. Aber es hat zwei Festnahmen gegeben, die im Zusammenhang mit dem Tod von Lehrer Ramm stehen. Ich denke Wilhelmshaven wird in den nächsten Tagen dazu eine Presseerklärung rausgeben. Aber ich denke, dass jetzt wieder Ruhe einkehren wird.“
„Das ist die Hauptsache. In zwei Tagen haben wir ja ein Großereignis, da können wir keine Unruhe unter den Gästen gebrauchen. Aber wem sag ich das. Sie sind ja selbst dabei.“
Sie verabschiedeten sich und Petersen ging die Treppe runter zum Strand. Am Flutsaum angekommen, blieb er erst einmal stehen. Monas Zusammenbruch ging ihm nicht aus dem Kopf. Sie hatten ihr zu viel zugemutet. Mona selbst hatte ja zugesagt. Ihr Ehrgeiz war schon ziemlich ausgeprägt. Eine solche Aufgabe abzulehnen, war für sie

nicht in Frage gekommen, dessen war er sich sicher. Ihr Eingeständnis, ihn bei ihrem Besuch verletzt zu haben und die Entschuldigung, machten ihm zu schaffen. Sie war sicherlich nach der Befreiung in einer Ausnahmesituation gewesen, anders konnte er ihre Worte nicht interpretieren. Irgendwie komme ich von dieser Frau nicht los, musste er sich eingestehen, obwohl er doch eigentlich mit ihr abgeschlossen hatte.

An den Strandkörben drehte Jens Rackow eine letzte Kontrollrunde. Die Flut würde heute Abend um einen Meter höher auflaufen. Einige Körbe mussten deshalb versetzt werden. Über diese unverhoffte Mehrarbeit war er wenig erfreut, denn umso später konnte er beim Magister eine Runde knobeln und sein Feierabendbier trinken. Petersen ging zu ihm rüber.

„Moin, Jens, Überstunden?“

„Jau, das Wasser kommt heute höher. Sehen wir uns noch heute Abend beim Magister?“

„Nee, muss noch üben für die Sache im Rosengarten.“

„Bin gespannt, ich mach‘ da für den Magister den Bierwagen. Wollen wir mal hoffen, dass das Wetter besser wird.“

Sie verabschiedeten sich und Petersen setzte seinen Weg am Strand fort. Eigentlich brauchte er nicht mehr üben, denn er hatte die Stücke drauf, aber er wollte es vermeiden, beim Magister auf den gestrigen Einsatz angesprochen zu werden. Dies ständige „Rumgeeiere“ nervte ihn. Er konnte die verständliche Neugier der Leute nicht befriedigen, und die vom „Tatort“ bekannte Formel „aus ermittlungstaktischen Gründen darf ich nichts sagen“, wollte er nicht verwenden. Es wäre ihm irgendwie blöd und abgedroschen vorgekommen.

Der nächste Tag brachte einen überraschenden Ermittlungsfortschritt. Günter Nauman war morgens bei den Inselfliegern gewesen. Bereitwillig wurde ihm die Buchungsliste für den Todestag von Ramm ausgedruckt. Für den betroffenen Tag hatten Dr. Rudolph und Morenko unter ihren richtigen Namen eingecheckt. Ein Beleg dafür, dass sie sich sehr sicher waren, dass ihre angebliche Selbstmordinszenierung funktionieren würde. Gegen Mittag meldete sich ebenfalls Jens Siebert aus Bremen. Bei einer Hausdurchsuchung der Kanzlei von Dr. Rudolph wurde ein Papier gefunden, das die Ermittler aufhorchen ließ. In einem aktuellen Papier des NLWKN(Landesbetrieb für Wasserwirtschaft, Küsten- und Naturschutz) geht man davon aus, „dass die derzeitige Dünenbreite und die Strandhöhe nicht mehr ausreichen, um im nächsten Winterhalbjahr bei Sturmfluten einen Durchbruch der Düne zu verhindern. Im Falle eines Durchbruchs wäre der Hafen Wangerooges vom Rest der Insel abgeschnitten." Am Telefon erläuterte Kommissar Siebert seine Folgerungen aus dem Fund.

„Wenn ein solcher Durchbruch tatsächlich passiert, würde die Diskussion um den ortsnahen Hafen wieder Auftrieb bekommen und das Grundstück von Ramm im Wert steigen. Was wir jetzt noch in Angriff nehmen werden, ist die Frage, in wessen Auftrag handelte Rudolph? Diese merkwürdige Firma ist eine Scheinfirma und Rudolph ist in Bremen bisher nur als Winkeladvokat für Clans oder Rockerclubs bekannt. Meine Kollegen und ich halten es für ausgeschlossen, dass der auf eigene Rechnung arbeitet."
Siebert wünschte Petersen noch viel Erfolg für seinen Auftritt, bevor er das Gespräch beendete. Petersen war mit diesen Ermittlungsergebnissen sehr zufrieden und konnte mit ruhigem Gewissen zur Generalprobe in die Inselschule gehen. Merti und Sönke Meiners waren in ihrem Element. Sie schienen sich blind zu verstehen. Meiners, der in Sachen

musikalische Kultur auf der Insel nahezu ein Einzelkämpfer war, hatte in Merti einen kongruenten Partner gefunden. Die Sketche der Theatergruppe wurden von kleinen Einspielungen im O-Ton von Heinz Erhardt aufgelockert. Frei nach Erhardts Motto „Humor ist eigentlich eine ernste Sache." Auch dieser Part wurde von Merti und Sönke Meiners professionell begleitet. Der anschließende musikalische Teil mit den Rock' n Roll Liedern der 50er und 60er Jahre stellte musikalisch keine Schwierigkeit da. Da kein Schlagzeuger, der über die entsprechende Routine verfügte, aufzutreiben war, wurde der Rhythmus von Mertis Drum Computer erzeugt. Diese Vorgehensweise erforderte eine sehr präzise Spielweise der übrigen Bandmitglieder. Petersen sah hier die Schwierigkeit, dass für spontane musikalische Abweichungen kein Raum war, was er sehr bedauerte. Alles in allem war die Generalprobe ein Erfolg. Jetzt musste nur noch das Wetter mitspielen und die Aufführung im Rosengarten konnte stattfinden.

Der nächste Tag, der erste Sonnabend im August, präsentierte sich am Morgen mit einer grauen Wolkendecke. Als Petersen aus dem Fenster seiner Dienstwohnung blickte, beobachtete er sorgenvoll die Wolkendecke. Ein Blick auf seine Wetter-App stimmte ihn etwas optimistischer. Ab Mittag sollte der Himmel aufreißen und die Temperaturen immerhin auf 23° steigen. Auch für den Abend waren noch milde 20° vorhergesagt. Es war also alles angerichtet für einen stimmungsvollen Sommerabend im Rosengarten, der ohne Zweifel den Saisonhöhepunkt in diesem Jahr darstellen sollte. Alle seine Kollegen hatten ihr Kommen zugesagt, so dass auch für die Sicherheit gesorgt war. Petersen ging noch einmal kurz das Programm durch, stimmte seine beiden Gitarren und überprüfte das Equipment. Schwierigkeiten bereitete ihm die Tatsache, dass er von Merti und Sönke Meiners gezwungen worden war, ein kariertes Jackett ihm Stile von

Peter Frankenfeld zu tragen. Sein heftiger Protest drang bei den Machern der Show nicht durch. Es sei eine Frage der Authentizität wurde ihm hochgestochen erklärt. Zur Untermauerung ihres Wunsches zeigten sie ihm alte Fotos von Peter Kraus und Ted Herold. Schließlich kapitulierte Petersen unter dem Druck der Argumente. Er würde sich also zum Affen machen müssen. An die Bemerkungen und Anspielungen im „Störtebeker“ mochte er gar nicht denken. Um 17 Uhr war der Sound-Check angesetzt. Petersen belud seinen Bollerwagen mit Verstärker und Gitarren und trat den kurzen Weg zum Rosengarten an. Als er den Appell-Platz überquerte, sah er den Magister, wie dieser seine Kneipe aufschloss. Was würde jetzt kommen? Nachdem die Tür offen stand, machte der Magister einen Hüftschwung und sang laut *Rock a Hula Baby, Rock*.
„Heute Abend will ich was sehen, Alter“, rief er Petersen nach, der kopfschüttelnd weiterging.

Im Rosengarten war schon mächtig was los. An den Seitenwegen waren zwei Bierwagen platziert. Im Jever-Wagen probierte gerade Jens Rackow die Zapfanlage aus. Auf der gegenüberliegenden Seite baute die Freiwillige Feuerwehr ihren Grillstand auf. Links neben der Bühne war eine Großbildleinwand installiert. Die Bäume im Rosengarten waren mit Lichterketten dekoriert. Auch an der Lichtanlage war nicht gespart worden. Die Gastronomen der Insel hatten hierfür eine großzügige Spende locker gemacht. Die Bühne, eigentlich ein fester Pavillonbau, wurde als Backstage-Bereich genutzt. Davor hatte man eine Podest- Bühne errichtet, die groß und weiträumig war, so dass sowohl Platz für die Theatergruppe als auch für die Musiker vorhanden war. Der Sound-Check verlief ohne große Probleme. Lediglich die Headsets der Theatergruppe funktionierten am Anfang nicht, aber auch dieses Problem wurde von den Technikern schnell behoben.

Gegen 19:30 Uhr füllte sich der Raseninnenraum des Rosengartens. Aus allen Richtungen strömten die Menschen auf den Platz. Auf der Großbildleinwand war ein Bild des Hotels Fresena aus dem Jahre 1924 zu sehen. Eine Blaskapelle spielte vor dem Hoteleingang.
Um 20 Uhr war der Rosengraten restlos voll. Nicht mehr alle Leute passten auf den Platz und mussten daher mit Plätzen auf den beiden Seitenstraßen vorlieb nehmen.
Der Abend wurde mit einer kurzen Ansprache von Bürgermeister Eichner eröffnet. Er gab einen kurzen historischen Überblick über die Geschichte des Hotels. Das erste Bild kam aus dem Jahre 1912, weitere Bilder folgten bis hin zum Wiederaufbau 1946. Danach wurde in einer Art Talkshow der ehemalige Conférencier des Fresena interviewt. Er gab einen Überblick über die Künstler, die in dem Haus gastiert hatten. Es war die Zeit der legendären Bädertourneen. Von einigen Künstlern spielten dann Sönke Meiners und Merti deren bekannte Hits an, wie zum Beispiel Zarah Leander *Kann denn Liebe Sünde sein,* Billy Mo *Ich kauf mir lieber einen Tiroler Hut* oder Vico Torriani *Zwei Spuren im Schnee.*

Die Idee, die Erzählungen musikalisch zu untermauern, kam von Merti, der aus Erfahrung wusste, dass bei zu vielen Wortbeiträgen die Leute leicht unruhig wurden.
Nach dem Talkshow-Teil wurde die Person Heinz Erhardts in den Mittelpunkt gestellt, der in seiner besten Zeit mehrmals in der Saison auf Wangerooge gastiert hatte. Die Theatergruppe spielte einige Sketche von ihm vor und wurde dafür mit viel Beifall bedacht. Höhepunkt dieses Teils waren die beiden Lieder Erhardts, die Merti mit der Theatergruppe eingeübt hatte. Zum ersten Mal an diesem Abend kam so etwas wie Stimmung auf. Die eingängigen Refrains wurden vom Publikum begeistert mitgesungen:

Wenn ich einmal traurig bin

Immer wenn ich traurig bin, trink ich einen Korn
Wenn ich dann noch traurig bin trink ich noch n' Korn.......
Und wenn ich dann noch traurig bin, fang ich an von vorn

Holla-hi jubi jubi di

Hämmerchen- Polka

Und dann hau 'n wir mit dem Hämmerchen das Sparschwein das Sparschwein kaputt.
Mit dem Innenleben von dem kleinen Sparschwein geht's uns dann wieder gut.

Die Reaktion des Publikums durch das Mitsingen der Refrains war eindeutig. Die Menge dürstete nach mehr Musik. Nach einer kleinen Umbaupause wurden die Scheinwerfer auf der Bühne ausgeschaltet und es ertönte die Titelmusik der Krimiserie „Stahlnetz", die von 1958 bis 1968 im Deutschen Fernsehen sehr erfolgreich gewesen war war. Es ertönte Mertis Stimme aus dem Hintergrund.
„Und nun begrüßen Sie meine Damen und Herren, the Swinging-Guitar-Kommissar von Wangerooge, the one and only Lars Petersen."
Vor Schreck über diese Moderation, die nicht abgesprochen war, vergaß Petersen fast, auf die Bühne zu kommen. Sein erhobener „Stinkefinger" ging in Richtung Merti, der sich diebisch amüsierte. Es blieb nicht mehr viel Zeit, denn der Drum Computer gab schon den Takt vor. Die Band begann nun mit Instrumentalnummern von den Shadows, den Surfaris und Duane Eddy. Schon bei den ersten Tönen von *Wipe Out* fing die Menge an zu tanzen. Vielen jüngeren Leuten war dieser Titel noch aus dem Film *Dirty Dancing*

bekannt. Der Funke war übergesprungen. Petersens Gitarre dominierte den Sound und hallte in die laue Sommernacht. Selbst beim „Störtebeker" fingen die Leute vor der Kneipe an zu tanzen. Und auch Onno wagte mit seiner Frieda ein Tänzchen. Petersen hatte seine Anfangsnervosität verloren und wirkte absolut souverän auf der Bühne. Nach dem Instrumentalteil folgten nun Titel von Peter Kraus und Ted Herold, die in den 50er und 60er Jahren eingedeutschte Coverversionen von Elvis und anderen amerikanischen Rockgrößen gesungen hatten. Ein Titel wurde von Sönke Meiners besonders anmoderiert. Es war der Herold Titel *Ich bin ein Mann (Musik&Text Doc Pomus, Mort Shuman-Subtest Jean Nicolas)*

Viele der Zuhörer kannten diesen Titel aus dem Film *Werner-Beinhart.* Meiners, und hier kam der Musikpädagoge durch, erläuterte, dass dieser Song damals von den deutschen Radiosendern wegen seines Textes boykottiert wurde. Aber auch heute würde er wahrscheinlich der feministischen Kritik zum Opfer fallen und sei deshalb eher ironisch als Zeitdokument zu betrachten. Petersen vermutete allerdings, dass der Grund für diese Moderation darin lag, dass Meiners böse Kommentare seiner Kolleginnen in der Schule vermeiden wollte.

Ich bin ein Mann

Du weißt ich küsse heiß, du weißt ich brenne gleich,
du weißt, dass ich immer alles, alles erreich!

Ich bin ein Mann! Hey, hey, hey, ich bin ein Mann! Uh-huah!
Oh Ja! Denk daran: Ich bin ein Mann!......

In diesen Titel hatten Merti und Petersen ein langes Gitarrensolo eingebaut. Der Clou dabei war, dass Petersen die Gitarre auf seine Schultern legte und praktisch blind spielte. Die Menge raste. Viele Leute entpuppten sich als regelrechte Rock ‘n Roll -Tanz- Spezialisten. Nach einem längeren Zugabenteil endete der Abend noch einmal mit Ted Herold und dessen größtem Hit *Moonlight*. Die Zugabenrufe wollten nicht enden. Fragend schaute sich Petersen zu Merti um, der natürlich auch hier wieder eine musikalische Lösung hatte. Als allerletzten Song kündigte er *La Paloma* an. Nie geprobt!

„Instrumental in G“ rief Merti auf die Bühne und schon begann sein Drum-Computer einen langsamen Tango-Rhythmus vorzugeben, für Sönke Meiners und sein Akkordeon kein Problem. Bestimmt hatte er hundertmal *La Paloma* mit dem Wangerooger Shantychor gespielt. Nachdem Sönke die erste Strophe gespielt hatte, war Petersen an der Reihe, der nun aus der Not eine Tugend machte, indem er zu der eigentlichen Melodiefolge improvisierte. Meiners und Merti schauten sich lachend an. Petersens Solo wurde von der Menge frenetisch gefeiert. Obwohl das Programm beendet war, verließen kaum Menschen den Rosengarten. Vor den Bierwagen bildeten sich große Menschentrauben. Die große Feier mündete nun in viele kleine.

Die Musiker- und Theaterleute hinter der Bühne klatschten sich ab.

„Dieser Abend wird in die Kulturgeschichte Wangerooges eingehen“, dozierte Sönke Meiners. Petersen musste erst einmal durchschnaufen. Unter seinem „Frankenfeld-Jackett“ hatte er tierisch geschwitzt und wechselte deshalb seine Oberbekleidung. Rolf Hansen, der bei der Theatergruppe mitgewirkt hatte, brachte Petersen ein Bier.

„Deine La Paloma-Version war erste Sahne, Prost.“

Viele Leute klopften Petersen und seinen Mitmusikern auf die Schulter. Auch seine Kollegen ließen es sich nicht nehmen, ihm ein großes Lob auszusprechen. Nachdem das erste Jever getrunken war, packten die Musiker ihre Instrumente zusammen.

„Gleich zum Magister?“ fragte Merti.
Petersen nickte.
„Wenn wir da mal einen Platz kriegen. Ich bring die Sachen eben nach Hause, dann komm‘ ich.“
Kaum hatte er sein Equipment auf den Bollerwagen verstaut, hielt ihm jemand von hinten die Augen zu und er hörte eine weibliche Stimme.
„So, so du küsst also heiß und erreichst alles bei Frauen.“
Petersen kam die Stimme zwar irgendwie bekannt vor, konnte sie aber nicht einordnen. Er drehte sich um und staunte. Vor ihm stand Lehrerin Dagmar, die er vor einigen Wochen mit dem E-Bike zur Jugendherberge gefahren hatte. Aber irgendwie sah sie verändert aus. Damals sah sie wie eine aus der Zeit gefallene Hippie-Frau aus, langer Rock mit Batik-Aufdrucken. Da hatte er sich gedacht, typisch Lehrerin, die einer vergangenen Epoche nachtrauerte. Jetzt traute er seinen Augen nicht. Sie trug enge Jeans, schwarzes T-Shirt mit Biker-Motiven und eine kurze schwarze Lederjacke, die an der Schulter mit Nieten besetzt war. Nach der ersten Begrüßung und nachdem Petersen mit seinem Scanner-Blick von ihr abgelassen hatte, legte er seine Gitarre auf den Bollerwagen und grinste.
„Was machst du denn hier? Dich hätte ich hier nicht vermutet.“
Dagmar lachte.
„Ich hab‘ doch gesagt, dass ich noch mal in den Ferien auf die Insel komme, wenn ich keine Schüler zu beaufsichtigen habe.“
„Du siehst so anders aus. Ist was passiert? , fragte Petersen ziemlich direkt.
„Ja, das ist eine längere Geschichte, trinken wir noch ein Bier bei deinem Spezi im „Störtebeker“?“
Petersen nickte.
„Ich will noch eben die Instrumente nach Hause bringen.“

„Ich begleite dich, wenn ich darf. War echt ein toller Auftritt. Würde gern mal zuhören, wenn du echten, harten Rock spielst."
Petersen lachte.
„Würde ich ja gerne machen, aber hier auf der Insel musst du erst einmal andere Genres bedienen. Und klar kannst du mit ins ‚Störtebeker' kommen."
Petersen hatte jetzt seinen Bollerwagen bepackt und beide zogen in Richtung Charlottenstraße ab, ohne zu bemerken, dass Rita Kolbow sich enttäuscht abwendete. Sie hatte am Rand der Wiese auf ihn gewartet, um ihn zu seinem tollen Auftritt zu beglückwünschen.
Petersen stellte sein Musikequipment im Gang vor der Arrestzelle ab, in der Hoffnung, dass sie heute Nacht nicht gebraucht wurde.
Auf der Terrasse vor dem „Störtebeker" herrschte eine ausgelassene Stimmung. Petersen wurde mit großem Hallo begrüßt. Da die meisten Leute draußen standen, war an der Theke sogar noch Platz für die beiden.
„Da kommt ja unser Gitarren-Gott und das gleich auch noch mit Groupie im Schlepptau. Irgendetwas mache ich wohl falsch. Ich lerne normalerweise meine Frauen auf dem Wochenmarkt kennen", begrüßte der Magister Petersen. Von der anderen Ecke der Theke sah sich ein Tourist bemüßigt, eine Bemerkung loszulassen.
„Auf Wangerooge gibt es aber doch gar keinen Wochenmarkt."
„Das ist es ja, deshalb gibt es ja hier auch keine Frau für mich", kam es, wie aus der Pistole geschossen, vom Magister auf die völlig naive Steilvorlage aus der Thekenecke zurück. Es ertönte das typische dröhnende Lachen, mal wieder am lautesten von allen.
Nach dem ersten Schluck Jever konnte Petersen seine Neugier in Sachen Dagmar nicht mehr zurückhalten.
„Was ist denn nun passiert?"

„Ich habe gekündigt und den Lehrerjob an den Nagel gehängt."
„Wie bitte?" Petersen sackte die Kinnlade runter, „Beamtenstatus aufgegeben, alles so hingeschmissen. Warum das denn?"
„Na ja, du hast bei unserem letzten Treffen ja schon bemerkt, dass ich mich gegenüber den Schülern nicht so richtig durchsetzen konnte. Ich bin jeden Morgen mit Bauchschmerzen in die Schule gegangen."
„Okay, kann ich verstehen, aber da gibt man doch nicht gleich auf. Es gibt doch Möglichkeiten an sich zu arbeiten, um seinen Unterrichtsstil zu verändern."
„Du laberst genauso wie unser Schulpsychologe."
Das hatte gesessen. Petersen, der eigentlich mit Psychologen auf Kriegsfuß stand, sah völlig perplex aus.
„Ich wollte dich nicht beleidigen Lars, aber diese Argumente habe ich unzählige Male gehört, von meinen Kollegen, meinem Bekanntenkreis usw. Das Fass zum Überlaufen gebracht hat dann ein Vorfall, als mich ein Schüler massiv beleidigt hatte und die Reaktion der Schulleitung und der Schulbehörde nicht so ausfiel, wie ich mir das vorgestellt hatte."
„Wieso, was hat denn der Schüler gemacht?"
„Der hat mich Schlampe genannt, dann hab' ich ihn rausgeworfen und im Rausgehen hat er noch Drahtfotze' in den Klassenraum gerufen."
In Dagmars Gesicht war die Wut und Empörung immer noch abzulesen. Petersen schüttelte ungläubig den Kopf.
„Und wie ist es weitergegangen?"
„Der Junge, der einen Migrationshintergrund hatte, wurde verdonnert ein Referat über Artikel 1 (1) *Die Würde des Menschen ist unantastbar* und Artikel 3 (2) *Frauen und Männer sind gleichberechtigt* mit Hilfe unseres Schulsozialarbeiters anzufertigen. Eine Disziplinarstrafe nach dem Ordungsmaßnahmenkatalog wurde mit der Begründung abgelehnt, der Junge käme aus einem anderen

Kulturkreis. Als mir meine Direktorin das mitgeteilt hat, habe ich keinen Moment gezögert. Ich bin aufgestanden, habe meine Schulschlüssel auf ihren Schreibtisch geworfen und bin gegangen. Ich war mir noch nie so sicher in meinen Leben, das Richtige getan zu haben."

Petersen hatte es die Sprache verschlagen. Er rechnete jeden Moment mit einem Tränenausbruch. Aber im Gegenteil, neben ihm saß eine Frau, die augenscheinlich mit sich im Reinen war. Locker bestellte sie zwei Jever und lachte Petersen an, der immer noch unter dem Eindruck des Erzählten stand. Mühsam rang er sich zu einer Nachfrage durch.

„Und was machst du jetzt?"

„Ich arbeite in einem Verlag als Lektorin, da hat sich mein Germanistik-Studium doch noch gelohnt."

In diesem Moment betrat Merti unter großem Hallo die Kneipe. Er hatte Sönkes Akkordeon umgeschnallt und spielte *La Paloma*. Petersen löste sich aus seiner Schockstarre und musste grinsen. Das war Merti, der jede Kneipe zum Kochen brachte, der geborene Alleinunterhalter.

Leise flüsterte Petersen Dagmar ins Ohr.

„Der war auch mal dein Kollege und hat dann in den Sack gehauen, als er merkte, dass das der falsche Beruf für ihn war. Wie man sieht eine gute Entscheidung."

Merti hatte das Zepter in der Kneipe übernommen. Petersen hatte dieses Procedere schon häufig miterlebt. Auf Zuruf wünschten sich die Gäste irgendein Lied und wie bei einer Juke-Box kam der gewünschte Song. Merti war in seinem Element.

„Wie kann denn so einer in der Schule scheitern? Einen solchen Musiklehrer hätte ich mir immer gewünscht", fragte Dagmar Petersen.

„Sie haben ihn nicht ernst genommen. Für die Schüler war er der nette Clown. Seine Gutmütigkeit wurde gnadenlos ausgenutzt. Du weißt selbst, wie grausam Schüler in solchen Sachen sein können."

Petersen spürte jetzt eine gewisse Müdigkeit. Der Abend hatte bei ihm Spuren hinterlassen. Die Anspannung war zwar gewichen, aber er hatte kaum etwas gegessen und die zwei Jever schlugen schon durch. Es war Zeit zu gehen. Der Magister warf einen Blick auf die Deckel und sofort kam die Summe. Petersen war immer wieder überrascht, wie schnell er im Kopf rechnen konnte, denn in der Regel stimmte die Summe. Petersen zahlte für Dagmar mit, obwohl diese heftig protestierte. Als die beiden aufstanden, lauerte Petersen schon darauf, was für ein Spruch jetzt kommen würde. Verschmitzt lächelte der Magister in Richtung Dagmar.

„So, jetzt kommt das, auf das ein Groupie den ganzen Abend hinarbeitet. Einen schönen Abend euch beiden und einen Gipsabdruck brauch' ich für die Kneipe."

Schallendes Gelächter. Dagmar errötete leicht und vor der Tür fragte sie etwas verstört:

„Was meint der denn mit Gipsabdrücken? Das hab' ich überhaupt nicht verstanden."

Petersen lachte. Langsam schlenderten sie in Richtung Charlottenstraße. Mit staunendem Blick lauschte Dagmar den Ausführungen von Petersen.

„Es gab mal in den USA ein Super-Groupie, die hat von vielen Rockstars, mit denen sie im Bett war, Gipsabdrücke von deren Penissen genommen."

Dagmar errötete leicht und fragte kopfschüttelnd:

„Wie bitte? Ich fasse es nicht. Wie geht das denn?"

„Na ja, es waren die 60er Jahre. Die Jungs haben freiwillig ihre erigierten Penisse in Alginat gepresst. Das ist das Zeug, mit dem Zahnärzte Abdrücke nehmen, kennst du bestimmt."

„Unfassbar!"

„Im Rock- und Popmuseum in Gronau, du weißt, da wo Udo Lindenberg herkommt, war in einer Ausstellung der Abdruck von Jimi Hendrix' Gemächt zu sehen."
„Woher weißt du das denn alles und vor allem der Magister?"
„Es gab mal einen Film über Groupies bei ARTE oder 3SAT, den hab' ich gesehen und dem Magister davon erzählt. Wir haben uns darüber mächtig beölt."
„Das kann ich mir lebhaft vorstellen, Machogelaber."
Als sie vor der Wache angekommen waren, ging Dagmar in die Offensive.
„Dann lass mich mal heute Nacht dein Groupie sein, aber bitte ohne Gipsabdruck."
Arm in Arm gingen beide die Treppe zu Petersens Dienstwohnung hinauf. Als die Tür geschlossen war, rissen sie sich die Kleider vom Leib und es entwickelte sich eine heiße Nacht. Petersens Müdigkeit war sofort verschwunden und Dagmar übernahm den aktiven Part. Manchmal wusste er nicht so richtig, was sie mit ihm anstellte. Er hatte das Gefühl, dass sie ihre neu gewonnene Freiheit im Sex auslebte. Ihm sollte es recht sein. Erschöpft waren sie am frühen Morgen eingeschlafen.
Petersen war der erste, der seine Augen öffnete. Es war später Sonntagmorgen und er hatte frei, ein gutes Gefühl. Ein Gedanke beschlich ihn allerdings, und er hatte große Mühe, ihn zu unterdrücken. Was, wenn Anwärter Bernhard das nächtliche Spektakel mitbekommen hatte? Die Wände hier oben waren sehr dünn. Würde er Mona davon erzählen? Wie bescheuert bist du eigentlich, Petersen? Hat Mona dich gefragt, als sie sich bei Bernhard einquartiert hatte? Sein Verstand meldete sich, aber sein Bauchgefühl rebellierte. Er wollte nicht abwarten, wie dieser Kampf ausgehen würde. Kurzentschlossen stand er auf und sprang unter die Dusche.
Der späte Sonntagmorgen wurde mit einem ausführlichen Frühstück beendet. Es war eine lockere Atmosphäre und

keiner der beiden stellte Fragen nach Perspektive, Beziehung und Ähnlichem. Gegen Mittag brachte Petersen Dagmar zum Bahnhof. Sie versprach wieder einmal auf die Insel zu kommen. Der Abschied gestaltete sich völlig unverkrampft, keine Tränen oder überbordende Emotionen. Gut gelaunt verließ Petersen den Bahnhof und legte eine Runde Strandspaziergang ein.

27

Der Montagmorgen war geprägt von der Aufarbeitung des Konzerts im Rosengarten. Seine Kollegen sparten nicht mit Lob für Petersens Auftritt im Rosengarten. Gespannt wartete er auf eine Reaktion von Anwärter Bernhard, vielleicht eine Anspielung auf die nächtlichen Ereignisse oder ein unverschämtes Grinsen, aber nichts dergleichen war zu beobachten. Etwas Anderes erregte Petersens Aufmerksamkeit. Auf dem Anrufbeantworter der Wache erbat Kollege Siebert aus Bremen seinen Rückruf. Gespannt fixierten die Kollegen Petersen.

„Nun mach' schon, Lars, da hat sich bestimmt was ergeben", raunzte Onno ihn an.

Petersen wählte die Durchwahl von Siebert. Als der sich sofort meldete, drückte er die Mithörtaste.

„Moin, Lars", meldete sich Siebert sofort.

„Moin, Jens, ich hab' mal auf laut gestellt, damit die anderen mithören können.

„Moin zusammen, ich hab' was für euch. Geschwandner vom BKA hat mich angerufen, du hattest ja auch mit ihm zu tun. Die haben am Wochenende eine Großrazzia gegen die Besitzer von Kinder-Pornografie gemacht, stand glaube ich auch in der Presse. Geschwandner hat dabei einen Onlinedienst untersucht, über den Bilder und Videos getauscht wurden. Danach kam es zu 67 Hausdurchsuchungen von möglichen Tatverdächtigen. Geschwandner hat die Spur gefunden, die uns zu denen führt, die Ramm die Bilder untergeschoben haben und auf dieses Portal geladen haben. Die Spur führt zu einer Sicherheitsfirma, die ein Büro in Bremen-Horn hat. Am Wochenende haben wir da eine Razzia gemacht. Dort gibt es alles, was im Überwachungsgeschäft so üblich ist,

Wanzen, Richtmikrofone. Eine PC-Ausstattung vom Feinsten..."
Petersen räusperte sich. Ihm waren die Ausführungen zu ausschweifend. Komm' auf den Punkt, dachte er.
„Also, für unsere Ermittlungen ist Folgendes wichtig: Miteigentümer dieser Firma ist Dr. Rudolph. Mit diesen Erkenntnissen kann die Staatsanwaltschaft einen weiteren Anklagepunkt vorbereiten."
„Glückwunsch, das ist doch mal was", kam es von Petersen.
„So, da ist aber noch etwas. Diese Sicherheitsfirmen sind untereinander sehr verschachtelt über Subunternehmen. Jeder kann ja so ein Ding aufmachen, eine gute Tarnung für Organisierte Kriminalität. Wir sind da schon länger dran. Diese Briefkastenfirma von Rudolph Immobilia Brema, über die diese Kaufangebote an Ramm abgewickelt wurden, kann nach unseren Erkenntnissen nicht der wahre Interessent an diesem Grundstück sein. Da muss eine größere solvente Organisation dahinter stecken."
„Die FuSS", stöhnte Petersen ins Telefon, „die haben Immobilien auf der Insel, wie ich leidvoll erfahren musste."
„Genau, weiß ich ja alles. Wir werden jetzt versuchen, eine Verbindung nachzuweisen, dann haben wir sie."
„Ich wünsch euch viel Glück, das wird für euch viel Kleinarbeit."
Nachdem das Gespräch beendet war, schüttelte Onno mit dem Kopf.
„Sind wir hier eigentlich schon in Sizilien? Mir wird ganz klöterich, wenn ich das alles so höre. Meine ganzen Illusionen zerplatzen wie Seifenblasen."
Niemand mochte Onnos Ausführungen kommentieren. Schweigend kehrten sie zu ihrer Alltagsarbeit zurück. Es lagen zwei Anzeigen vor: In einem Briefkasten der Post war Feuer gelegt worden und ein Reklameaufsteller war zum Strand geschleppt und dort zerstört worden.

Etwas später betrat Zoll-Kleppe die Wache.
„Moin allerseits, Lars ich hab' da was wegen unser Drohnenfreunde. Die `Bayreuth` hat die kontrolliert. Ich hab' den Bericht hier. Sie waren sehr nah am Großschifffahrtsweg, wurden verwarnt. Wieder haben sie etwas von einem Film über die Nordseeküste erzählt. Eine Genehmigung konnten sie nicht vorweisen."
Petersen strich sich über sein Kinn.
„Merkwürdig ist das schon, aber wir haben nichts außer kleinen Regelverstößen in der Hand. Auf dieses Überhandnehmen der Drohnen müsste der Gesetzgeber eigentlich mal reagieren. Vielleicht erwischen sie die ja auf See, beim Drogenpäckchen auffischen."
„Stimmt, ich werd' trotzdem mal nachforschen, wie das eigentlich mit Genehmigungen für solche Filmaufnahmen ist. Ich möchte die hier weg haben."
„Diese Aufnahmen unterliegen dem gleichen Urheberrecht wie andere Aufnahmen", meldete sich Anwärter Bernard, „wir haben das gerade auf der Polizeiakademie gehabt. Ausnahmen gibt es im § 109g des Strafgesetzbuchs, da ist es untersagt, wenn dadurch wissentlich die Sicherheit der Bundesrepublik Deutschland oder die Schlagkraft der Truppe gefährdet wird."
Streber, dachte Petersen, der kennt die Gesetzbücher auswendig.
„Das hast du uns aber gut verklookfiedelt", drückte es Onno mit plattdeutschem Charme etwas gefälliger aus.
Kleppe notierte sich den Paragraphen und zog wieder ab.

Am Nachmittag bekam Petersen einen Anruf, auf den er schon lange gewartet hatte. Dr. Küppers kündigte den verabredeten Helgoland-Törn für das nächste Wochenende an.

28

Für den Freitag hatte Petersen sich freigenommen. Schon recht früh sollte er zum Hafen kommen. Ca. eine Stunde vor dem Morgenhochwasser wollte Küppers das Boot klar haben, damit sie mit ablaufendem Wasser ins Harle-Gatt einlaufen konnten. Die flachste Stelle im Fahrwasser war zwischen Tonne 4 und 6 mit ca. 1,60 m Tiefe bei Niedrigwasser. Küppers wollte mit seiner Bavaria Easy 9.7, die mit ihrem Flachkiel etwa 1,50 m Tiefgang hatte, schnell an dieser Stelle vorbei sein. Da Petersen das E-Bike nicht für die Fahrt zum Hafen benutzen konnte, saß er wieder einmal auf dem halb verrosteten Drahtesel, den er schon so häufig verflucht hatte. Auf dem Gepäckträger hatte er seine vollgepackte Sporttasche, die er noch mit einer Hand festhalten musste. Zu allem Überfluss kam der Wind aus westlicher Richtung, also wieder einmal gegen an. Nur langsam lichtete sich die Morgendämmerung. Es war niemand auf dem Deich unterwegs. Nur das rote Feuer des neuen Leuchtturms zuckte über die Deichwiesen. Nachdem er am Westturm links zum Hafen abgebogen war, kam er besser voran, denn die Dünen boten ihm jetzt Windschutz. Am Yachtclub stellte er sein Fahrrad ab und suchte die Steganlage nach Küppers' „Najade" ab. Am zweiten Steg lag sie, die völlig weiß gestrichene Yacht. Er schätzte die Länge auf etwa 10 Meter. Obwohl er heute nicht im Dienst war, suchte er die Steganlage noch nach einem anderen Schiff ab. Wo lag die „Undine", das Boot der „Drohnenfreunde" mit dem blauen Rumpf? Es war nirgendwo zu entdecken. Vielleicht waren sie auf See oder hatten ihr Vorhaben, was immer das auch war, aufgegeben. Als Petersen bei der „Najade" angekommen war, klopfte er aufs Deck. Küppers lugte mit seinem Kopf aus der Kajüte.

„Moin, Lars, komm an Deck. Ich hab‘ noch schnell einen Kaffee aufgesetzt.“
Als Petersen in die Kajüte kam, staunte er nicht schlecht. Der Salon war breit und großzügig ausgestattet. Die blauen Polster und das helle Holz verliehen dem Schiffsinneren einen vornehmen Charakter. Er bekam die Vorderkoje zugewiesen. Küppers hatte das Schiff erst vor einem Jahr erworben und war mächtig stolz auf seine „weiße Lady“. Nachdem sie unter Deck den Kaffee getrunken hatten, machte Küppers seinen Segelkameraden mit dem Schiff vertraut. Alles vom Feinsten, wie Petersen das Schiff als Laie beurteilte. Kurz vorm Ablegen legten beide ihre Schwimmwesten an.
Küppers gab eine kurze Erklärung dafür ab.
„In Deutschland hat sich das noch nicht wirklich durchgesetzt, aber auf der Nordsee immer nur mit Schwimmweste. Wenn du hier über Bord gehst, dann kann das schon dein Todesurteil sein.“
Küppers startete den Diesel und forderte Petersen auf, die Vorleinen einzuholen. Langsam schob sich das Boot an der Steganlage vorbei in Richtung Hafeneinfahrt. Das Versorgungsschiff der Insel, die „Harlegatt“, tauchte in der Hafeneinfahrt auf. Küppers verringerte seine Geschwindigkeit, um nicht dem Frachtschiff ins Gehege zu kommen. Mit geringer Fahrt kam die „Najade“ aus der Hafeneinfahrt. Jetzt musste präzise navigiert werden, denn vor der Hafeneinfahrt lag eine Sandbank, die schon so manchem Sportbootfahrer zum Verhängnis geworden war. Im Cockpit der Yacht hatte Küppers einen Laptop angebracht, auf diesem war eine elektronische Seekarte installiert, mit Hilfe derer Küppers seinen Kurs kontrollierte. Petersen sollte das Echolot im Auge behalten und eine starke Veränderung nach unten melden. Nachdem diese Klippe umschifft war, legte sich die Anspannung an Bord. Petersen wurde aufgefordert eine Flasche Rum aus der

Pantry zu holen. Er sah Küppers fragend an. Wollte der jetzt am frühen Morgen mit dem Saufen beginnen?
„Du musst mich nicht so besorgt ansehen, Lars. Ich will jetzt nicht trinken, aber Rasmus muss eine Gabe erhalten, das ist alter Seemannsbrauch."
Küppers öffnete die Flasche und schüttete einen kleinen Schluck ins Meer. Dieser Schluck sollte Rasmus gnädig stimmen.
Das Fahrwasser im Harle-Gatt führte direkt am Strand der Ostspitze der Insel Spiekeroog vorbei. Petersen bekam jetzt die Aufgabe, mit dem Fernglas die Tonnen anzusagen, die sie passierten. Küppers kontrollierte anhand dieser Angaben die Position der Yacht. Das nächste Hindernis war die Buhne H, die weit in das Gatt hereinragte. Das Ende der Buhne war mit einer Untiefentonne gekennzeichnet. Viele Sportschiffer, aber auch Berufsseefahrer, hatten diese Tonne schon übersehen und waren dann auf den Steinwall aufgelaufen. Petersen selbst hatte bei seinem ersten Fall auf der Insel eine Frau, die sich umbringen wollte, von dieser Buhne heruntergezogen. Nach dem Passieren der Untiefentonne erhöhte Küppers die Geschwindigkeit und nahm Kurs auf die Ansteuerungstonne der Harle.
„Ich denke noch `ne halbe Seemeile, dann können wir die Segel setzen. Wir haben halben Wind, Stärke 4, da geht dann gleich die Post ab", freute sich Küppers. Im Hintergrund hörte man das Stimmengewirr vom UKW-Kanal 16, dem internationalen Anruf- und Sicherheitskanal.
„Nervt dich das ständige Geplärre nicht?", erkundigte sich Petersen bei seinem Skipper.
„Nee, ich lass das immer gerne mitlaufen, dann weiß ich, was so los ist auf See. Kann ja auch mal sein, dass man jemandem helfen muss, oder es wird eine Warnung durchgegeben."
Küppers prüfte noch einmal die Windstärke und Windrichtung, drückte dann Petersen das Steuerrad in die Hand, nicht ohne den anliegenden Kurs anzusagen.

„Ich setze mal die Segel, geh‘ mal kurz in den Wind.“
Mit nur wenigen Handgriffen ließen sich beide Segel vom Cockpit aus setzen. Petersen ging wieder auf Kurs. Küppers machte den Motor aus und holte dann zwei Dosen Bier aus der Pantry. Mit Strom und bei halbem Wind lief die Najade fast 6 Knoten.
„Prost, das wird eine schnelle Reise nach Helgoland. Wir sind gut in der Zeit. Heute Mittag können wir schön Helgoländer-Knieper auf dem Felsen essen.“
Petersen hörte nur halb zu, was Küppers ihm gerade erzählte, denn aus dem Stimmengewirr des UKW-Funks hatte er soeben das Wort Drohne aufgeschnappt.
„Kannst du mal den UKW lauter machen, Peter? Da war was mit einer Drohne. Der Zoll hat da einen Verdacht gegen Leute, die von einem Sportboot aus eine Drohne fliegen lassen.“
„Du bist wohl immer im Dienst, Lars, oder?“
Aber Küppers kam der Bitte Petersens nach und drehte den UKW-Funk lauter.
„Wie sieht denn das Boot mit der Drohne aus?“, fragte Küppers, der jetzt neugierig wurde.
„Blauer Rumpf, ca.12 Meter lang, so eine Art Motorkreuzer.“
Küppers nahm das Fernglas und suchte den Horizont ab. In der Verlängerung der Harle-Ansteuerungs-Tonne lag die Jade-Tonne, der Beginn des Wangerooger Fahrwassers. Hier kamen die großen Tanker und Containerschiffe rein, wenn sie Wilhelmshaven anlaufen wollten. Noch einige Seemeilen entfernt entdeckte Küppers einen Tanker, der die Jade ansteuerte. Plötzlich kam ein lautes „Ha“ von Küppers, „ich hab‘ sie, die kurven westlich von uns rum, gefährlich nah an einer Sandbank.“
Petersen, der immer noch am Ruder stand, wurde unruhig.
„Können wir da noch näher ran, oder ist das zu flach für uns?“
Auch Peter Küppers hatte nun das Jagdfieber gepackt.

„Ein wenig näher können wir schon noch. Ich hol mal die Segel dichter. Gar nicht schlecht, dann gewinnen wir Höhe und können einen günstigeren Kurs nach Helgoland anlegen."

Nachdem er das Manöver ausgeführt hatte, übernahm er wieder das Ruder und übergab Petersen das Fernglas. Auch er hatte jetzt das Sportboot mit dem blauen Rumpf im Visier, kein Zweifel, es war die „Undine". Langsam kamen sie dem Boot näher. Was Petersen jetzt sah, jagte ihm einen gehörigen Schrecken ein. Er hatte die Drohne entdeckt, die etwa einhundert Meter vor der „Undine" flog. Aber von einer Kamera war nichts zusehen. Die Drohne trug ein paketartiges Teil, was vom Umfang her wesentlich größer und schwerer als eine Kamera war. Eine Greifvorrichtung zum Auffischen von Drogenpäckchen war das jedenfalls nicht. Die Drohne machte jetzt eine Kehrtwendung und umkreiste die „Undine". Sie schienen etwas auszuprobieren.

„Peter, etwas stimmt da nicht, guck du mal durchs Glas. Was siehst du da unter der Drohne?"

Küppers übergab Petersen wieder das Ruder und fixierte die Drohne mit dem Fernglas.

„Ich will ja nicht unken, aber das sind gelbe Röhrchen, die zu einem Paket zusammengeklebt sind."

„Was soll das heißen?"

Petersens Stimme wirkte jetzt schneidend.

„Vielleicht sehe ich zu viele Nachrichten, aber es sieht aus wie Sprengstoff."

„Mach' keine Witze, Peter, das ist hier todernst."

„Mir ist es auch ernst, ich verarsch dich nicht. Ich kann mich ja auch irren. Vielleicht bin ich ja nur negativ beeinflusst."

„Wie beeinflusst?"

„Ich habe erst vor kurzer Zeit einen Artikel im SPIEGEL darüber gelesen."

„Worüber genau?"

„Dass die Zahl der Windkraftanlagen auf See ständig steigt, aber dass die Bundesregierung sich keine Gedanken darüber

macht, falls eine gut organisierte Terrorgruppe versucht, diese Anlagen zu sabotieren."
„Ich sehe keine Windkraftanlagen", reagierte Petersen trotzig.
„Da hast du Recht. Borkum-Riffgrund ist weit und Nordergründe, das ist da hinten bei Roter Sand und Alte Weser, wird erst gebaut."
Der große Tanker hatte mittlerweile das Wangerooger Fahrwasser erreicht. Auf dem Rumpf des Schiffes war die Aufschrift DELTA TANK zu lesen.
Petersen und Küppers hatten den gleichen Gedanken. Der Tanker war in Gefahr!
„Ach du Scheiße, was machen wir?"
„Kannst du noch näher ran?" schrie Petersen.
„Ja, etwas kann ich noch."
Küppers hatte mittlerweile das Ruder wieder übernommen.
„Sag mal, eine Signalpistole gehört doch zur Ausstattung der Seenotmittel, oder?"
Küppers nickte.
„Hol die bitte mal raus."
„Was hast du vor? Vielleicht bilden wir uns das alles nur ein."
„Hol sie raus, nur zur Sicherheit!"
Petersens Stimme war jetzt im Befehlsmodus.
Ohne zu murren folgte Küppers der Anweisung und kam nach einer Minute wieder mit der Pistole an Deck. Inzwischen lag die Distanz zwischen „Najade" und „Undine" nur noch bei knapp 150 Metern. Petersen nahm die Pistole, verließ das Cockpit und stellte sich an die Backbord-Reling. Mit dem Fernglas fixierte er weiter die „Undine".
Dann schrie er:
„Aufpassen, die zielen auf uns!"
Petersen feuerte die Signalpistole in Richtung „Undine". Zeitgleich kam die erste Salve von drüben. Küppers verriss vor Schreck das Ruder und fabrizierte dadurch eine Patenthalse, das Heck des Schiffes ging durch den Wind und

der Großbaum schlug um, traf Petersen, und riss ihn über Bord. Küppers versuchte, einen Rettungsring hinterherzuwerfen, wurde aber wieder unter Feuer genommen. Hektisch sprang er in den Salon und gab über UKW-Kanal 16 eine Meldung durch.
„Mayday, Mayday, Mayday hier ist "Najade". Mann über Bord!"
Vom GPS-Navigator gab er die Position der Yacht durch.
„Wir werden von der „Undine" beschossen."
Anschließend gab er die geschätzte Position der „Undine" durch.
„Sofortige Hilfe erbeten!"
Sein Gehirn arbeitete fieberhaft. Er musste die Segel einholen. So war er nur begrenzt manövrierfähig und konnte Lars nicht mit einem Mann-über-Bord-Manöver helfen. Erst einmal bloß weg von der „Undine". Er schaltete den Auto-Piloten ein und gab einen Kurs an, der ihn von dem anderen Schiff wegführen sollte. Aus dem Kajütfenster beobachtete er die Distanz zur Motoryacht. Die Segel killten wie wild. Langsam stabilisierte sich das Schiff wieder und die Distanz zur „Undine" nahm zu. Vorsichtig tastete er sich wieder ins Cockpit. Er vermutete, dass er jetzt außer Schussweite war, startete den Motor und holte die Segel ein. Wo war Lars? Mit dem Fernglas suchte er die See ab. Nichts zu sehen. Gott sei Dank hatte er eine Schwimmweste um. Die Nordsee hatte etwa 18°. Wenn man ihn schnell fand, hatte er eine Chance.
Über Kanal 16 meldete sich die Seenotleitung Bremen der DGzRS(Deutsche Gesellschaft zur Rettung Schiffbrüchiger), die ständig diesen Kanal überwachte. Küppers gab eine kurze Situationsbeschreibung. Die Frage, ob er selbst im Moment Hilfe brauche, verneinte er. Die Suche nach Lars war jetzt wichtiger.

Zur gleichen Zeit vibrierte auf Wangerooge bei Heinz Siel, dem Vormann des Rettungsbootes, das Handy. Er hatte

gerade mit dem Rasenmähen begonnen. Über eine Alarmkette wurden seine Kollegen, die verfügbar waren, alarmiert. Er schwang sich sofort aufs Fahrrad und machte sich auf den Weg zum Rettungsschuppen an der Müllpressstation. Einzelheiten über diesen Einsatz würden sie an Bord der „Wilma Sikorski", dem Rettungsboot von Wangerooge, erfahren. Als er am Schuppen eintraf, war bereits sein Kollege Stefan Ukena dabei, den silbergrauen SUV mit der blauen Alarmleuchte zu starten. Noch ein weiterer freiwilliger Seenotretter traf nach einer halben Minute ein. Ukena schaltete das Blaulicht ein und nun ging es in rasender Fahrt zum Hafen. Vor der Hafeneinfahrt stellten sie den grauen Subaru ab und eilten zum Anleger der „Wilma Sikorski". Ukena löste sofort die Landverbindung des Stromkabels, während Siel den 320 PS starken Diesel startete. Gerd Nanninga, der dritte Mann an Bord, nahm Kontakt mit der Seenotleitung in Bremen auf und ließ sich die Situation schildern. Erschrocken rief er seinen Kollegen an Bord zu:
„Unser Zahnarzt ist da draußen mit Lars Petersen, der ist wohl über Bord gegangen. Sie wurden beschossen."
Ungläubig starrten die Männer ihren Kollegen an.
„Wir haben keine Zeit zu verlieren. Es ist ablaufend Wasser, unser Kommissar wird immer weiter aufs Meer rausgetrieben. Klar bei Vorderleine!"
„Vorderleine klar!", kam es zurück. Langsam legte die „Wilma Sikorski ab. Da die Männer das Revier wie ihre Westentasche kannten, legte Siel die Hebel auf den Tisch. Schnell erreichte die „Sikorski" ihre Höchstgeschwindigkeit von 18 Knoten. Über Kanal 16 versuchte Ukena, Kontakt zu Peter Küppers herzustellen.
„Hier ist Wilma Sikorski, Najade bitte melden."
Nach einiger Zeit meldete sich Peter Küppers. Obwohl er innerlich aufgewühlt war, funktionierte er. Er wusste, dass das Leben von Lars Petersen von seinen Angaben abhing.

Noch einmal gab er die Position durch, bei der Petersen über Bord gegangen war. Er selbst hatte die Ansteuerungstonne der Harle erreicht und suchte verzweifelt die See mit dem Fernglas nach ihm ab. Inzwischen hatte die ‚Delta-Tank' die Tonne 5 des Jadefahrwassers passiert. Hoffentlich haben die Lars nicht übergemangelt, durchfuhr es Küppers.
Die „Undine" war in weiter Entfernung noch zu sehen, aber irgendwie hatte er den Eindruck, dass sie nicht von der Stelle kam.

Auch auf der „ BP 25 Bayreuth" der Bundespolizei war das Geschehen im Harle-Gatt nicht unbemerkt geblieben. Kommissarin Janssen setzte ihren Vorgesetzten über die Funksprüche auf Kanal 16 in Kenntnis. Hauptkommissar Klasen ordnete sofort eine Kursänderung an. Sie befanden sich im Fahrwasser der Neuen Weser und mussten jetzt auf schnellstmögliche Weise zum Harle-Gatt kommen. Vorsorglich ließ er an die Kollegen, die das Beiboot eventuell besteigen sollten, Schusswaffen verteilen. Mit der Seenotleitung in Bremen wurde verabredet, dass die „Bayreuth" sich um die „Undine" kümmern sollte, da von ihr und ihrer Drohne eventuell eine Gefahr für die Schifffahrt ausging. Von der Seenotleitung in Bremen bekamen sie eine ungefähre Positionsangabe des Motorkreuzers, die auf der Beobachtung von Peter Küppers beruhte.

Zur gleichen Zeit startete ein SAR-Hubschrauber(Search and Rescue) vom Typ Seaking vom Marineflughafen in Nordholz. Der Helikopter wurde von der Seenotleitung in Bremen mit den nötigen Informationen versorgt und zum Harle-Gatt gelotst. Die Besatzung sollte sich ausschließlich an der Suche nach Petersen beteiligen, zumal nicht klar war, ob die Drohne eine Gefahr für den „Heli" darstellte.

Er hatte komplett die Orientierung verloren. Sein Rücken schmerzte vom Schlag des Großbaums. Langsam realisierte er in seiner Benommenheit, dass er über Bord gegangen war. Die Schwimmweste schien zu funktionieren und das Wasser war mit seinen 18° durchaus erträglich. Die nassen Klamotten allerdings zogen wie Bleiplatten an seinem Körper. Wo war Peter Küppers und wo war die „Undine"?
Beim Blick über seine Schultern stellte er fest, dass weder Küppers noch die „Undine" irgendwo zu sehen waren. Der Strand von Spiekeroog war zu sehen, aber er entfernte sich in einer rasenden Geschwindigkeit. Der Strom zog ihn immer weiter hinaus auf die offene See. Was hatte Peter Küppers zu ihm gesagt?
„Wenn du über Bord gehst, kann das schon dein Todesurteil sein."
Langsam beschlich ihn eine bleierne Todesangst. Panik übermannte ihn. Sollte es das gewesen sein? Hektisch blickte er sich um.
Es war für ihn relativ schwer, seine Lage einzuschätzen. Sein Sichtfeld war durch die Dünung stark eingeschränkt. Immer nur einen kleinen Moment, wenn ihn die Welle aus dem Tal nach oben spülte, konnte er den Horizont nach Schiffen absuchen. Aber da war nichts! Wenn Peter Küppers Opfer der Schüsse von der „Undine" geworden war, würde niemand nach ihm suchen und seine Lage wäre aussichtslos. Plötzlich meinte er ein Brummen zu hören, das näher kam oder fantasierte er schon? Dann sah er ihn, den Hubschrauber mit der Aufschrift SAR. Er konnte die Männer in der Kanzel erkennen. Hektisch fing er an zu winken. Keine Reaktion im Heli. Er drehte ab und flog in eine andere Richtung. Sie hatten ihn nicht gesehen. Immerhin hatte irgendjemand Alarm ausgelöst, aber was nützte es ihm, wenn er nicht gefunden wurde. Sicher, die Wassertemperatur war erträglich. Aber wie lange konnte ein Mensch in einer solchen Situation durchhalten? Je mehr ihn die Strömung auf die offene See hinaustrieb, umso geringer

war seine Chance. Ein bitteres Gefühl stellte sich bei ihm ein. Es war jetzt schon das zweite Mal, dass er auf dieser Insel in Lebensgefahr geriet. Er hätte nie herkommen dürfen. Wahrscheinlich wäre es besser gewesen, irgendwo in einem niedersächsischen Provinznest in der Aktenablage zu versauern.

Vormann Heinz Siel hatte Funkkontakt mit dem SAR Hubschrauber. Da dieser am Ausgang des Gatts keinen Menschen im Wasser gesichtet hatte, verlegte er seine Suche mehr in nördlicher Richtung. Heinz Siel hielt diese Entscheidung für falsch. Seine 30 jährige Erfahrung als Seenotretter und Kenner des Reviers sagte ihm, dass etwas westlicher gesucht werden müsste. Seine beiden Mitstreiter suchten angespannt mit ihren Ferngläsern den Horizont ab. Aus nordöstlicher Richtung sahen sie die „Bayreuth“ in hoher Geschwindigkeit heranrauschen. Sie hatte einen anderen Auftrag und konnte jetzt keine Hilfe sein. Nach etwa einer halben Stunde verzweifelter Suche konnte man in den Gesichtern der Männer so etwas wie Resignation sehen. Allen dreien wurde langsam bewusst, wie gering ihre Chance noch war, Petersen zu finden. Stefan Ukena wollte gerade zur Thermosflasche mit dem heißen Tee greifen, als er sich räusperte. Seine beiden Kollegen blickten ihn gespannt an.
„Was is‘?“
Ukena justierte sein Fernglas.
„Auf Steuerbordseite etwa 2 Uhr schwimmt was, könnte ein Fender oder Kanister sein. Fahr da mal zur Sicherheit näher dran.“
Siel änderte sofort seinen Kurs und erhöhte die Geschwindigkeit. Die Miene der beiden Männer mit den Ferngläsern hellte sich auf. Ukena sagte als Erster was:
„Da ist er! Wir haben ihn, unseren Sheriff. Er hat uns gesehen und er winkt wie verrückt!“

Siel verringerte die Geschwindigkeit. Jetzt konnte auch er Petersen mit bloßem Auge sehen.

Gerade als Petersens deprimierende Gedanken überhandnahmen, hörte er wieder ein Motorengeräusch, aber diesmal hörte es sich anders an. Er versuchte seinen Körper etwas nach rechts zu drehen. Da sah er sie, direkt auf sich zukommen, die „Wilma Sikorski“ mit ihren rot weißen Aufbauten. Der rote Mast tauchte immer wieder aus dem Wellental auf. Petersen fing wie wild an zu winken. Gott sei Dank! Jetzt war er sich sicher. Sie hatten ihn gesehen! Nach einer gefühlten Ewigkeit nahte die Rettung. Langsam näherte sich das Boot mit seiner Längsseite. Ukena und Nanninga packten ihn mit vereinten Kräften und zogen ihn an Bord.
„Mensch, Lars, was machst du nur für Sachen, du bist doch ein Landbulle, das ist hier nicht dein Revier“, flachste Ukena erleichtert.
Schnell zogen sie Petersen seine nassen Klamotten vom Leib. Mit einem Handtuch wurde er abgerubbelt und mit einer Wolldecke zugedeckt. Nanninga reichte ihm eine Tasse dampfenden Tee. Petersen saß wie versteinert auf der Bank in der Kajüte. Sein Rücken schmerzte, er fühlte sich leer und konnte keine Worte finden. Die Seenotretter kannten solche Situationen und ließen ihn in Ruhe, zumal Heinz Siel jetzt die „Najade“ mit Peter Küppers gesichtet hatte. Küppers Position befand sich zwischen der Ansteuerungstonne Harle und dem Wangerooger Fahrwasser.
„Ich denke, den können wir da so nicht alleine lassen. Der wird auch einen Schock haben. Einer von uns sollte bei ihm an Bord gehen und mit ihm zusammen zurück nach Wangerooge fahren.“
Kollege Nanninga nickte.
„Mach ich.“

Nach etwa einer Viertelstunde hatten sie die „Najade“ erreicht. Gefühlvoll ging Siel mit der „Wilma Sikorski“ längsseits. Nanninga sprang rüber und begrüßte Küppers, der sich nach Lars Petersen erkundigte. Über Kanal 16 hatte er von seiner Rettung erfahren und die Erleichterung war ihm ins Gesicht geschrieben.
„Ist er verletzt?“
„Glaub ich nicht, er steht unter Schock. Was war denn los?“ Nanninga sah Küppers fragend an.
„Die haben auf uns geschossen. Ich bin fast wahnsinnig geworden, als Lars über Bord ging.“
Nanninga ging in die Pantry und setzte Teewasser auf.
„Jetzt erst Mal Tass‘ Tee, das beruhigt.“

Vormann Siel entfernte sich wieder von der „Najade“ und gab jetzt volle Kraft voraus. Alle Hebel auf den Tisch. Petersen musste so schnell wie möglich an Land gebracht werden, falls er doch unter einer leichten Unterkühlung litt. Über die Seenotleitung Bremen wurde ein Krankenwagen zum Hafen von Wangerooge bestellt.
Von Achtern beobachteten sie wie die „Bayreuth“ mit hoher Geschwindigkeit auf Steuerbordseite aufkam.
„Die sitzen mit der „Undine“ fest“, murmelte Stefan Ukena und zeigte in Richtung Spiekeroog. Jetzt nahm auch Vormann Siel das Fernglas.
„Sieht ganz so aus! Die sitzen auf der Tabaksplate fest und bei ablaufendem Wasser kommen sie da jetzt auch nicht runter. Wo wohl diese Drohne ist? Ich bin froh, dass die Jungs von der Bundespolizei sich darum kümmern. Nachher werden wir auch noch beschossen. Das wär‘s dann ja wohl.“

Hauptkommissar Klasen ließ die Maschine der „Bayreuth“ stoppen. Vier Beamte machten das Beiboot klar. Mit Stahlhelm, schusssicheren Westen und Maschinenpistolen sahen sie furchteinflößend aus. Klasen ordnete an, dass sich

das Kommando unter der Leitung von Kommissarin Janssen nur langsam dem Motorkreuzer nähern sollte.
„Denkt an eure Eigensicherung!", rief er seinen Kollegen beim Ablegen des Beiboots noch zu. Über Funk rief Klasen den SAR-Hubschrauber herbei. Er sollte durch ständiges Kreisen über der „Undine" eine Drohkulisse aufbauen. Janssen beobachtete aus dem langsam näher kommenden Beiboot die „Undine". Zwei Männer waren im Steuerstand zu sehen. Küppers hatte im Funkverkehr von drei Besatzungsmitgliedern gesprochen. Wo war also der dritte? Mit dem Megaphon forderte Janssen die Besatzungsmitglieder des Motorkreuzers auf, sich mit erhobenen Händen auf dem Vorschiff zu versammeln. Sie war sich nicht sicher, ob ihre Aufforderung gehört wurde, weil der Helikopter einen Höllenlärm machte. Tatsächlich bewegten sich die beiden aus dem Steuerstand mit erhobenen Händen auf das Vorschiff. Jetzt beobachtete Janssen, wie aus dem Niedergang zur Kajüte ein dritter Mann emporkam. Ohne Zweifel hatte er in seiner rechten Hand eine Pistole. Auch ihn forderte die Kommissarin auf, seine Waffe wegzulegen und mit erhobenen Händen aufs Vorschiff zu gehen. Hektisch fuchtelte er mit seiner Waffe in der Luft herum. Janssen gab jetzt aus ihrer Maschinepistole eine Salve in die Luft ab. Per Funk forderte sie den Hubschrauber auf noch niedriger zu fliegen. Der ohrenbetäubende Lärm schien den Mann zu verwirren. Mit einer kurzen Handbewegung nahm er die Pistole und setzte sie an seine Schläfe. Ein Schuss war nicht zu hören, aber er sackte in sich zusammen und schlug aufs Deck auf.
„Ach du Scheiße", entfuhr es Janssen, „wir gehen rüber!"
Das flachgehende Festrumpfschlauchboot ging bei der „Undine" längsseits. Zwei Beamte sprangen aufs Vordeck und kümmerten sich um die beiden Männer, die regungslos mit erhobenen Händen an der Reling standen und keine Gegenwehr leisteten. Janssen untersuchte den auf dem Achterdeck liegenden Mann. Zwar war sie der Meinung,

dass der Mann tot war, wollte aber keinen Fehler machen. Über Funk forderte sie den SAR-Hubschrauber auf, den Mann aufzunehmen und ins Krankenhaus zu fliegen. An einem Stahlseil wurde ein Rettungssanitäter mit einem Rettungskorb abgewinscht. Das ganze Manöver dauerte nur wenige Minuten und der Hubschrauber verschwand mit dem vermeintlich verletzten Mann in Richtung Festland. Die beiden anderen Männer wurden an Bord der „Bayreuth" gebracht. Mittlerweile war auch ein Kreuzer der Wasserschutzpolizei Wilhelmshaven vor Ort eingetroffen. Drei Beamte enterten die „Undine" und durchsuchten mit ihren Kollegen von der Bundespolizei das Schiff. Wo war die Drohne und ging noch eine Gefahr von ihr aus?

Per Funk teilte Hauptkommissar Klasen von der „Bayreuth" den Kollegen auf der „Undine" mit, dass laut Aussage der festgenommenen Männer die Drohne abgestürzt sei, als Petersen mit der Signalpistole auf sie geschossen hatte. Der Mann, der die Fernsteuerung in der Hand hatte, sei gestolpert und die Drohne sei vor ihnen ins Wasser gestürzt.

„Wenn das so ist", beratschlagte sich Kommissarin Janssen mit ihren Kollegen an Bord der „Undine", „dann ist sie weggetrieben oder sitzt auch hier auf der Sandbank fest. Da das Wasser noch weiter abläuft, müssten wir sie dann sehen."

Ihr Kollege von der Wasserschutzpolizei nickte.

„Wir müssen hier jemanden vom Kampfmittelräumdienst vor Ort haben, und zwar möglichst schnell."

Janssen stimmte zu.

Auf der „Bayreuth", die ungefähr zwei Seemeilen vor der Sandbank vor Anker lag, versuchte Hauptkommissar Klasen weitere Informationen von den Festgenommenen zu erhalten. Die beiden Männer, von denen einer mit Sicherheit deutscher Staatsbürger war, verweigerten jede weitere Aussage. Fieberhaft versuchte Klasen sie zu überzeugen, mehr über ihre Absichten kundzutun. Dem großen Blonden von den beiden schien die strafrechtliche

Relevanz weiterer Aussagen durchaus klar zu sein. Um seine Kooperationsbereitschaft anzudeuten, berichtete er ausschließlich vom Absturz der Drohne. Weitere Aussagen wollte er nur in Anwesenheit eines Anwalts tätigen. Aber wo sollte Klasen jetzt einen Anwalt auftreiben, hier auf hoher See?

Mittlerweile hatte die „Wilma Sikorski" die Hafeneinfahrt von Wangerooge erreicht. Direkt an der Pier war schon der Krankenwagen zu sehen. Lars Petersen hatte von den Seenotrettern trockene Kleidung bekommen, die für Notfälle immer an Bord war. Langsam erholte er sich wieder von seinem Schock .Als er den Krankenwagen im Hafen sah, raunzte er seine Retter an.
„Was soll das denn, ich lebe doch, bloß nicht so viel Aufhebens machen."
Vormann Siel grinste.
„Na ja, frech werden kannst du ja schon wieder. Das mit dem Krankenwagen ist eine Vorsichtsmaßnahme. Der Doc soll abklären, ob du eine Unterkühlung abbekommen hast. So, da wird auch nicht drüber diskutiert, das ist ein Befehl!"
Petersen dachte nur, seit wann hast du mir Befehle zu geben. Er entschloss sich aber doch den Mund zu halten, denn immerhin hatten diese Männer sein Leben gerettet. Für die beiden Männer auf der „Sikorski" war aber der Einsatz noch nicht vorüber. Über Funk meldete sich die Seenotleitung in Bremen. Bei wieder auflaufendem Wasser sollte die „Undine" von der Sandbank gezogen werden. Für ein solches Manöver kam, wegen ihres geringen Tiefgangs, nur die „Sikorski" in Frage.
In einer Plastiktüte verpackt, nahm Petersen seine nassen Klamotten und ging begleitet von den Seenotrettern zum Krankenwagen. Bevor er den Wagen betrat, drehte er sich noch einmal um.
„Männer, da ist wohl mehr als eine Kiste Jever fällig. Ihr hört von mir, wann wir die zusammen leer machen."

Siel und Ukena lachten und gingen dann die Treppe zum Hafenmeister des Yachtklubs hinauf. Es war noch etwas Zeit, bevor das Wasser wieder auflaufen würde. Vielleicht konnten sie ja noch da oben ein belegtes Brötchen und einen Kaffee abstauben. Vom Balkon aus beobachteten sie, wie auch ihr Kollege Nanninga mit Peter Küppers und der „Najade“ in der Hafeneinfahrt auftauchte.

Mit einen Hubschrauber der Bundespolizei wurden mittlerweile zwei Experten des Kampfmittelräumdienstes auf der „Bayreuth“ abgesetzt. Mit dem Beiboot wurden sie an die Sandbank gebracht. Kommissarin Janssen hatte gemeldet, dass am Ende der Sandbank ein weißes Plastikteil aus dem Wasser ragte. Langsam näherten sich die Spezialisten dem Fundstück. Noch einmal fragten sie bei Janssen nach, wie lange das Wasser noch ablaufen würde. In ca. einer Stunde wurde vermeldet. Sehr viel Zeit blieb allerdings nicht mehr. Jetzt waren nur noch die Kampfmittelräumer auf der Sandbank. Alle anderen Beamten mussten sich zurückziehen. Das Boot der Wasserschutzpolizei Wilhelmshaven ging in der Nähe der „Bayreuth“ vor Anker. Gespannt beobachteten die Polizisten mit ihren Ferngläsern, was ihre Kollegen dort auf der Sandbank machten. Über Funk wurde mitgeteilt, dass es sich bei dem Fundstück tatsächlich um Teile der Drohne handele. Nach einer Viertelstunde wurde Entwarnung gegeben. Zwar wurde das Sprengstoffpaket gefunden, aber durch die lange Liegezeit im Salzwasser ging keine Gefahr mehr von ihm aus. Zur Beweissicherung wurde das Gerät auf die „Bayreuth“ gebracht, die kurz darauf „Anker auf“ meldete und den Rückweg antrat. Bundespolizei und Seenotleitung in Bremen verabredeten, dass die „Undine“ falls die Bergung gelänge, nach Harlesiel geschleppt werden sollte.

Etwa drei Stunden später war die „Wilma Sikorski“ wieder vor Ort. Nach einigen Versuchen gelang es, eine Leinenverbindung zur „Undine“ herzustellen. Mit ihren 320 PS zog dann die „Sikorski“ die „Undine“ von der Sandbank. Da die See relativ ruhig war, verlief die Schleppfahrt durch das Harle-Gatt problemlos. In Harlesiel würde der Kreuzer dann versiegelt werden, um später dann von Beamten des BKA untersucht zu werden.

29

Petersen wurde als Notfall sofort direkt zum Arzt vorgelassen. Zu Petersens Erleichterung stellte dieser keine starke Unterkühlung fest. Allerdings sollte er sich heute noch aktiv bewegen, damit der Körper durch Muskelarbeit Wärme freisetzen konnte. Doc Meyerdierks riet zu einem aktiven Spaziergang. Eigentlich war Petersen total erschöpft, aber wenn es denn sein sollte, würde er einen Abendspaziergang machen. Im Revier war nur Naumann zugegen, der über das, was Petersen berichtete, total perplex war. Zwar hatten sie Hubschraubergeräusche gehört. Aber was sich da im Harle-Gatt abgespielt hatte, war an ihnen vorbeigegangen. Erst einmal musste Petersen sich seiner Ersatzwäsche entledigen. Die Trainingshose, die er an hatte, war viel zu klein. Auf dem Appellplatz hatten ihn schon Touristen fixiert. Wahrscheinlich hielten sie ihn für den Penner-Deluxe von Wangerooge. Auf Gesellschaft hatte er heute keine Lust, deshalb kam für ihn ein Strandspaziergang nicht in Frage. Er entschied sich für den Weg zum Neudeich. Als er am Sportplatz vorbeikam, klingelte sein Handy. Es war Kollege Naumann. Das BKA hatte angerufen und ausrichten lassen, dass sie Petersen morgen in Harlesiel zur Vernehmung erwarten würden. Kaum hatte er das Gespräch beendet, meldete sich sein Telefon wieder mit Deep Purples *Smoke on the Water*. Diesmal war es Peter Küppers, der sich nach seinem Befinden erkundigte. Auch er war für morgen nach Harlesiel bestellt worden. Sie verabredeten, den gleichen Flieger zu nehmen. Die Kosten trug das BKA.

Um jetzt seine Muskulatur zu fordern, erhöhte er das Schritttempo auf dem Weg zum „Café Neudeich“. Irgendwie kam er sich jetzt vor wie ein Geher, dessen merkwürdige Sportart so im Jargon der Leichtathletik bezeichnet wird. In Höhe der Kläranlage drehte er um. Die Erschöpfung nahm zu, leichter Schwindel stellte sich ein. Er musste dringend ins Bett. In keinem Fall wollte er hier jetzt zusammenbrechen. Mit letzter Kraft erreichte er seine Wohnung. Obwohl es noch taghell war, fiel er in einen tiefen, zwölf Stunden anhaltenden Schlaf.

Als er am nächsten Morgen gut ausgeschlafen und sichtlich erholt zur morgendlichen Frühstücks- und Kaffeerunde im Revier eintraf, wurde er mit großem Hallo von seinen Kollegen begrüßt. Auf dem Tisch lagen mehrere Morgenzeitungen. Die Überschriften der Artikel bewirkten bei ihm ein flaues Gefühl im Magen:

„Wangerooger Polizist verhindert Terroranschlag in der Nordsee“

„Terroranschlag in der Nordsee von Hobbyseglern verhindert“

„Terror auf der Nordsee, knapp an der Katastrophe vorbei“

„Wir haben einen Helden in unseren Reihen“, flachste Onno. Kaum hatte er die Worte ausgesprochen, klingelte das Telefon. Onno nahm das Gespräch entgegen und gab dann sofort weiter.
„Für dich, BKA“ und machte dabei ein wichtiges Gesicht.
Ein BKA-Beamter erklärte Petersen, dass der Generalbundesanwalt in Karlsruhe das Verfahren an sich gezogen habe und man beabsichtige, ihn noch heute nach Karlsruhe zu fliegen, damit dort eine ausführliche Zeugenbefragung vorgenommen werden könne. Er solle ein paar Sachen einpacken. Aufgrund der Presseberichterstattung wäre es sowieso besser, ihn für einige Tage aus dem Verkehr zu ziehen. Petersen drehte sich der Magen um. Ich will das alles nicht, sagte er zu sich. Warum kann ich nicht einfach

meinen Dienst auf dieser schönen Insel machen? Er wusste aber, dass sein innerlicher Widerstand zwecklos war.
Mit kurzen Worten klärte er seine Kollegen über das Gespräch auf.
Onnos Stirn hatte plötzlich mehr Falten als sonst. Mit sorgenvollem Gesicht sagte er:
„Bei dem Rummel ist es vielleicht tatsächlich besser, wenn du abtauchst. Aber vergiss uns nicht, und komm‘ bitte wieder."
Bei diesen Worten herrschte eine merkwürdig sentimentale Stimmung. Petersen sah in die traurigen Gesichter seiner Kollegen.
„Natürlich komme ich wieder, ich bin doch euer Kollege."
Hastig verabschiedete er sich. Er musste noch seine Reisetasche packen, sonst würde er den Flieger verpassen.
Am Flughafen in Wangerooge wartete schon Peter Küppers auf ihn. Beide umarmten sich herzlich.
„Bin ich froh, dass die dich gefunden haben. Ich hab‘ mir solche Vorwürfe gemacht."
„Hör damit auf, die haben auf uns geschossen. Was willst du denn da machen?"
Der Flug wurde aufgerufen und beide kletterten in die Maschine. Da Ostwind herrschte, begann der Pilot den Landeanflug über dem Hafen von Harlesiel.
„Das glaub‘ ich jetzt nicht", Küppers stieß Petersen an.
Die halbe Pier auf der Seite des „Wattkieker" war gesperrt. Wo sonst das Bestattungsschiff, die „Horizont", lag, hatte man die „Undine" festgemacht. Überall liefen Beamte der Spurensicherung über das Deck des Kreuzers. Die Absperrung im Hafen wurde von schwer bewaffneten Polizisten abgesichert. Vor der Absperrung tummelten sich viele Schaulustige, wahrscheinlich war unter ihnen auch eine Menge Journalisten. Auf dem westlichen Teil des Flughafens in Harlesiel standen drei Hubschrauber der Bundespolizei. Vor ihnen war ein Wachposten mit umgehängter Maschinenpistole postiert. Petersen konnte

diesen Aufwand nicht fassen. War das jetzt eine Showveranstaltung, um die Bürger zu beruhigen und Bilder von der omnipotenten Staatsmacht in die Republik hinauszusenden? Irgendetwas störte ihn. Er musste an seinen Kollegen Jens Siebert denken, der jetzt in seinem chronisch unterbesetzten Referat für Organisierte Kriminalität in Bremen saß und sich mit der Kriminalität einer libanesischen Großfamilie beschäftigte, gegen die seit 2010 eintausendzweihundertsechszehn Ermittlungsverfahren anhängig waren. Stimmte die Relation noch? Nachdenklich stieg er aus der Maschine. Küppers wurde von einem BKA-Beamten zur Zeugenbefragung ins Flughafengebäude gebeten, während Petersen sofort zu einem der Polizeihubschrauber gebracht wurde.

Kommissar Jens Siebert saß im Polizeipräsidium in Bremen-Vahr und starrte nachdenklich ein Schaubild an, das an der Wand hing. Auf der linken Seite gingen mehrere Pfeile zu einem Strichmännchen, unter dem Mehrfachtäter stand. Auf der rechten Seite konzentrierten sich die Pfeile auf ein in Rot gezeichnetes Strichmännchen, unter dem ungeklärt stand. Rechts unten war ein schwarzes Männlein aufgemalt, neben dem der Begriff Anwalt geschrieben war. Mit Bleistift hatte jemand Dr. Rudolph darunter gekritzelt. Dr. Rudolph tauchte überall in Bremen auf, wenn es um die Verteidigung von Tätern aus dem Milieu der Organisierten Kriminalität ging. Häufig scherzten seine Kollegen über ihn und nannten ihn einen „schmierigen Winkeladvokaten“. Immer wenn ein Verdächtiger keine Aussagen ohne einen Anwalt machen wollte, riefen sie nach Dr. Rudolph. Seine Kollegen und er fragten schon nicht mehr, wen sie anrufen sollten, sondern benutzten als Standardspruch.
„Wir rufen Dr. Rudolph an.“
Natürlich hatte jeder Verdächtige das Recht auf eine anwaltliche Vertretung, aber nun hatten sie Dr. Rudolph am Haken. Seine Aktion auf Wangerooge hatte ihm das Genick

gebrochen und ihm eine Mordanklage eingebracht. Trotzdem war Kommissar Siebert noch nicht zufrieden. Den Auftrag, das Grundstück des Lehrers Ramm zu erwerben, hatte Rudolph von der FuSS (Fehrensen und Sohn Security) bekommen, die schon mehrere Immobilien auf Wangerooge besaß. Die Immobilia Brema, das Unternehmen, in dessen Namen Rudolph den Verkauf tätigen sollte, war ein Subunternehmen der FuSS. Mit diesem Modell der vielen Subunternehmen arbeitete die FuSS auch in ihrer Kernbranche, dem Sicherheitsbereich. Zu diesem Komplex hatte das Referat OK (Organisierte Kriminalität) in Bremen ebenfalls ein Organigramm angefertigt. Bei unproblematischen Aufträgen wie Bewachung von Großveranstaltungen arbeiteten sie mit der Kernfirma zusamnnen. Aber in den Bereichen, die in Grauzonen zur Kriminalität führten, wurden Subunternehmen eingesetzt. So gab es mächtig Ärger, als Security-Leute bei der Bewachung eines Flüchtlingslagers übergriffig wurden. Immer wenn es zu Schwierigkeiten und Ermittlungen kam, distanzierte sich die Geschäftsleitung der FuSS von ihren Subunternehmen. Es war für die Ermittler außerordentlich schwierig, die Behauptung, diese Unternehmen handelten autonom, zu widerlegen. Genauso lief es im Fall des Wangerooger Grundstücks. Es wurde nicht bestritten, das Grundstück des Lehrers Ramm erwerben zu wollen, aber von den Methoden, die dort angewandt wurden, distanzierte man sich. Die alleinige Verantwortung trug in diesem Fall Dr. Rudolph, der aber nicht bereit war, gegen die FuSS auszusagen. Das waren die Stunden, in denen Kommissar Siebert an seiner Arbeit verzweifelte. Warum gelang es ihnen nie, in das Zentrum der „Krake“ vorzudringen? Sie waren chronisch unterbesetzt. Ständig wurden seine Leute zum „Ausputzen“ in andere Bereiche abkommandiert. Mit kurzfristigen Erfolgen konnte dann der Innensenator glänzen, aber systematische Arbeit sah in seinen Augen anders aus.

Siebert stand auf, um sich einen Kaffee zu holen. Auf dem Schreibtisch seines Kollegen lag die Tageszeitung. Die Schlagzeile, die er dort las, elektrisierte ihn.

„Terrorgefahr vor Wangerooge“

Nachdem er den Artikel gelesen hatte, griff er sofort zum Telefon und rief den Polizeiposten Wangerooge an. Erst nach mehreren Versuchen, die Leitung schien völlig überlastet zu sein, bekam er eine Verbindung. Günter Naumann war am Telefon und berichtete Siebert über das, was vorgefallen war, und dass Lars Petersen zur Vernehmung auf dem Festland sei.
„Das wird Lars ein paar Jever kosten“, murmelte Siebert und beschloss, demnächst die Insel einmal privat zu besuchen.

Nach einem strapaziösen Flug mit dem Hubschrauber saß Petersen in einem Vernehmungsraum der Bundesanwaltschaft in Karlsruhe. Ein ganzes Vernehmungsteam saß ihm gegenüber, jeweils zwei BKA-Beamte, zwei Verfassungsschutzermittler und zwei Bundesanwälte. Die Atmosphäre war durchaus entspannt. Im Vorfeld wurde er wegen seines beherzten Eingreifens gelobt und dann aufgefordert, minuziös zu schildern, wie sie auf die „Undine“ und ihre Besatzung aufmerksam geworden waren. Petersen begann mit dem Verdacht des Zollinspektors Kleppe, der ihn wegen vermeintlichen Drogenschmuggels zu Rate gezogen hatte. Er musste von der Drohne berichten, und sie möglichst detailreich beschreiben. Bei der Beschreibung der drei Besatzungsmitglieder der „Undine“ wurde mehrfach nachgefragt. Wie er den Nachfragen entnehmen konnte, handelte es sich um drei Studenten der Technischen Universität Hannover. Einer war deutscher Staatsbürger, einer kam aus Usbekistan und der dritte aus Marokko.

Augenscheinlich hatten die Verfassungsschützer den Marokkaner schon länger auf dem Schirm. Er war unter falscher Identität als syrischer Flüchtling nach Deutschland eingereist. Gegen ihn lag der Verdacht vor, als ISIS-Kämpfer an Gräueltaten im Irak beteiligt gewesen zu sein. In einer Asylanhörung verplapperte sich ein Mitglied einer ISIS-Kampfeinheit. Den ermittelnden Beamten wurde schnell klar, dass eine größere Gruppe von ISIS-Kämpfern unter falscher Identität in Deutschland eingereist war. Der Selbstmord des Marokkaners, er war derjenige, der sich auf der „Undine“ erschossen hatte, bedeutete für die Ermittler einen Rückschlag bei der Aufspürung dieser Gruppe.
Petersen, selbst ein erfahrener Ermittler, konnte sich des Eindrucks nicht erwehren, dass der Verfassungsschutz und das BKA die Spur des Marokkaners verloren hatten und jetzt in Panik gerieten, da der Gesuchte plötzlich auf einem Schiff in der Nordsee auftauchte. Diese ganze Geschichte könnte sich zu einem politischen Skandal ausweiten. Es würde auch erklären, warum er selbst so ausgiebig und penibel befragt wurde und man ihn aus der Öffentlichkeit raushalten wollte. Die Rolle der beiden anderen Besatzungsmitglieder der „Undine“ schien völlig unklar zu sein. Fest stand wohl nur, dass die drei sich an der Technischen Universität Hannover kennengelernt hatten. Bei den Vernehmungen schwiegen die beiden Überlebenden bisher beharrlich.
Petersen fühlte sich sichtlich unwohl. Er war im Nordschwarzwald untergebracht in einer Wohnung, die sonst nur für den Zeugenschutz vorgesehen war. Jeden Morgen wurde er von einer gepanzerten Limousine abgeholt und zu den Vernehmungen gefahren. Die Vernehmungszeit war auf 4 Tage angesetzt worden. Diese Isolation in einer ihm fremden Umgebung ging ihm mächtig auf den Sack. Zwar war die Landschaft des Schwarzwaldes durchaus ansprechend, aber er sehnte sich nach der Nordsee und den Menschen auf Wangerooge.

Am Morgen des 5. Tages war es dann soweit. Die schwarze Limousine fuhr ihn zum Flughafen Stuttgart, wo für ihn ein Flug nach Bremen gebucht war. Von dort aus konnte er direkt mit einem Taxi nach Harlesiel fahren. Kosten spielten anscheinend überhaupt keine Rolle. Petersen war durch diese Annehmlichkeiten aber nicht korrumpierbar. Seine Skepsis über den Verhältnissen politischer wie administrative Art hatte eher zugenommen. Je näher er in Richtung Nordsee kam, desto stärker erinnerte er sich daran, dass er noch ein Versprechen einzulösen hatte.

30

Gegen späten Nachmittag traf Petersen mit dem Taxi in Harlesiel ein. In der Wartehalle der Inselflieger wurde er mit großem Hallo begrüßt. Seine Lieblingsflughafenangestellte ließ es sich nicht nehmen, ihn zu umarmen.

„Schön, dass du wieder da bist. Alles war hier in heller Aufregung. Den halben Flugplatz haben die von der Bundespolizei in Beschlag genommen. Wir freuen uns, dass alles vorbei ist."

Schnell drückte sie ihm noch einen Kuss auf die Wange. Erschrocken schaute er in Richtung Büroräume des Flughafens, denn ihr Mann arbeitete ebenfalls am Flughafen. Von dort kam aber keine Reaktion.

„Sei nicht so ängstlich, ein Küsschen in Ehren ist nicht verboten und jetzt ab, der Flieger wartet", mit diesen Worten verabschiedete sie ihn.

Petersen genoss den kurzen Flug über das Wattenmeer mit seinen Prielen und Seehundsbänken sehr. Langsam bekam er immer öfter das Gefühl nach Hause zu kommen, wenn er zurück auf den „Sandhaufen" kam. Er war heilfroh wieder hier zu sein, und sich nicht mehr den penetranten Fragen des BKA stellen zu müssen. In Wangerooge angekommen, schlenderte er langsam die Siedlerstraße hinunter zum Bahnhof. Die Seeluft tat ihm merklich gut. Eine Sache musste noch heute erledigt werden. Als er am Appellplatz angekommen war, ging er rüber zum „Störtebeker". Es war noch nichts los in der Kneipe. Der Magister saß alleine auf der Empore und rauchte eine Zigarette. Augenscheinlich hatte er ihn nicht kommen sehen. Petersen machte langsam die Kneipentür auf und rief ein lautes „Moin" in den Raum. Langsam drehte der Magister sich um.

„Moin, altes Haus", brummte er, „ich dachte, du bist bei Mutti Merkel und bekommst einen Orden umgehängt."

Petersen ging auf die Empore und setzte sich zu ihm.
„Lass stecken, ich bin froh, dass ich wieder hier bin. Das ist nicht meine Welt da beim BKA, Verfassungsschutz und wie sie alle heißen."
„Kann ich mir vorstellen, einige hatten schon die Befürchtung, dass du nicht wiederkommst."
„Nee, wer soll dich sonst beschützen?"
„Ich kann schon ganz schön auf mich alleine aufpassen."
„So, jetzt mal im Ernst. Ich hab' ja viel Schwein gehabt, dass ich hier noch sitze, ist eigentlich ein Wunder. Ich möchte eine Fete schmeißen, geschlossene Gesellschaft. Ich bin einigen Leuten zu Dank verpflichtet, ca. 20 bis 25 Leute. Ich bestell beim Schlachter eine kleines Buffet."
„Was ist mit den Getränken?"
„Bier, Wein, Wasser zahl ich. Keinen Schnaps, das gibt nur Ärger."
„Stimmt."
„Und natürlich auch keine Sylt-Getränke wie z. B. Aperol oder so' n Zeug."
„Das trinkt hier doch von den Insulanern sowieso keiner, denn..."
Beide sprachen im Takt.
„Wir sind hier nicht auf Sylt", worüber beide lachen mussten.
„Okay, ich hau ab. War eine anstrengende Fahrt. Bis dann."
Petersen nahm seine Reisetasche und zog ab in Richtung Revier. Keiner seiner Kollegen war noch im Dienstzimmer, was ihm durchaus Recht war, denn nach langen Berichten stand ihm jetzt nicht der Sinn. Er ging nach oben, sprang unter die Dusche und widmete sich dann seiner Gitarre. Im Bett erstellte er eine Liste mit den Personen, die er zu seiner Feier einladen wollte. Kurz zögerte er, den Namen Mona auf seine Liste zu schreiben, entschied sich aber dann doch dafür, es zu tun. Dieses Rumgeeiere musste ein Ende haben. Auch Mona war nur knapp aus der Geiselnahme rausgekommen. Sie hatte sich, genauso wie er, in einer

Grenzsituation befunden. Danach sah man bestimmte Dinge etwas anders. Dagmar setzte er nicht auf die Liste. Sie hatte mit dem hier nichts zu tun. Mit der unvollendeten Liste auf dem Bauch schlief er ein.

Am Donnerstagabend war es dann soweit. Gegen 20 Uhr füllte sich die Kneipe. An der Eingangstür des „Störtebeker" hing das Schild „Geschlossene Gesellschaft", was in der Regel sehr selten vorkam. Der Schlachter vom Insel-Markt hatte ein Buffet geliefert, das sehr großen Anklang fand. Im Hintergrund lief dezente Musik. Der Magister wollte noch nicht zu früh sein Pulver verschießen. Alle Polizeikollegen waren erschienen. Onno hatte, auf ausdrücklichen Wunsch von Petersen, seine Frau Frieda mitgebracht. Dr. Peter Küppers mit Lebensgefährtin, Zollsekretär Kleppe, Rolf Hansen, der Schwede, sein Freund Peter und noch einige der After-Work-Knobelrunde waren eingetroffen. Hauptkommissar Jens Siebert war extra aus Bremen angereist. Merti, der noch immer auf der Insel weilte, kam mit Sönke Meiners. Was Petersen nicht sehen konnte, war, dass in der rechten Ecke der Empore, unter einer großen Decke, Musikinstrumente versteckt waren. Als die Besatzung der „Sikorski" eintraf, zündete der Magister seine erste Rakete. Die Musik wurde lauter und aus den Boxen ertönte ein Lied von Klaus Lage, das dieser anlässlich seiner Tätigkeit als „Botschafter" der DGzRS geschrieben hatte.

Volle Kraft voraus

An Bord hat jeder seinen Platz
und weiß um die Gefahr
wir spiel 'n nicht mit dem Risiko
im Notfall sind wir da
In Kneipen spinnt man Seemannsgarn
und träumt in warmen Betten

wenn andere reinkomm' n fahr 'n wir raus
wir reden nicht – wir retten

Immer volle Kraft voraus
und das bei jedem Wetter
wir können das – wir machen das
wir sind die Seenotretter

Text: Klaus Lage
Musik: Klaus Lage/ Bo Heart/ M. Michalzik

Beim Refrain sang die ganze Kneipe mit. Den Männern von der „Sikorski“ war diese Aufmerksamkeit überhaupt nicht Recht. Im Mittelpunkt zu stehen war nicht ihr Ding. Auch dem Alkohol wurde nur mäßig zugesprochen, denn jederzeit konnte ein Notruf eintreffen. Langsam wurde es dunkel und die Stimmung zog an. Plötzlich standen Merti und Sönke Meiners auf der Empore. Jetzt ahnte Petersen, was kommen würde. Bloß keine Reden, Petersen hatte sich das ausdrücklich gewünscht und alle hatten sich bisher daran gehalten. Aber statt launiger Reden hatten Merti und Meiners die wohlbekannte Hymne aus dem „Störtebeker“ über die norddeutschen Menschen einstudiert. (Fishtown Heroes, Spohn & Kemna)
Die beiden Musiker spielten danach die üblichen maritimen Lieder, die an der deutschen Nordseeküste zum Muss gehörten. Petersen blickte sich um. Ein Gast war bisher seiner Einladung nicht gefolgt: Mona. Das war letztendlich ihre Entscheidung, aber er konnte seine Enttäuschung nicht ganz verhehlen. Etwas gedankenversunken blickte er durch die Tür des „Störtebekers“. Der Brunnen auf dem Appellplatz plätscherte vor sich hin. Im gegenüberliegenden Lokal saßen noch einige Gäste auf der neu geschaffenen Terrasse. Auf der Bank hinter dem Brunnen saß eine Frau mit auffällig langen blonden Haaren. Er rieb sich mehrmals über die Augen. Erst nach genauerem Hinschauen erkannte

er die Person. Es war tatsächlich Mona, die da saß. Warum kam sie verdammt nochmal nicht rein? Petersen verließ die Kneipe und überquerte den Appellplatz mit großen Schritten.

„Kannst du mir verraten, was das hier soll? Warum kommst du nicht rein?", sprach er Mona an. Vorwurfsvoll stemmte er dabei seine Hände in die Hüften.

„Hatte ich ja vor, sonst wäre ich ja nicht hier auf der Insel. Aber ich habe dann doch Angst bekommen, dass ich dir die Feier kaputtmache. Wir hatten das doch alles schon, Eifersucht, Alkohol. Du feierst doch mit Recht deine Rettung, und mir hast du auch das Leben gerettet. Aber wenn das wieder so endet wie das letzte Mal, dann mache ich alles kaputt. Ich wohne übrigens nicht bei Simon."

Die Tränen liefen ihr über die Wangen. Petersen nahm ihre Hand, zog sie von der Bank und umarmte sie innig.

„Alles ist gut. Ich betrinke mich heute nicht, versprochen. Ich bin der Gastgeber! Es wird auch kein Eifersuchtsdrama geben und nun komm."

Mona lächelte ihn an und strich die Tränen beiseite.

Hand in Hand überquerten sie den Platz und betraten die Kneipe. Großes Hallo! Der Magister rief den beiden Musikanten „Siebzehn Jahr, blondes Haar" zu, die Erkennungsmelodie, die er einmal für Mona aufgelegt hatte. Mona errötete. Merti, die wandelnde Musikbox, rief Sönke zu „in G" und schon begann er zu singen....

Ein Tag wie jeder...........

Mona hätte im Boden versinken können, als die ganze Kneipe den Refrain mitsang. Simon Bernhard drängelte sich zu Mona durch und begrüßte sie etwas unsicher. Petersen nahm sich vor, nicht hinzusehen, versprochen war versprochen. Ablenkung kam auch durch Merti, der jetzt Petersen aufforderte, auf die Empore zu kommen. Neben dem Keyboard stand eine Gitarre. Die Kneipe skandierte

rhythmisch „Sheriff, Sheriff!“ Merti übertönte alle mit dem Mikrofon und bat um Ruhe.
„Wir wollen jetzt ein Lied hören, was uns seltsam bekannt vorkommen wird.“
Gemeint war natürlich Achim Reichels *Aloha Heja,* mit dem Petersen damals beim Auftritt des Shantychors brilliert hatte. Petersen schnallte sich die Gitarre um und schon fing Merti‘s Drum Computer an den Takt vorzugeben und dann, wie neuerdings auf jeder Feier üblich, verwandelte sich die Kneipe in ein Meer von Ruderern. Im Takt wurde der Refrain mit Ruderbewegungen unterstützt. Mitten im Lied verließ Günter Naumann die Kneipe. Er hatte heute Nacht Bereitschaft. Über 110 wurde Randale am Strand gemeldet. Er hoffte, dass er nicht auf die Unterstützung seiner Kollegen angewiesen war, sonst würde die Feier ein unrühmliches Ende nehmen. In der Kneipe selbst ging es nun etwas ruhiger zu. Merti und Sönke hatten aufgehört zu spielen. Beschwerden von Nachbarn und Touristen sollten vermieden werden. Einige der Gäste mussten morgen wieder arbeiten und verließen recht früh die Feier. Der Magister schwächelte leicht. Um sich etwas Ruhe zu gönnen, hatte er sich das Schild mit der Aufschrift „Pause“ umgehängt. Die Musiker begannen ihre Instrumente zusammenzupacken. Aus den Boxen ertönte leise das passende Lied von der Fishtown Heroes CD *Einen noch in Ruhe.* Der Magister hatte sein nachdenkliches Gesicht aufgesetzt und sprach Mona und Petersen direkt an:
„Wie geht es denn jetzt mit euch weiter?“
Petersens Gesichtszüge entgleisten. Der will doch jetzt wohl nicht eine Beziehungsdebatte anzetteln? Aber der Magister zielte mit seiner Frage in eine andere Richtung.
„Du brauchst jetzt gar nicht so ein Gesichtsfasching zu machen“, raunzte er Petersen an, „Monas Ausbildung ist bald vorbei. Was wird aus dir?“
Mona lächelte, auch sie war erleichtert, dass nun keine Beziehungsdebatte folgen würde.

„Ich werde mich bei der Kriminalpolizei irgendwo hier im Norden bewerben."
„Dann wirst du ja bestimmt irgendwann ein hohes Tier", warf der Magister ein.
„Dafür wird die Quote schon sorgen", rief Merti von der Empore.
Petersen sah sich gezwungen einzugreifen.
„Wir wollen doch wohl hier nicht über Sinn oder Unsinn der Frauenquote diskutieren. Mona ist qualifiziert, basta!"
„War ja nur ein Scherz", kam es entschuldigend von Merti.
„Und was ist mit dir, Sheriff?", bohrte der Magister nach.
„Was soll mit mir sein, ich bin Polizist auf Wangerooge."
„Das glaubst du doch selbst nicht!"
„Ich weiß wirklich nicht, worauf du hinaus willst?"
„Hallo, du bist der Held von der Nordseeküste in der Presse. Du bist aus disziplinarischen Gründen auf der Insel. Hast du das vergessen?"
Das Wort „disziplinarisch" kam nur schwer über seine Lippen. jeder Komiker hätte mit dieser Aussprache des Wortes jeden Saal zum Lachen gebracht.
„Die werden was machen müssen und dir deine Strafe, Versetzung und Gehaltskürzung erlassen. Sheriff, du hast dich um dein Vaterland verdient gemacht."
Es ertönte das für den Magister typische tönende Gelächter. Petersen schüttelte nur mit dem Kopf.
„Mann oh Mann, was redest du denn da. Beim Fußball gibt's `nen Libero, aber du bist hier der Labero."
„Oh, den kannte ich noch nicht, der Punkt geht an dich", räumte der Magister gönnerhaft ein.
Jetzt meldete sich wieder Merti, der von der Empore an die Theke gekommen war.
„Lars hat doch gar nicht mehr so viele Jahre zu arbeiten. Wir machen danach eine Band auf und geben Kurkonzerte und tingeln durch die Altenheime und nennen uns dann die ‚Kolibris' oder so ähnlich."

„Das klingst zu sehr nach 50er Jahren. Ich bin für einen echt norddeutschen Namen, wie die ‚Wattmucker' featuring Merti and his magic organ."
Der Magister machte eine zweideutige Handbewegung in Richtung Unterleib. Wer dabei wohl am lautesten lachte?
Die gesamte Thekenbesatzung konnte sich jetzt vor Lachen nicht mehr halten. Der Magister lachte wieder am lautesten über seinen eigenen Gag.
Alle verbliebenen Gäste halfen noch beim Aufräumen. Sowohl Simon Bernhard als auch Petersen boten sich an, Mona zu ihrer Pension zu bringen. Selbstbewußt lehnte sie ab, bedankte sich für den tollen Abend und verschwand in Richtung Zedeliusstraße. Petersen vermied es, mit Bernhard zusammen nach Hause zu gehen. Er ging noch mal kurz zum Magister, um sich bei ihm zu bedanken. Ein Absackerbier lehnte er jedoch ab und trat dann auch den Heimweg an. Er musste an die Worte des Magisters denken. Würden sie tatsächlich seine Disziplinarstrafen aufheben? Ihm fehlte der Glaube. Der Bremer Innensenator würde alles versuchen, um das zu verhindern, dessen war er sich sicher. Im Revier angekommen, ging er noch kurz ins Dienstzimmer. Auf seinem Schreibtisch lag eine neue Akte, auf der stand „Einbruch in das Vereinsheim des Golfclubs."
Nachdenklich lehnte er sich zurück. Zärtlich streichelte er den Aktendeckel. Kleine Polizeiarbeit, eigentlich war das seine neue Welt.
Von seinem Handy ertönte das typische Pfeifen des Whats App-Signals.
Nachricht von Mona:
„Pension Seerose, Zimmer 21."

Epilog

Die Vorfälle im Harle-Gatt hatten ein parlamentarisches Nachspiel. In der Fragestunde des Bundestages erkundigte sich ein Abgeordneter aus dem Wangerland nach den fehlenden Regelungen zur Benutzung einer Drohne. Die Bundesregierung stellte demnach eine Regelung in Aussicht, die vorsah, ab einem Gewicht von 2,5 kg eine Führerscheinpflicht einzuführen. Ab dem Gewicht von 5 kg musste eine Erlaubnis zum Führen einer Drohne beim Luftfahrtbundesamt beantragt werden. Stichtag für die diese neuen Verordnungen sollte der 01.10. 2017 sein.
Auch die Aufarbeitung der Ermittlungen zu den Vorfällen auf der „Undine" sorgte für politischen Zwist. Die Opposition im deutschen Bundestag warf den Ermittlungsbehörden vor, den Marokkaner mit der falschen Identität nicht konsequent observiert zu haben, obwohl bekannt war, dass er eine falsche Identität besaß, die auf eine ISIS-Vergangenheit hindeutete. Die Einsetzung eines parlamentarischen Untersuchungsausschusses wurde in Erwägung gezogen.
Die Mittel für die Bundespolizei und hier vor allem für die Küstenwache sollten aufgestockt werden.
Die beiden überlebenden Besatzungsmitglieder der „Undine" wurden wegen der Planung eines terroristischen Anschlags und der Mitgliedschaft in einer terroristischen Vereinigung angeklagt. Das BKA ging davon aus, dass ein Sprengstoffanschlag auf die „Delta-Tank" geplant war. Experten bezweifelten allerdings, ob die Menge an Sprengstoff ausgereicht hätte, um in die Bordwand eines Supertankers ein Loch zu reißen. Allerdings hätte ein zielgenauer Einsatz gegen die Ruderanlage des Schiffes eventuell zu einem Auflaufen des Schiffes führen können. Die Folgen einer solchen Havarie für die deutsche Nordseeküste waren nicht genau kalkulierbar. Eine

verheerende Ölpest wäre im schlimmsten Fall die Folge gewesen.

Pjotr Morenko und Dr. Rudolph wurden wegen mittäterschaftlich begangenen Mordes in mittelbarer Täterschaft an Stefan Ramm angeklagt.
Für Dr. Rudolph wurde die Anklage noch um die Geiselnahme erweitert. Gleichzeitig wurde Gregor Ivankov ebenfalls wegen Geiselnahme angeklagt. Es gelang dem Referat OK der Bremer Kriminalpolizei nicht, eine direkte Verbindung zur FuSS nachzuweisen. Die Anwälte der FuSS versuchten schon im Vorfeld der Ermittlungen eine Verantwortung für die Geschehnisse auf Wangerooge auszuschließen.

Das Grundstück von Stefan Ramm am Deichschart ging in den Besitz des Landes Niedersachsen über. Die langfristige Verfügung über das Grundstück wurde Niedersachsen-Ports übertragen. Kurzfristig wurde das Haus für die Vermietung an Feriengäste freigestellt.

Lars Petersen erhielt vom Bundesinnenministerium ein Belobigungsschreiben. Um die Forderung nach Aufhebung der Disziplinarstrafe gab es Streit. Der Bremer Innensenator weigerte sich strikt, Petersen zu begnadigen. Da Petersen aber die Polizeibehörden des Bundes vor einer Blamage bewahrt hatte, wurde zumindest die Gehaltskürzung gegen ihn aufgehoben. Die Weigerung der Bremer Innenbehörde, Lars Petersen grundsätzlich zu begnadigen, führte dazu, dass ihm von Seiten des Bundes ein interessantes Jobangebot unterbreitet wurde.
Petersen musste sich entscheiden.

Danke an

meine Frau Monika

****

meine Tochter Inken

***

Birgitt Ernst

**

Dittmar E. Fräbel

*

Die in diesem Buch genannten Ämter, Institutionen und Organisationen bilden lediglich die Kulisse für die Handlung in diesem Buch.

Eine Ähnlichkeit mit lebenden Personen wäre rein zufällig und ist nicht beabsichtigt.

Anregungen habe ich, wie schon bei den ersten beiden Büchern, durch Thekengespräche in der „Kogge“, im „Strandkorb“ und in der Bremer Kneipe „Zum Fass“ erhalten.

ISBN 978-3-7467-0261-2
00001
9 783746 702612
www.epubli.de

27141136R00183

Printed in Poland
by Amazon Fulfillment
Poland Sp. z o.o., Wrocław